NF文庫
ノンフィクション

新装解説版

弓兵団インパール戦記

撤退の捨て石 1対15の戦い

井坂源嗣

潮書房光人新社

本書では、第二次大戦、インパール作戦において熾烈な戦いを強いられた日本軍兵士の体験を綴ります。

戦史上まれにみる激戦の地となったビルマ。敵十五対味方一という過酷な状況のなかで撤退を余儀なくされます。

弾薬、食糧もなく、敵の攻撃にさらされ、さらに兵士たちは飢餓や病魔に苦しみました。

そんな戦場の実態と日本軍の壮絶な死闘を描きます。

弓兵団インパール戦記——目次

第一章　アラカンの雪

第二章　混沌たる戦場

第五章　敗走無常

弓兵団インパール戦記

——撤退の捨て石　1対15の戦い

第一章　アラカンの雪

なつかしき原隊へ

海上の陸軍は無能だが、陸に上がればこちらのものだ。勇躍して私たちはラングーンに上陸し、ただちに原隊に追及するため、北上をはじめた。そして翌日には、プロームに到着した。昭和十七年七月七日のことである。

町の中心部にある煉瓦づくりの大きな建物は、黒く焼けて天井が落ちていた。焼けトタンの応急づくりの小舎が立ちならび、葉が焼けた大木の枝に、鳥ほどもある大きなコウモリが逆さになって群れをなしていた。それがキイッキイッといっせいに蠢《うごめ》くのは、不気味だった。

椰子の大木も焼けて、黒い幹だけが高く空に向かって立っている。ところにより宅地の生け垣や門に、赤い小さなバラの花が咲き乱れ、息づまるほどの空しさのなかに、ほっとした気分をかもし出してくれた。

私の原隊がビルマ進攻作戦を終了して、プロームで駐留警備についたのは、六月二十六日である。周囲の建物が焼け落ちたなかで、めずらしく残った二階建て、木造トタン葺きの学校のように大きな建物が、中隊宿舎になっていた。

私は中隊に復帰した後、さっそく、同年兵たちから話をいろいろと聞いた。タイのバンコクに二月二十六日に上陸した部隊は、二十八日、泰緬国境に入り、炎暑のなかを山岳のジャングル踏破におもむいた。

山地を越え、猛暑のまっただなかを進撃し、南部、北部ビルマで戦闘をかさねていった。行軍のつづくなかで、コレラ患者も発生し、エナンジョンの油田地帯の戦闘では飲料水が底をつき、炎上する貯油タンクから流れでた油はイラワジ河にまでひろがり、夜のあいだに知らずに飲んだ将兵は、下痢をしながら部隊と行動をともにしたという。

各部隊は先陣をあらそいながらイラワジ両岸を進撃し、英軍はついにカレワ渡河点で戦車、自動車、砲などを残したまま、チンドウィン河を命からがら渡り、アラカン山中を西方へと敗走していった。放置された敵の車のなかには、エンジンをかけっ放しのものもあったという。

車内には食糧、弾薬も積んだままで、兵隊たちは先をあらそってミルクを飲み、味のよいビスケットや干し葡萄、缶詰などのチャーチル給与を持てるだけ背嚢につめこんだ。

作戦間は中国の戦線とちがって住民が協力してくれ、行軍する先々では村ごとに道路に飲料水を出し、バナナや果物などが用意されていて助かったらしい。

このころ、南機関や光機関による現地人の特殊部隊の活動も知った。前進する部隊より先行し、あるいは後方で、雪ダルマのごとく人員を増加して、日本軍に協力した。彼らは英軍

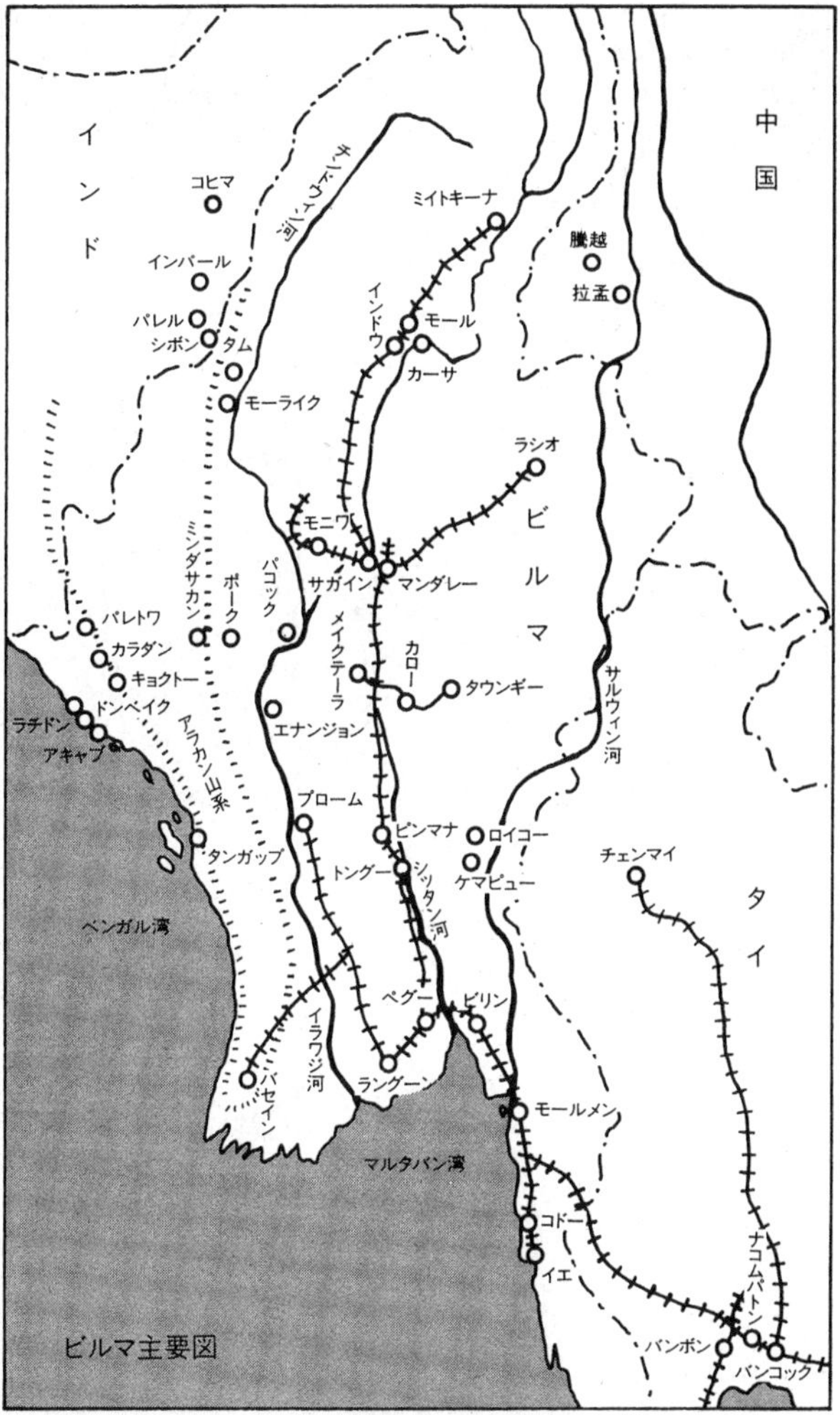

中国
インド
ビルマ
タイ
コヒマ
インパール
パレル
シボン
タム
モーライク
チンドウィン河
ミイトキーナ
騰越
拉孟
インドウ
モール
カーサ
ラシオ
モニワ
サガイン
マンダレー
ミンダサカン
ポーク
パコック
パレトワ
カラダン
キョクトー
ドンベイク
ラチドン
アキャブ
アラカン山系
メイクテーラ
カロー
タウンギー
エナンジョン
サルウィン河
プローム
ピンマナ
ロイコー
ケマピュー
タンガップ
トングー
シッタン河
チェンマイ
ベンガル湾
ペグー
ビリン
イラワジ河
ラングーン
バセイン
モールメン
マルタバン湾
コドー
イエ
ナコムパトン
バンポン
バンコック

ビルマ主要図

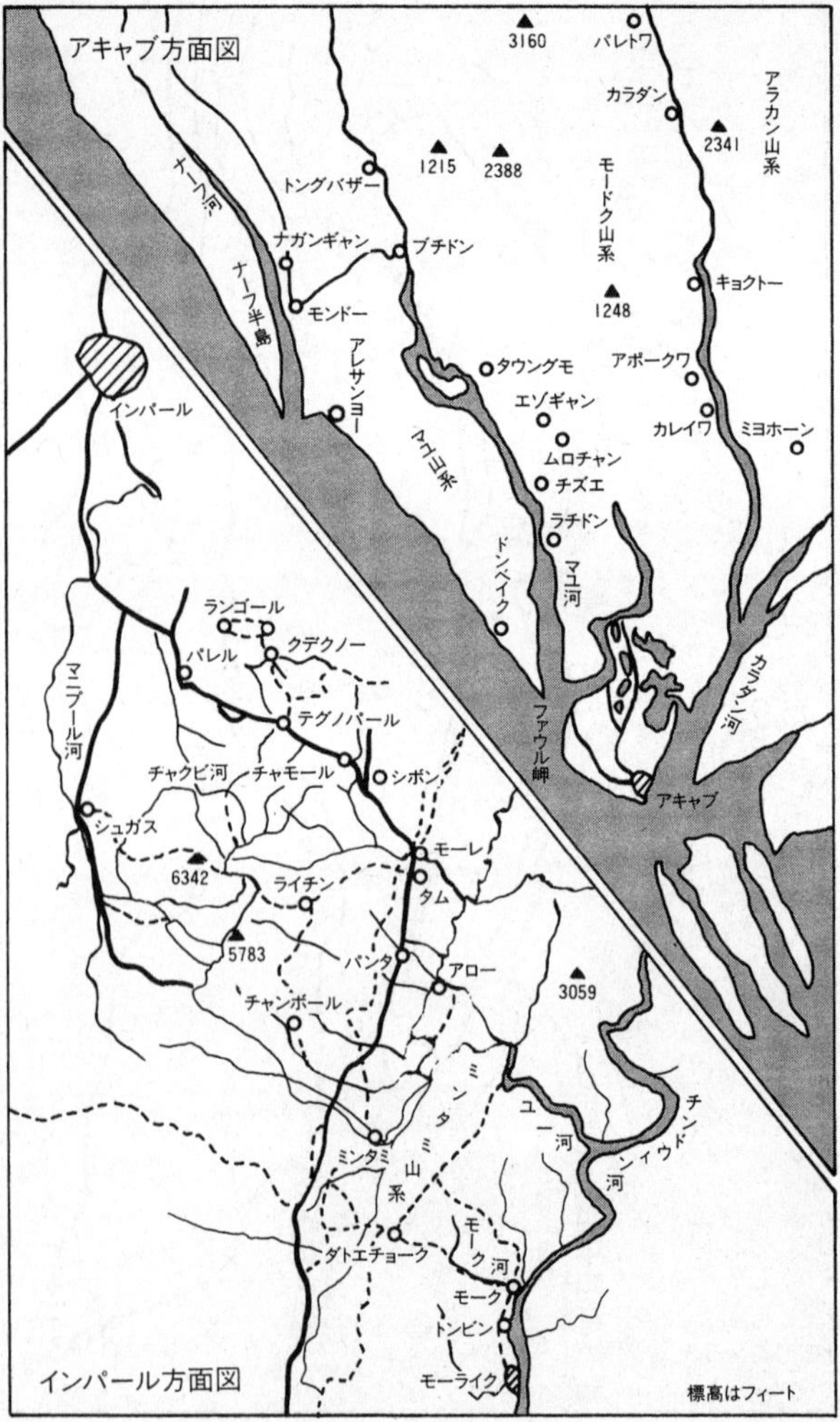
アキャブ方面図
3160
パレトワ
カラダン
アラカン山系
2341
1215
2388
モードク山系
トングバザー
ナーフ河
ナガンギャン
ブチドン
ナーフ半島
モンドー
1248
キョクトー
アレサンヨー
タウングモ
アポークワ
インパール
エゾギャン
カレイワ
ミヨホーン
マユ山系
ムロチャン
チズエ
ラチドン
ドンベイク
マユ河
カラダン河
ファウル岬
アキャブ
ランゴール
クデクノー
パレル
テグノパール
マニプール河
チャクビ河
チャモール
シボン
シュガス
モーレ
6342
ライチン
タム
5783
パンタ
アロー
3059
チャンポール
ミンタミ山系
ユー河
チンドウィン河
ミンタミ
ダトエチョーク
モーク河
モーク
トンピン
モーライク
インパール方面図
標高はフィート

の小銃と背嚢を持ち、ロンジー（腰巻きのようなもの）に素足がほとんどだった。

　私はビルマ進攻作戦のことを聞きながら、同年兵たちと一戦分の差ができたことを強く意識づけられる思いがした。


　私が、戦友たちと行動をともにできなかった裏には、苦しい体験があった。

　上海事変から日華事変へと、国全体が戦時一色となった昭和十五年、私は徴兵検査で甲種合格となり、翌昭和十六年二月二十日、内地教育隊である千葉県佐倉の東部六十四部隊に入隊した。

　その後、約四ヵ月間にわたるきびしい初年兵教育をおえ、六月十四日、われわれ八百余名の初年兵は病院船吉野丸で神戸を出港し、玄界灘をこえて北支塘沽《タンクー》についた。

　五日後、山西省楡次に駐留していた歩兵第二百十三連隊に追及した私は、第一大隊第一中隊に編入となった。

　私の原隊である第二百十三連隊は、第三十三師団の指揮下にあって、昭和十四年四月の武漢三鎮の警備いらい、北支各地を転戦し、中原会戦に参加したのち、楡次に駐屯していたところだった。

　前線での生活は、内地の教育隊の比ではなかった。水が悪いせいか、それとも連日の猛演習のためか、下痢症状をおこす初年兵が多く、なかには血便をもらす者さえいた。

　戦地教育も二ヵ月におよんだ八月上旬、普察冀辺区粛清作戦が猛暑のなかでおこなわれることになった。八月十二日、楡次を発ったわが連隊は、暗夜、石門東方で列車をおり、夜行軍に入った。作戦間、部隊は敵中ふかく突入し、後方にまわった敵を迂回して包囲撃滅する行動をとるため、兵隊は苛酷な行軍をしいられた。

戦闘をいくどかまじえるうちに、西方はるかに万里の長城が望まれた。そのころ、連日の強行軍の疲労がでたのか、初年兵たちは一人また一人と落伍後送され、ついに小隊では初年兵は私一人になった。しかし、私の足は歩行のたびに、軍靴のなかで潰れでた血膿が肉と皮の間に吸いこまれ、激痛を起こしていた。

ある日、大休止のさいに、衛生兵が私の足を診《み》るため軍靴をはずそうとしたが、足の腫れがひどくてかなわず、靴をきりさいてようやく露出させた。そのとき衛生兵は顔をしかめたまま、私の顔をじっと見つめた。

衛生兵も古参兵たちも、私のがんばりにはあきれたようだったが、私は治療のために師団野戦病院に送られることになった。

八月三十一日、行唐野戦病院で切開手術がおこなわれた。化膿していた個所は、両足ともすでに大腿部までおよぶというひどい有様だったが、麻酔なしに傷口ふかくメスは入れられた。敵弾による負傷ではないので、私は歯をくいしばって新たな激痛にたえねばならなかった。

その後、私は石門陸軍病院から北京陸軍病院へと後送された。傷は夕方から夜にかけて痛み、高い熱のためか、頭髪がおびただしくぬけ落ち、残り少なくなった。朝になると痛みは少しやわらぎ、包帯交換がされた夜はよく眠ることができた。

このころ大腿部切断の可能性もあったことを、私はあとで知らされた。病名は「両足背蜂巣蜜蜂巣織炎」である。

月日がすぎ、北京にも冬がきて、そこで私はハワイ海戦の報を耳にした。はやく中隊にもどりたいという願いはさらにつのっていた。食欲のあらわれとともに、しだいに病状は快方にむかい、湯山温泉に赴いてさらに療養に精をだした。

昭和十七年二月、私は婦長に退院の届けを再三願いでた。そして涙を流しての説得に、ついに自己退院の許可をもらいうけた。

私は部隊復帰の苦しい列車の旅をつづけ、第一大隊のいる徐州をめざした。しかし、部隊はすでに移動したあとで、そこからさらに南京へ急がねばならなかった。だが、部隊関係者五名とともに赴いた追及の途は、南京の地でたたれた。部隊はすでに南方へ出発してしまっていたのだ。

われわれ六名は置き去りにされたわけだが、原隊に配属になる初年兵教育隊が蘇州にあり、そこに赴任するように命令をうけた。転属以外に方途がないのではと心配した一同は、ほっとひと安心した。

蘇州で私は、いまだ完全には癒えぬ足の治療をおこないつつ、初年兵の教育に協力することになった。点呼終了後のひととき、初年兵と車座になり、私はこれまでの経験談を話して聞かせ、足をいたわるように念を押した。

初年兵たちも教育訓練の三ヵ月をすぎたころには、ずいぶんと逞しくなってきた。やがて、彼らも戦地に赴くことになり、私にとっても原隊との合流の日がちかづいた。

六月一日、荷造り梱包をおえ、南方移動への準備もととのったわれわれは、上海港をあとに、一路、南に進路をとったのである。およそ一年ぶりに見るなつかしい戦友たちの顔であった。

このプロームから、北支いらいの古参兵が内地に帰還することになった。駒場の井坂又三氏がその一人だったので、私は、軍務に作戦に元気で従事しているから、心配しないよう家族につたえてほしい、と依頼した。

喜ぶ古参兵たちを見てうらやましくも思い、またほっと胸をなでおろすような変な気持がした。このとき、遺骨の内地護送員も各隊から出たようであった。

毎日、雨期のむし暑いなかで、激しい演習がつづいた。そうしたある日、同年兵の生田目、大砂、増田らが見習士官になって部隊にもどってきた。しばらくぶりの再会に、内地の話や、初年兵のころの話に花が咲いた。

中隊長はさっそくお手並み拝見とばかり、木川田軍曹を長とする一個分隊を生田目見習士官に指揮させ、演習をやらせた。同年兵の出世をたのもしくみる思いがしたが、彼は一中隊に入らず、九中隊（第三大隊）に去っていった（後日、再会することなく、生田目はドンベイクで負傷し、インパール作戦中、ダトエチョークの戦闘で戦死した）。

南国の緑は、一日一日と濃くなり、毎日スコールが何回となくやってくる。森も林も、河も町も、白いカーテンでおおわれ、頭上の屋根にドーッと降りそそいだ。雨量は内地のとはくらべようもなく物凄い。

このあたりでは交通は舟が主体で、大小の丸木舟やサンパンが屋根つきとなった。スコールの通りすぎたイラワジ河の白く光る水面を、ゆっくり上下する舟が見えてくる。対岸の緑の森にひときわ高い椰子が長い葉をゆらゆらさせていて、なんともいえない南国情緒そのものである。

演習も休みの雨降るひととき、二階の窓辺で軍用ハガキに風景をえがき、家族や故郷の人たちを思い浮かべていると、内地の毎月の農作業や風水害の有無なども気になってくる。とくに、祖父母と八十六歳になる曽祖母の身が案じられる。祖母は好きな魚を断って、私のぶじを祈っているという。日本のため、家族を守るためにも、一生懸命がんばろうと思わず手を握りしめた。

雨期も最盛期をすぎたのか、雨のない朝もみられるようになった。そんなある日、起床と同時に銃剣術の防具に身をかためて木銃を持って点呼をすますと、いそいで広場にとび出したが、指揮する下士官が見えず、古参兵も不在だった。

「それなら、やるほかあるまい」と、すかさず初年兵を整列させて、基本から、大声を張り上げて号令をかけた。初年兵も号令にのって機敏に動作してくれたので、内心、「どんなもんだ」と満足した。予定の時間いっぱいにふたたび整列させると、

「間稽古終わり、解散！」

一礼すると、初年兵は一目散に走りだす。自分も兵舎に駆けだそうとしたところへ、中隊長当番兵が、あわてて駆けよりながら、

「今朝の指揮者、中隊長室までこーいっ」

いったい何が気にさわったのだろうか、基本・号令・動作にまちがいはない。どこに文句があるのだろうと、防具木銃のまま、早駆けで中隊長室入口の前に立った。

「陸軍一等兵、井坂源嗣まいりました！」

「おおっ」

貝沼中隊長のかん高い、いつもの声がする。

「間稽古の指揮者はお前か！」

「ハイッ、そうであります」

「帰ってよし！」

「帰りまあすっ」

一礼した背後で、「下士官全員集合だ！」と、中隊長の怒号を耳にした。

私たちの間稽古を二階からながめ、下士官が指揮に出なかったので、中隊長は憤慨したなと察した。しかし、軍紀厳正な二百十三連隊の中隊長が、なぜパジャマ姿で兵隊を呼びつけるのだろうか。自分が中隊長なら、起床と同時に軍服を着るだろうにと思った。

しばらくして下士官一同、中隊長に気合いを入れられて、しょんぼりして帰ってきた。け

っきょく、隊長からも下士官からも、御苦労のひとことも言われずじまいとなった。

まもなく補助衛生兵教育があり、一中隊から二名が教育をうけることになった。興野一等兵と私は、暑い日も雨の日も毎日、昼食を飯盒につめて防雨外被を用意し、ノート持参で第一大隊本部医務室にかよった。

横崎軍医中尉、和口衛生曹長のもとで人体構造の基本から講義をうけ、筆記し、図解も入れ、またときどきノートの検査もおこなわれた。

講義のさいは、私は一言も聞きもらすまいと集中し、必要とおもわれる個所はかならずノートに記入した。そのことで和口曹長にはほめられたが、衛生兵たちから、

「井坂、いいあんばいにしてくれ。和口曹長から井坂のノートを見ろ、お前たちのほうが不勉強だ、と怒られちゃった」といわれた。

中隊に帰る道で興野と、

「人事係からは一中隊の名誉にかけて、がんばれと言われるし、本部衛生兵はこまると言うしな」

「そうだよ。がんばらないと中隊で気合いかけられるしな」

「こまったなあ」

どこでも気苦労はあるものだと、二人して顔を見合わせて笑った。

ビルマ人も、毎日、何人かは傷や腹痛で部隊に治療にくる者がいた。ある日、見れば三十歳前の男が顔をゆがませて入ってきた。

「バーレー（何だ）」

「マスター、リーナーレ（性器が痛い）」

男のものが痛いという。ロンジーをめくると、褌もなにもないから直接見える。私たちは一見して驚いた。なんと竿の先の肉がくずれて、流れだしているではないか。小用などどうするのだろう。ロウソク病だと軍医から説明があり、よく見ておくようにと言われた。

彼は、苦痛にあえぎながら一生を終わることだろう。南方の悪性の性病を目のあたりに見た。私たちは中隊に帰ると、見たままを話し、性病に注意するよう呼びかけた。

中隊の初年兵も診察治療にくる。輸送船中で発生した皮膚病のタムシが、雨期の湿気のため猛威をふるっていた。大槻一等兵も頭から耳の穴の中までできてしまい、切開して治療した。

初年兵は演習も休めず、内務班では下士官と古参兵ばかりなので、多忙で苦労してるのだろう。いまのうちに通って治し、汗をかいたらよく洗うように指導した。

当時、治療にくる者はタムシがいちばん多く、塗布薬の丁硫膏はみるみる減っていく。雨期は半年もあり、長い。日中は湿気と暑さで汗がふき出し、夜も眠れないし、食欲も減退する。

やがてマラリアが発生し、これにやられて感染発病すると、悪寒をともなう高熱を発し、患者は内地の水が飲みたいなどと口走るようになる。

ここでは、スコールの最中が一番しのぎよい。カーッと陽が照りだすと、五十度ちかくなる。小鳥でさえ木から木へ飛ばなくなり、茂った枝葉の中にもぐりこんで、集団でチュッチュッと鳴き騒ぐので、うるさいことこの上ない。

八月の半月の夜、ビルマ・モー（菓子・小麦粉に味をつけてかためた丸型のものと、米をふくらませて飴でかためた板チョコ風のものがあり、新聞紙に器用に包まれていた）を買いにいこうと三人で、近道して焼けた広場を横切り、街かどへ出ようと駆けだした。すると、広場の中ほどで、ズボッと音をたてて足が地面に入りこみ、両足とも腰のあたりまでブクブク入って宙に浮いた感じで、先へも後へも動けない。

「おーい、早く助けろ！」

「何だなんだ、どうしたんだ」

「早くしろ。トタンを投げろ！」

「よーし、ほらっ」と、落ちていたのを投げ入れてくれた。

「もっと、どんどん投げろ。沈んじまうぞ」

焼けトタンの上を一枚ごとに這い上がり、やっと出た。

「臭いなあー」

「臭いどころか、残飯捨場で戦死するところだった」

「下士候隊のやつら、縄でも張ればいいのに、もってのほかだ。馬鹿野郎っ」と大声で怒鳴ってやった。

「食い物どころか、臭くて吐き気がするようだ。俺のぶん、たのんだぞ」

二人は菓子を買いにいったが、私は宿舎にもどり、裸になって爪のなかまで洗い流した。

このころ、人事係の阿部曹長に呼ばれ、
「下士候志願するか」と言われて、ちょっと迷ったが、
「志願しません」と返答して帰ってきた。

郷里には老人が三人もおり、長男としての責任も感じていた。志願すれば、在隊期間も長くなるのが常識だった。このとき二中隊にいった同年兵の平山重行上等兵や、一中隊初年兵の広瀬一等兵が下士候を志願したのだった。

毎日の暑さに食事がすすまなかったが、大きな葉ッパにつつんだ納豆が朝市に出るようになり、分隊で木箱いっぱい買いこみ、三食ごと舌つづみをうった。その日一日が限度で、二日目には腐ってだめになるが、ビルマ人にだれが製法を教えたのだろうか。果物はマンゴー、ザボン、バナナ、パイナップルなどが十銭、二十銭という価格で安く求められた。

このころ日本では、バナナなど姿を見ることもできない状態にあった。われわれ兵隊の毎月の俸給は、食べ物でほとんどが消えた。

中隊では連日演習だったが、興野一等兵と私は大隊本部医務室がよいから、連隊の補助衛生兵集合教育をうけることになり、あいかわらずの毎日がつづいていた。やがて雨期も終わり、いつのまにか快晴の日が多くなった。

私たちがさらに師団の集合教育に入ろうとした直前に、各部隊の移動が開始された。

つかのまの平和

歩兵二百十三連隊第一大隊は、昭和十七年九月二十五日より、第三十三師団司令部のあるエナンジョン付近の警備につくことになり、プロームから焼玉エンジンの舟艇数隻に分乗して、イラワジ河をさかのぼった。

現地住民の機関員が操舵し、われわれは敵機を警戒することもなく、両岸の自然を観賞しながら、のんびりとした行軍でない転進に喜んだ。

舵輪をあやつるインド系の住民は、日に数回の長いお祈りをするので、これでは作業する時間がないのではと思った。彼らは麻袋を少しずつ切りとり、パイプにつめこんで水タバコを吸っていた。太い容器に水が入っていて、吸えばコポコポと音がする。タバコの葉も買えず貧しいのだ、と思っていたら、物好きな兵隊がいちばん先に借りて吸いだした。

「味は悪くはない。吸ってみろ」

「そうか、どれ」

私も交代して、まず筒先をきれいに拭いた。上半身裸でボロを腰にまとい、まっ黒い手と肌なのでなんとなく気持が悪い。静かに吸うと、甘ったるい味があり、タバコに無縁なときだったので頭がファーッとした。ふるい麻袋でも、少しはタバコの効果があったのだろうか。

現地ビルマのポンポン船が、いっぱいエンジンを吹かし、一列になって流れにさからって上流へむかう。水の流れる音さえ聞こえない静かな田園の河に、とつじょとして起こるエンジン音にも恐れるようすもなく、水牛が舟艇のすすむ近くでマンデー（水浴）をし、こちらをじろりと見て急に角をふった。

「だいじょうぶか。あの図体で舟に突っかかられたらひっくり返るな」

「金づちは終わりだな」

河の深さに関係あるのか、それとも流れの道でもあってのことか、船はあまりにも岸の近くをすすんでいる。

「ビルマ進攻作戦で、水牛のすぐそばを行軍してやられた兵隊もあるそうだ」

「ううーん、あぶねえ」

反対の河岸よりを丸木舟がくだって来た。私たちが手をふると、ニコニコ笑ってゆれる舟の上から手をふってこたえてくれるビルマ人——呼べばこたえる純情な人たちであった。岸辺で泳いだり潜ったりしている三人の子供に、上手なものだと感心したが、急流に溺れはしないかと心配もする。その中の小学三年生くらいのが、抜き手をきってこちらに近づいてきた。

「おい、気をつけろ。カレー（子供）」

言葉がつうじたのか、片手を上げてケロケロ笑っている。

堤防もなく流れにまかせた大河の両岸には、緑の森にバナナの木や、椰子が見え隠れする。大きな葉で屋根をふいた床の高い家も点々とみえる。

エナンジョンに近くなると、森もまばらになってきた。上陸すると見わたすかぎりの不毛地帯で、起伏の連続する大小の丘があり、遠く近くに油田の高い櫓が林立して、円形の貯油タンクが驚くほどの大きさである。

ちかづくと、ドーッと滝のような音がして、油に流れこんでいるのかと思ったら、破壊された穴に吹きこむ風の音だった。資源をむだにする戦争の傷跡だった。

各中隊は離れてバラックの宿舎に入り、直轄の師団護衛ということで衛兵勤務があり、軍紀厳正な毎日をすごすことになった。給養も普通だったが、人里はなれたところなのであたりは殺風景だ。

演習にでると、砂礫の丘を縦断する太い油送管が蜿蜒とのびているのにぶつかった。遠くラングーン港まで原油を送っていたのだと知った。細い鉄管は縦横に、二本あるいは三本と並行して丘陵地帯を走る。ほとんどが機能を停止した死の鉄管だった。

付近の谷間に、化石の小さいのがゴロゴロところがっており、そのなかに三メートル以上もある巨大な木の化石を見つけた。

「床柱にしたらどんなものだろう」と手でなでてみた。持ち上げようとしたが、石だから、とてつもなく重い。

「日本まで背負って行くわけにもいくまいし」

「ああ、もったいねえ。残念だ」と、後ろ髪をひかれる思いで通りすぎる。

各当番兵もきまり、私は広瀬見習士官の当番兵になり、小高い見晴らしのよい丘の上にある赤瓦の、イギリス人の住んでいた官舎に移った。

そこでは貝沼中尉、大里少尉、秋本少尉、広瀬見習士官の四人が、あきずにガラガラと麻雀パイの音をたてていた。

ときおり年配の大里少尉が、源平合戦の悲しい運命に流された平家の人びとの物語を琵琶の調子で口ずさんでいた。召集で妻子を残して出征し、ビルマにある老少尉の胸中がにじみ出ているような調べとも聞こえた。

ふとわれわれも、平家のように敗れたくないものだ、まさか戦いに負けるようなことはあるまいが、と、なぜか一抹の不安が胸中をよぎる。

不幸にも、一年半後からおなじ運命をむかえる結果になろうとは、神ならぬ身の知るよしもない。

乾期のビルマの空は紺碧に晴れわたり、その下に平和な油田地帯がひろがっていた。洋式の窯のある小屋で、私たちは毎日、紅茶を入れた。砂糖も紅茶も戦利品だろう。あるときが正月の兵隊の習いで、おもいきり濃くして飲んだ。

「おーい、紅茶持ってこーい」

ときおり中隊長のかん高い声がひびく。兵隊はその場ですぐに飲めるが、将校というものは不自由なものだ。

広瀬見習士官は体格がよく、軍袴も張りさけるようだ。

「井坂、腹へっちゃってやり切れねえなあ」

私にしきりにこぼす。折りおりに内密になにか料理して出したが、乾期に入り、食欲が出たのかもしれない。

われわれは師団司令部をかこむように対空班をおき、対空射撃訓練を実施して万全を期した。

ある日、南方軍総司令官寺内元帥が師団本部にこられたという。そのためか、めったに見ることもない友軍の隼戦闘機が数機、エナンジョンの上空を旋回し、われわれはひさしぶりの友軍機に帽子をふった。いつ見ても日の丸は懐かしい。

しばらく飛行していた友軍機が、上空より姿を消した。入れかわるように、北方の丘陵から爆音がしたかと思うと、とつぜん、低空から進入した英軍機ホーカー・ハリケーンが銃爆撃をくわえてきた。

われわれもあわてて室内から小銃を持ち出し、丘の上から敵機をにらみつけた。攻撃してくる英機めがけて、第一機関銃隊の重機がダダダダダッと連射する。大内准尉が対空射撃用に考案した台座だという。

濃紺の空に曳光弾の光が敵機の下を飛びかうだけで、とどかない。低空のようでも重機ではむりなのか、高射砲はないのか、それとも低空すぎて処置なしだったのか、機関砲でもあれば落とせたろうにとくやしがる。

このあとにはエナンジョンに敵機が来襲することはなく、この日の空襲は不思議に思えた。それとも、寺内元帥の来るのを察知しての攻撃だったのだろうか。

ここから南方にある友軍のマグウエ飛行場では、三日ごとに夜間爆撃をうけている。夜空にパッと照明弾の丸い光がただようと、間をおかず、ズシーンズシーンと爆発の音と振動が、大気と地面をつたわってきた。

「また今夜もやられてる。大型爆弾だな」

「飛行機と友軍はぶじなのか、あんなにやられて」

「ここへ落とされなくてよかったな」

将校宿舎の丘から、われわれはマグウエの友軍を気づかった。

昼間は、毎日、炎暑のもとで演習が続行された。ある日、英印軍から捕獲したM3型戦車が投入されて、われわれは対戦車攻撃演習を実施することになった。各自が火炎瓶のかわりに空瓶を用意して、各中隊員は、丘陵ばかりの不毛の地形に散開した。

私は敵の戦車はどんな音で走るのかと、まっさきに気にかかった。友軍戦車ならかなりの音響をだすのだが、敵のはトラックほどのエンジン音で、猛スピードで進入してきた。時速五十キロは出ると聞いたが、キャタピラに防音装置がほどこされ、鉄の軋む音がそれほどしない。

いよいよ演習がはじまった。四両の戦車は音のみで、姿は見えない。丘の下の谷へ入ってくるのだろうか。前面からは銃眼を、また後部へまわって火炎瓶をたたきつける攻撃演習だ。遮蔽物となる木や草が少ないので、谷から谷へ、丘の斜面から斜面へと駆けまわる。

急斜面の下に二人一組で待機して、こちらに進んできた戦車の正面銃眼に瓶をたたきつけた。見上げる戦車は丘の稜線で上を向き、腹が見えたと思ったら、そのまま急に落下しはじめた。

「あぶないっ」

いっしょにいた戦友とワァーッと逃げると、戦車は、たったいままで伏せていた位置にドサッと落ちながら、ググーンと前進していった。

「命びろいしたな」

「なんだ、見てたのか」

べつの一組の中隊員が、離れたところで一部始終を見ていたようだ。

「戦車隊のやつら、危ないことするなあ。もう少しで踏み殺されるところだった」

「瓶をたたきつけたとき、銃眼から破片でも入ったかな」

笑いごとではないが、友軍に殺されるなんて馬鹿げた話だとみんなで笑った。

演習もぶじに終わり、ドラム缶入浴で汗を流す。階級順に入る湯の中では、抜け毛が体にくっついてくる。毎度のことだが驚くほどの量だ。

ある休日、同年兵とイラワジ河に出てみると、ビルマ人の青年が投網を使っていた。

「チノーカナペーバ（私に貸してくれ）」というと、快く笑顔で貸してくれた。河岸から、一投また一投と、引き寄せるごとにバシャッ、バシャッと、三十センチ以上の魚が何匹も入っている。この河は魚だらけなのかと思ったほどだった。

ところ変われば品変わるというが、とれた魚は頭が鯰で、あとは尾まで鯰と同じだった。

中隊から空樽をはこび、三杯にあふれるほどになった。意気ようようと引きあげて、中隊炊事に申し送り喜ばれた。

付近には村ひとつないが、部隊が駐留したので、どこからともなく物売りが皿型の浅い籠に果物を入れ、頭に乗せてあらわれた。現在でも日本に輸入されるのは黄色くなったバナナがほとんどだが、皮の青いふつうより長めの青バナナはいちだんと美味だった。

「マスター、バナナ」

「マスター、青バナナ、ガウネー」

八人の若い娘が黄色い声をだしながら、籠を地面におろした。兵隊たちは面白がってさっそく立ちどまり、バナナの房から一本持ち上げると、変な持ち方で、

「バナナ、ミヤージ、ガウネー（バナナたいへん良い）」とやる。

若い娘たちもピンと来たのか、恥ずかしそうに横を向き、顔から耳まで赤くした。それを見て、おもわず兵隊たちの顔も上気する。

部隊から四キロくらいはなれた慰安所は、盛業だったようだ。もっぱら将校や下士官が利用し、二年兵の出る幕ではない。三年兵の上に補充兵がおり、その上に古参がいて頭がつかえ、邪魔をしていた。だが、平和なエナンジョンの駐留も長くはつづかなかった。

峻険を越えて

遠くアラカン山系の西方、印緬国境のアキャブ戦線では、第二大隊、第三大隊が、激戦のすえに占領したブチドン、モンドーより撤退のやむなきにいたった。

彼らはラチドン、ドンベイク付近において、アキャブ奪回をめざす英印軍第四十七旅団の空爆、砲撃、戦車の猛攻撃にさらされながら死守している最中で、これに反撃の途を見出すべく三十一号作戦の発動となった。

作戦に参加するため、急遽、わが第一大隊（有延部隊）は移動転進することになった。われわれは私物を整理したり、部隊梱包の使役にでた。そして装備や装具をととのえると、鎮田部隊（輜重三十三連隊）のトラック縦隊の車上の一員となり、一路パコックをめざして北へ北へと驀進した。昭和十七年十二月二十九日のことである。

丘陵地帯を過ぎるころ、舗装された道路の両側はネムの大木の並木となっており、陽ざしをさえぎって快適だった。ノアレイ（牛車）以外は人通りもない。

車上の偽装の木の葉がちぎれとぶ。風圧にたえてうつむき加減に右前方を見ていたとき、突然、タイヤが一本トラックを追い越していった。あわてて運転席の屋根をたたいて停車させたが、こんどはタイヤを追い越した。後方百メートルほどのところで、コロコロパタンと横になって止まった。兵二名が車からおりて転がしてもどり、後車輪に取りつけてふたたび走りだす。

「気をつけてくれ、こんなところで死んではもったいないから」というと、安心したのか、みんな笑顔になった。

イラワジを渡河した第一大隊は、パコック、タマンドを通過してポークに到着し、昭和十八年の元旦を簡単に祝った。経理班や本部はこれからの諸準備で多忙のようだ。

ポークはアラカン山脈の山すその村で、平野部よりいくらか高度があり、乾期のなかばともなると、夜は肌寒いくらいである。

平地の村々から牛を徴発したが、老牛かやせ牛しか売ってくれないとか。日本だって牛馬は農家の大黒柱とたいせつに飼っていたから、当然のことと思う。

アラカン山系の人跡未踏の標高三千フィートをしのぐ山越えは、全行程が三百キロを越え、道はみずから伐開しながら前進することになった。

ポークの村の住民が、

「マスター、アラカン、トワメラー(行くのか)」と話しかけてきた。

「アラカン、チン、シーデ、ムカンブー(アラカンにはチン族がいてだめだ)」と毒矢、毒槍の手真似をして、ビルマ人もチン族に殺されたことがあると説明し、

「ムトアネ、マーラガトアビー(行くな、殺される)」と心配してくれる。ビルマ人はわれわれのアラカン越えを知っていた。防諜など注意を兵隊にしたところで、牛や苦力《クーリー》あつめをしているのだから隠せるわけがない。

山越えをひかえた体はたいせつなので、数少ない蚊帳をつってマラリア蚊をふせぎ、せまい寝床に鰯の連差しのように並んで寝る。寒い夜だ、戦友と体をよせ合って、うとうとする。

——夕方、故郷の村の細道を私が歩いていると、後ろから曽祖母のふゆばあちゃんが白い

手拭をかぶってついてくる。

「何だい閑居ばあちゃん……」

声をかけたのに返事がない。黙って立っているので、ふたたび歩き出したら、またついてくる。

「どうしたんだい……」

黙ったままだ、いつものばあちゃんと様子がちがう。

「変だな、ばあちゃん！」

大声を出したかも知れない。とたんに目がさめて、

「ああ夢だった。夢では返事ができなくともしかたがない。よかった」と安心し、すぐに眠れた。

どれくらい眠ってからか、さきほど見た夢とおなじ夢を見て、また目がさめた。こんどはもう眠れない。今年は八十七歳になる年寄りのこと、もしや何事かがあったのでは……。

となりの渡辺一等兵が寝返りをうった。

「おい、いまこんな夢を見たのだが……」

「ああそうか。夢の知らせかも知れないぞ」

「本当にそんなことってあるのかな」

「本当にあったたって話を聞いたことがある。しかし、いくら心配したって、ビルマからではどうにもなんねえよ。さあ寝ようか……」

後日、キョクトーの警備についたときに、祖父からの便りで、一月二十五日に、ふゆばあちゃんが亡くなったと知らされた。夢を見たのは亡くなる十五日ほど前のことで、曽祖母はちょうど生死の境をさ迷っているときだった。

曽孫恋しさの魂が、海をこえ山野を越えて、ビルマのポークまでも会いに来てくれたのだろうか。八十五歳になっても綿から糸をとり、手機《はた》を織った気丈なばあちゃんが、アラカン踏破を心配して、私をまもるための一念で来たのかもしれない。私はそう思いたかった。

アキャブ方面では一進一退どころか、英軍は新手の第五十五、第百二十三インド旅団と交代し、二次、三次と反攻に出ており、一刻をあらそう重大な状況下にあるという。

援軍をまつ戦友を思うにつけ、アラカン山系をへだてた僚友大隊の苦戦に、ただ無事を祈るのみである。いま行くからがんばってくれよと、心の中で念じた。

諸準備はようやく完了し、先発工兵と各隊が出発、つづいて大隊本部、第一中隊、第二中隊が後を追った。ずっしりと肩にくいこむ背嚢を負い、一人で二頭の牛をひいた。麻袋に糧秣をふり分けて牛の背にのせた。ビルマの牛は背に荷物をのせなかったので、練習をかさねて訓練したのである。そして歩く牛もまた食糧だった。

兵隊たちは口を一文字にむすび、かたい山土をけって、頂上めざして黙々と行軍する。弓部隊の矢が、いままさに弦をはなれ、アラカン踏破の行動が開始された。

昭和十八年一月、有延挺進隊は、蜿蜒と一列になって山岳の斜面をすすんだ。

二日ほどたったときか、高山の稜線からふり返ると、ひろいビルマ平野が眼下にかすんでいた。部隊は夕暮れとともに宿営するが、屋根の下とはいかない。

山に暮らす住民から、焼きいもを五銭で五本買った者がいた。軍票は山では必要ないと考えたのか、二十五銭以上の紙幣は使いはたして、だれも持っていなかった。

私も十銭なら倍買えると思って、駆けだした。買えたのはただの三本だった。もうビルマ語も通じないのだから、どうにもしかたがない。よそでは雑誌の切り抜き写真で十本のいもと交換した者があるという。

「なんだ、そんな物で。どうなってんだ、これは」

「うまくやりやがったな」

ビルマ平地に甘藷はなかったので、みんなは口々に、

「日本の味だっ、これは」と子供のころを思い出し、分けあって、口を黒くしながら皮ごと焼きいもを食べた。

夜が明ければ、食事をすませた部隊は、号令とともに二本の手綱をとり、寒さのいちだんと増した高峰ミンダサカンの頂上付近をゆく。灰色の空が暗くなると、やがて雪がふりだした。

一年じゅうが炎暑の平地から、わずか数日の行程で、一足とびに真冬の寒さとなる。夏の上衣に防雨外被をかさねて着ても、歯の根があわず、ガチガチと音をたててふるえが止まらない。山の頂上は長くおだやかな起伏がつづき、禿げ山にちかく歩きやすいので、すこしでも早くつぎの谷間にくだるようにと牛を追う。

「ハイノアー、ノアハッ」と、かけ声をかけてせきたてる。

隊列から左方の道ばたに、腰を下ろして飯盒の飯を食べている兵隊がいた。みると平山重行兵長だ。

「なんだ、平山。冷たい飯なんか食べて大丈夫か」

「うん、腹へったからな。食べてから行くから」

ふだんと変わらず、元気に返事した。

「それじゃ、先に行くからな」

平山は私とともに佐倉の東部六十四部隊に入隊し、伊藤隊から仲田隊にかわったころ、第二内務班でいっしょに教育をうけた仲である。彼は、プロームで下士候隊をへて、第二中隊に属していた。現役志願兵で二十一歳の若者だった。

ところが、しばらくして、あとから追及してきたのは平山の死の知らせのみだった。ミンダサカンの雪とともに、一つの青春が露と消えていったのである。

山頂付近の雪はふりつづき、無言で歩くとますます身体が硬直し、寒さにたえられなくなる。全員で、大声をだして軍歌を歌った。

わが小隊では、新潟出身の小松兵長が硬直して歩行困難になった。広瀬小隊長が一人でつきそうことになり、小隊長は牛と装具を谷においたあとで、迎えに来るように命じた。二人を犠牲にしたら大変と、われわれは急いでかけ下りるのだが、道が蛇行しているので気持ばかりが先になる。

やっとのことで壊れた小屋のまわりに背嚢を投げおろし、牛の管理を確認すると、五名でいま下りてきた道をひき返した。呼吸が苦しくなるが、五人で懸命にのぼった。

かなりの時間をへて現場にもどってみると、二人は抱きあったままうずくまり、顔色が悪く、全身がこきざみに震え、足もとには一握りの通信紙が燃え残っていた。

付近には生木の濡れたものばかりで、火も起こせず、紙類を燃やそうとマッチをつけたが、そのマッチもなくなってしまったようだ。二人とも言葉が出ない。

やがて小隊長が、「何をしてたんだ。おそい……」と口をもごもごさせたが、意味がやっと判断できた。

雪みぞれの山頂から、二人の装具を背負い、身体を支えながら小屋までおりてきて、焚き火で暖めた。さいわい二人ともしばらくすると元気になり、みんな喜んだ。

ここから見上げると山頂付近の雪が夜目にも白く見える。苦力や、輜重の牛車も何頭かが凍死した。この谷あいも寒く、われわれは地面に枯芝を燃やして灰をのぞき、毛布一枚もたない中隊員はその上で天幕にくるまって仮眠した。背中の温《ぬく》もりと疲れで、全員ぐっすりと眠った。

早朝、冷たい谷の水で飯をたき、あたたかい食事でひとごこちをつけた。そして、つぎの青黒い見上げるような山肌に挑んだ。牛も草を食べ、水を飲み、心配したほどは痩せなかったが、すでに寒さで半数にへっていた。

こんどの山は木が多く茂り、伐開した道は切り株や木の根で眼をはなせない。ホオー、ホオッホオッと数十匹の猿の集団の鳴き声がする。すると、反対方向でもこちらの声に応じるかのように、ホオー、ホオッホオッと大合唱になる。それがやがて周囲の森や谷間にこだまする。

「平和な山奥だなあ。ここで暮らしたら戦争知らずだ」

「チン族より、猿の方が多いな」

登りの坂道で、崖の立木の間にめずらしくバナナの黄色く色づいたのを見つけてかけだした。皮をむいてひとくち嚙んで驚いた、表面にだけ薄い膜があり、中味は黒くかたい種ばかりだった。野性のバナナとは、本来こんなものかとがっかりした。

幾山河越えたのだろう、数える余裕などなく、目の前の山をのぼり、眼下の谷へおりる。谷の水で炊事をして休んではまた、明けがたに出発する。

「楽あれば苦あり、苦あれば楽ありか」

「今日もがんばれよっ」

赤毛の牛につぶやいたが、いつのまにか手綱は一本だけになっていた。中隊の牛も残すところ三頭になった。動かなくなるたびに殺して血をぬき、肝臓、心臓まで副食になった。かわいそうだったが、やむを得ない。

頂上からふり返る東方も、前方の西も、遠く近く山また山である。いよいよ奥地に入ったのだろう。この山脈の北は、世界の屋根といわれるヒマラヤ山脈につらなるという。

赤毛の「赤」もよく馴れて、私を他の戦友と見分けるほどになり、私が呼ぶと、歩きながら耳を声のする方に動かす。丸いでっかい目で私を追って、手綱なしでも後ろからついてくる。

「今日も気をつけて歩くんだぞ。赤っ」

「歩けなくなったら殺されるんだからな」

愛くるしい目を私に向ける。

一生懸命のぼりつめた山頂は、岩石の多いところだった。稜線から少し下りはじめたとき、行軍が遅々として進まなくなった。突きでた岩壁をまがる道は、幅が一メートルほどの一枚岩で、その先は深い谷底へ一気に傾斜している。

私は思わず手綱を短く持って、

「赤、気をつけろっ」

ひと声かけて励まし、岩に足を出す。軍靴の底の鋲が少しすべった感じがした。これは危ないと、赤の前脚に目をやるのと同時だった。左前脚が谷の方へすべった。とたんに手綱を持つ手が強くひっ張られ、手に痛みだけが残って、岩の上に「赤」の姿はなかった。谷をのぞいても白くたちこめるガスで何も見えず、風か谷川の流れか、ザザー、サワサワと千尋の谷間にこだまするのみであった。

助けももとめず谷底に消えた牛の「赤」も、また戦争の犠牲者だ。私はその場に立ちどまり、

「成仏しろよ……おれの戦いはこれからだ。ビルマの牛でさえ日本のために死んだのだ」

みずからを慰めながらも、生きるはかなさを感じた。

「井坂、ここはむりだよ」と、戦友に声をかけられ、

「うん、かわいそうなことをした……」

つぶやきながら、私はふたたび歩きだした。直接、自分の手で殺さずにすんだのが、せめてもの救いだった。

山岳民族とともに

山かげからでると、やがて狭い稜線に道があり、両側は谷で、そこを渡り終えたところに、焼いた丸太で杭をたてて鹿砦《ろくさい》が組んであった。

その上の平地にササの葉の屋根をのせ、丸太と竹でつくった小さな家が五棟建っている。裏は急斜面の崖があり、外敵を防ぐため地形地物を利用した天然の要害というべきか。刀槍と弓の戦いなら、ばかにならない城だ。この山奥にも部族間の対立と戦いがあるのだろうか。

山間部の日暮れははやい、今日はここに宿営することになった。

「今夜は、いちおう屋根の下で寝られるぞ」

ビルマ語が通じないので、身ぶりと手ぶりの話しあいで、ようやく了解がついて室を借りることになった。

床は高く、丸太の梯子をあがって背嚢をおろす。歩くたびに竹の床が折れそうだ。一歩ア

ンペラがこいの中に入ると、動物の頭蓋骨がいくつも壁に下げられているのが目にとび込んできた。あまり気持のよいものではない。

「何だこれは。ノロか野牛かな。鹿のもあるようだが」

「何のためにこんなもの」

「飾っておくのだから、自慢できるものなんだろう」と勝手に憶測する。高地の夜はあいからず寒い。炊事かたがた暖をとる。囲炉裏でたく火と煙で温度が上がったころ、囲炉裏の灰にポタリ、ポタリと蛆の白いのが落ちてきた。

「どうなってんだ、これは……上だ」

「上を見ろ。吊りさがってる竹籠だ」

台もないので肩にまたいでさぐる。

「あった、頭だ。動物のだ！」

下からの熱で蛆が逃げだしたのだった。どうにか取りのぞいて食事をすませ、寝る準備をする。

「こちらの兵器を盗まれたらたいへんだ。首を取られたらなおさらだぞ」

分隊長が、「不寝番は着剣だ！」と怒鳴る。

現地民の中年過ぎた父親と十二歳くらいの娘一人は、外に出ることもなく、家のかたすみで布袋一枚の中に二人いっしょに入って寝てしまった。

「簡単なもんだなあ」

「われわれのほうが、家はなくとも物持ちか」

家の中を見まわしても、素焼きの壺と瓢箪くらいで、ほかには何もない。

「人間のご先祖さまに出合ったようだ」

「寝るか、明日も山は高いぞ」

「内地の夢でも見るか」

屋根の下で横になり、いつしか心地よくなる。

夜明け前に起床し、朝食をすませると、その日の昼食を用意する。出発準備はいつもと同じだ。

「今日の山は高くて、でかいなあ」

「ジャパンマスター、トアメー（日本の御主人様いきましょう）」と、だれかがビルマ人になりすまして言う。

「なに言ってやがる！」

山登りも毎日のことで慣れたためか、みんな元気だ。ミンダサカン山頂の雪の寒さを思えば天国だ。右に左にまわり、頂上を越えまた下る。夕方、登りの山を前にして谷間で宿営する。糧秣も副食がしだいに不足してきた。

人間が少ない山岳地を行軍中、ときおり焼き畑を見ることがある。手ごろな瘤山の木を下にむけて切り倒し、枯れたころに周囲の山裾から火をつけて、焼け跡に残った灰を肥料に種子をまく。ハト麦などがめだって多いのは、酒の原料だろうという者がいた。陸稲、南瓜《かぼちゃ》もつくるようだ。

あるとき、山中の草のなかから南瓜を発見した。料理につかう器もないので、一ヵ所に穴をあけ、中に塩を入れて焚火に投げ入れておいた。「南瓜のアラカン焼き」と名づけて、つづけて食べたので、みんなの肌が黄色くなったのには驚いた。

「中風になんねえから安心しろ」とだれかが笑っていった。


峠の広場で大休止をしていると、男が一人あらわれた。これまで見たこのあたりの住民とは様子がちがう。

手入れなどしたこともないような頭髪を後ろにゆわえて、裸同然の体に三センチ幅の赤くぬった箍《たが》を二本巻き、肩から紐で小さな籠を腰にさげている。その中に研ぎすました山刀が入っており、矢が三本のぞいていた。手には半弓をささげ持っている。

この男の褌が、また珍しかった。五センチ幅ほどの黒色の厚地の布で、手織りのようだ。陰茎を上向きに締め、両方に睾丸がふり分けられて、こちらからはまる見えだ。

「おい、これは狂ってるかも知れないから気をつけろ」

だれかが真面目な顔つきで言った。すると、また一人、同じかっこうの男が槍を持って歩いてきた。ほどなく彼らは狂人ではなく、チン族の男とわかった。

やがて、あまり危険ではなさそうなので、こちらから腰の山刀や半弓をどんなふうに使うのかやってみろと、言葉がまったく通じないので、手真似でやりとりがはじまった。

「ほら、けっこう通じるもんだな」

チン族の男は手真似と身ぶりで、むこうから敵がくると説明し、立て膝で半弓に矢をつがえ、ふせて放つまねをする。とたんに、よこっとびに身をかわすと、またふせて放つ。ご丁寧にも敵の倒れるところまで演じてくれた。つぎは接近戦で、半弓を左手に右手で山刀を持って、目まぐるしく立ちまわり、ようやく一芝居が終わった。面白かったので、隊員全員で拍手する。

ほめたついでに、隊員の一人が男の肩を一つたたいて、三十メートルくらいはなれた一本の立木までいき、十銭硬貨ほどの目印をつけた。立木の後方は絶壁で、谷底がかすんでいる。的をはずせば矢をひろい上げるのは難しいだろう。

チン族の男の顔が、真剣な表情にかわった。一同が静かに見まもるなか、無言で半弓に矢をつがえると、呼吸を一つ、あんがい簡単に矢を放した。矢は一直線にとび、同時に彼も立木に向かって駆けだした。みごとに矢は的に当たってつったち、プルプルンと振動してとまった。男は矢尻の根元を両手でつかんで、慎重にぬき、じっと矢の先を見てから、ニヤッと笑った。

さまざまな物資、とくに鉄や塩がこの山奥のチン族の手に入るのは早くとも四ヵ月、ふつうなら六ヵ月もへて入るという。だから男も、貴重な矢尻のぶじを喜んだのだろう。拍手を送るとうれしそうな態度である。人種をとわず、ほめられて得意顔のあとは少々てれた様子をみせた。

「命中してよかった、谷へ矢が落ちなくてな」と、指で谷と矢をしめしたら、からだ全体でそうだと返事した。

　やがて行軍にもどり、道が急にまがるところに、草も落葉もなく整理された高床式の小屋が三棟建ち、槍先を光らせたチン族四、五名の男がわれわれの方を注視していた。小屋の床上は竹で編んだ大きな籠で、中は見えない。

「やつら、だいぶ警戒厳重だな」

「籾倉だ。命にかけてもまもる気か」

　部族の生命線だ、夜も昼もまもっているのだろうか。生きるためには、どこでも大変なのだと思う。

「われわれ一個小隊の兵力があれば、チン高地の王様になれるな」

「歳《とし》をとったら殺されるよ」

「それまでに、自分の子供をつくっておくさ」

　しばらくすると、チン族の集落が右手の丘にあらわれた。およそ、十棟からの家がある。チン高地の都会というところか、広場には高さ三メートル以上のトーテムポールが立てられ、なにか彫ってあるようだ。

「チン族の墓なんだそうだ」

「庭にあるのか」

「見ろっ、あの女！」

高床式のアンペラがこいの一部の窓を押し上げて、女が体をのり出し、われわれを眺めて騒いでいる。

　どれを見ても顔じゅうに入れ墨があり、線と点の模様はさまざまだが、一面に紫色だ。直径十五センチもある竹の輪に飾りをつけたものを、耳を切ってはめ込み、肩に乗せるようにたらしている。胸には四角にきった小布一枚を斜めに下げていて、ふわりと揺れると横から乳房がのぞいた。どの顔を見てもニヤッと笑う。行軍の疲れもいっぺんにふっ飛んだ。

「すごい人間が世界のはてにはいるものだ」

「ああ、男よりびっくりした」

「どうした、山奥でもよいから暮らしたいと言ったのは。だれだ！」

　足の痛みもわすれて、勝手な話をとなりの戦友とかわし、別世界のまっただ中を行軍する。

　今日も太陽が高くなり、汗ばんで水が欲しくなった。ちょうど大きな岩山の下を行くと、左の方に水が流れ落ち、石の間から泉がわきでていた。それをみんなで交代に飲んだ。

「うまい。内地の水と同じだ。死んでもいい」

「ばか言うもんじゃない。死んで花実が咲くならば、寺や墓地は花盛り――」

「水筒に入れろ。こんないい水、めったにないからな」

　空は青く深く澄みわたり、周囲の山肌や谷間も美しく、名も知らぬ高い山々が眼下に山裾をのばしている。麓までおりないうちに夕方ちかくなり、中隊は谷の上の集落に宿営となった。

谷へおりれば水があるだろうと、二、三名でシャツや褌の洗濯にいく。谷底には長い竹樋が山の上方から伸びていた。竹を割り、節をはらい、竹の三脚につぎつぎと乗せて水をひいていた。ここが落ち口だから、ここの住民がつくったものだろう。

谷に水はなく、石がやたらと多い。雨期には流れができるのだろう。

「うまく考えたもんだな」

「下が石畳だから具合がいい」

洗っているところへ三人の女がおりてきた。遠慮したのか用心してか、黙ってわれわれの終わるのを待っている。

「水くみのようだ。どいてやるか」

洗濯物を手にして、どうぞと合図をし、横に移動してやった。女たちは背中の籠をおろして瓢箪の大小をとり出し、水をいれると口に葉をつめて、ふたたび籠に入れた。

「水だから、そうとう重いだろう」

「紐を頭にのせて背負うから、力が入るんだな」

二人の女は既婚者で、顔じゅうに入れ墨をしている。こんな近くで見ることができるのは今をおいてはないだろうと、顔に穴があくほど眺めた。一人だけは顔に入れ墨がなく、色白の美人でけっこう若いようだ。

「おい、この娘は美人だな」

「チン族にもきれいなのがいたんだ」

「結婚すると、入れ墨だらけになるのか」

「ああ、もったいない話だ。かわいそうに」

白い饅頭のような小さなビルマ石鹼をつかってみせ、美人娘の手に渡してやると、ニッコリ笑った。彼女たちも安心したのか、三人でペラペラしゃべりだした。籠を背にして帰るときも、何回となくふり返りながら話がたえないようだ。

「ほら、日本マスターよい男だなって言ったぞ」

「おれの顔ばかり見つめてたな」

「なにを、お前の顔を見て、チンの男のほうがよっぽどいいって話してたんだ」

チン族の女性だって珍客日本兵をみて、話題になったことだろう。私がわたした石鹼も、彼女らは見たこともないものを手にして驚いたにちがいない。

「あの男の人好きだ、と恋の病にかからなければよいが」

「なにを、あれっ。ほんとうに井坂のほうを見てる！」

「よせ、ばかっ！」

集落に帰ったが、彼女たちの姿はなく、おそらく兵隊が宿営するあいだ、ほかの集落に泊まったものであろう。

遠雷のごとき砲声

幾日かののち、先発工兵の資材に追及した。山岳住民は人口も少なく、男の苦力《クーリー》も出はらったとかで、チン族の女ばかり二十数名が集まっていた。全員が上部口ひろがりの籠を背負い、五十キロ、八十キロもの荷物を入れる。浮嚢舟も折りたたんで乗せたが、横に長くて重そうにみえる。

監視のため、私のほかに一人が任務についた。われわれの背嚢は一人の女の籠に入れたが、ふたつ合わせて六十キロ以上はある。こちらは雑嚢と水筒、帯剣、小銃の軽装でいくことになった。

「出発っ、トワメー（行く）」

通じもしないビルマ語だが、手を前に出してふると、女たちは軽々と歩きだした。あたりは裸山だが起伏が多く、急坂をまがるので、姿を見失ったら一大事である。背嚢はないのだから、重い荷物を負った女よりは、はやく登れるだろうと確信していた。

中隊主力は完全軍装だから、しだいにわれわれから遅れて見えなくなった。

女たちは素足で、腰に丈が三十センチくらいの一枚の黒い布を巻いただけで、横は切れたままである。流行したミニスカートなど、問題ではない。下には何もはいていないので、女性のものがチラッと見えそうだ。こちらが恥ずかしくて、おもわず目をそらしてしまう。登りになるとなおさらのことで、前かがみの女たちの胸の前に下げた一枚の布がはなれ、いろんな形の乳房がまる出しになった。

見上げるような急な坂にかかると、女たちは速度をはやめる。遅れてなるものかと後を追うが、ますます距離が遠くなる。

監視のためには先頭と最後尾に位置するのが本来だが、二人とも最後尾でこのありさまでは、山頂を越えれば逃げるのも、女たちの自由だろう。

「おおい！　こらっ」

怒鳴って、道の横に止まれと手をふる。入れ墨なしの小柄な少女にも、とうとう追い越された。

小銃を肩にすると後ろにのけぞってしまうので、ときどき杖がわりにして歩いた。意気地のない兵隊なのか、歩くのが弱いわけではないのに、この山育ちの女たちが早すぎる。ジャングルではないので、見通しがきいて助かった。

女たちは、坂の中間の土手の石に荷物をもたせかけ、両側にずらりと並んでわれわれ二人を待っていた。なにかキャッキャッと話しては、ケロケロと笑っている。まいったと大げさに身ぶりをすると、女たちの顔がいっせいに、こちらに向いて笑い出す。

彼女らは休憩場所を知っていたのだ。平らなところに腰をおろしたら、荷が重いから立ち上がるのに容易ではない。土手に荷をあずければ、あとは歩きだすだけで楽《らく》である。合理的な方法だった。その後は、こんどはあのあたりで休むだろうと分かってきた。

つぎの休憩中に、先発した男の苦力たちが山頂から帰ってくるのとすれちがった。各自が細い木の先に軍票をはさみ、「ホォッホッホ、ホーッ」とかけ声をかけながら、下りの坂道を風のように走り去った。

「どうする気かなあ、この山奥で札など」

なにか品物のほうがよいのではないかと思った。

「金の幣帛《へいはく》を捧げたみたいだな」

女たちは声をかけなかったが、笑顔で見送っていた。男たちは、あっという間に山すそへ隠れた。

彼女たちも予定の山越えを終わって、頂上を少しおりた平地に荷をならべ、本部要員から賃金の紙幣を受けとった。その間に、私は入れ墨のない少女に語りかけた。

「お前、かわいくてきれいだ」と、私が手まねや指でしめすと、えくぼを出し、白い顔を耳のほうまで赤くした。

それにしても、おそろしく強い女たちだ。医者も薬もない山奥で、健康な者だけが生き残ったからなのだろうか。

太陽は西方山脈の彼方へ沈んでいく。からの籠を背にした彼女らは、労働が終わって嬉しかったのか、話し声がにぎやかだ。登ってきた道を、平地を走る小学生のようにとび跳ねながら帰っていく。

二人して手をふると、向こうからも手をふる。人情は同じなのだろうか、若い娘ほど激しくこたえてくれる。谷をへだてた遠くの山頂から、最後に立ちどまって手をふると、姿を消した。心の中で、いつまでも無事で暮らすようにと祈らずにはいられなかった。

行動開始以来、三十日余が過ぎたであろうか、ある日、中隊はいままでにない広い谷間に下りた。水量もこれまでより多く、雨期の水流で流れた草や枝が、山すその樹々に宙づりになっていた。

谷間はすべて河原で一面に丸石がゴロゴロし、石を伝わって水流を越えられる。浅いところは二十センチほどである。この下流がアキャブ方面なのだ、と私は直感した。

われわれは米は持っていたが、魚肉類はしばらく口にしていなかった。魚の小さいのでも泳いでおればと考えながら、河原の中ほどまできたとき、

「深いところに魚がいるぞっ!」と大声が上がり、行軍は停止した。

協議のすえ、手榴弾でとることに決まった。それぞれ持ち場を分担し、炊事係は河原で火を起こして串をつくり、一斗缶で汁を準備する。われわれ二十名は下流の浅いところに素手で横隊にならんだ。手榴弾投擲の下士官が二名と、ほかに若干名が待機した。

はやくも二、三ヵ所から炊事の煙があがった。それを合図のように、手榴弾が投げこまれた。シュ―シュ―、ポチャッポチャッ、ズダ―ンと一発が、あとからのは深いところで、ズズ―ンとまた一発炸裂した。

「流れて来たぞ!」

浅い水の上を白く点々と光る魚が流れつく。炊事係が駆けてきた。

「ほら、投げるぞ」

つかんでは投げ、投げてはつかむ、片手ではまにあわず、両手を使う。二十センチから三

十センチくらいのは流れて来たが、かなりでかいのが深いところから流れないと、兵隊たちが騒いでいる。

そのうちに、二人が裸になって飛び込んだ。駆け足で見に行くと、ほんとうに大きい魚だ。

「こんな山奥にどうして上がって来たのかな」

渦巻く水の中で、一人が横になった大魚を抱えた。

「あっ、逃げられた」

抱えこんだとたんに、魚はバシャッとひとあばれして、水中へ躍りこんだ。

「ぶん殴れ、早くぶん殴れ。がんばれよ！」

横になって逃げまわるのを、やっと抱え上げて漁は終わった。七十センチ以上もあるのを四、五匹ほど河原に並べて、みな驚嘆した。鯉より黒くて少し幅のある魚で、何という魚かわからない。

さて、準備してまっていた炊事係もはやかった。焼き魚と汁魚ができ上がり、飯といっしょにむしゃぶり食った。

「みっちり食べろっ、兵隊はあるときが正月だ」

塩焼も汁魚も、なんともたとえようのない味だ。

「飯より魚を食べて栄養をとれよ」

いくら食べてもだいじょうぶだ。わが隊だけでは食べきれないほどである。

「これでは、食べきれねえ」

「腹んなかに入れろ、持ったら重いぞ」

だれもが同じで、あまり手も口を動かさなくなってきた。

「もうだめだ、ういーっ」

威勢よく食べたので、腹は正直だ、残った魚は、もう見るのもいやになった。

大物の魚はつぎの山での副食と、大隊長への土産とすることになり、棒につるして二人一組でかかえて山を登る。重くて歩きにくく、とんでもない骨折りの荷物になったが、この土産には有延大隊長も驚いたという。


数日後、山は灌木から竹林の多いのに変わった。刻一刻とカラダン地区がちかづきつつあると思われた。英軍機か友軍機か判別できない高度をとぶ飛行機を二回ほど見た。そのころ、アラカン山系のとくに高い山は、これで終わりだと知らされた。

山頂から、われわれの越えてきた東方をながめる。離れてみるアラカンの山並みは、まるで高波が押しよせてくるようだ。幾条にも幾重にもつづく連山、そのさきは霞んでしまっておぼろである。幾山河越えて来たのだろう、山頂めざして登っては下り、下りては登ること二十五回にもおよんだ。稜線をつたい谷をわたり、山腹を巡りめぐって、直線で三百キロもの難行苦行の行軍だった。

隊員のだれもが、自分の任務の重大なことを強く感じたからこそ、ぶじにここまで到着できたのだろう。本当によくがんばった。私の足も元どおりになり、自信ができた。

初年兵にも話しかけた。

「これからも足を大切にしろよ」

同時に自分も心がけなければと思う。

「日本が遠くなったなあ……」

見えない東北方の日本の空に注目した。

前進方向のカラダンを眼下に見わたすと、低い山が手前にいくつかあり、遠く連山がときれとぎれに霞んで見える。左方向の南方には平野が多いようだ。正面ははるか彼方の雲の上に、きわだって高い山が一つ見えるのは、モードク山系の山だった。

カラダン方面は人の住む下界と思ったためか、煙がたなびいているかのように感じた。カラダン地区は河川が多く、かなり上流までベンガル湾の干満の影響があり、湿度が高くて乾期の昼夜の気温の差がはなはだしい。その関係で、二月でも平野だけでなく山麓まで霞むのだ。

眼下にのぞんだ山々を越えるとき、南のほうから遠雷のような、ドロドロドドドドーンと砲声が聞こえてきた。

そのころ、命令ではないが、兵隊たちの間に噂が伝わってきた。まず最初に、カラダン河上流のパレトワを攻撃するのだという。敵兵力はおよそ五百で、英軍陣地は高地で、一方は河に面し、周囲には地雷が敷設してあり、陣前には竹を槍のようにそいで二重に組んであるという。

底冷えのする山中での寝物語に、私は突撃時を思い浮かべて武者ぶるいがした。

ドンベイクよ、救援に来たぞ、がんばってくれ、背後から攻撃してやるから——。

われわれの思いはひとつ、はやく友軍を助けたいことである。

ドンベイクの戦況は、二月一日の第三次攻撃につづき、二月十七日の夜、インド第五十五旅団による四次攻撃をうけ、十八日未明、ドンベイク左翼陣地に突入されたが、十九日にはこれを逆襲して陣地を奪回した。

英軍は砲二十門と、戦車八両で、連日、猛攻撃をかけ、日ごとに軍備や兵力を増強しており、戦線は風雲急をつげる状況下にあった。

第二章　混沌たる戦場

朝霧の中の喊声

平野部に突進する諸準備が完了し、斥候がでた。部隊は行動を隠密にするため、薄暮に前進を開始する。

最後の山系をでて行軍中、第一回の渡河がおこなわれた。闇になれた目ですばやく褌一本になり、雑嚢、水筒、帯剣、弾入れもしっかり背嚢へ結びつけ、編上靴を靴紐でむすんで首にさげる。背嚢と頭の間に小銃をのせ、銃の負い皮をつかんで一列に水中に入った。

「前の者が進むとおりに歩け。左右一歩はずれても深さがことなるから注意せよ」と指示が出る。

夜の河の水は冷たい。腰くらいまでは歩きよいが、胸もとちかくになると、身体が浮いて流されそうな感じがする。背嚢の底の部分が濡れるのが心配だ。とつぜん、前方にざわめきがする、他中隊から深みにはまった兵隊がでたようだ。

「あった！」

「どうした」

「背嚢がありました」

兵隊がもぐった現場に近づくと、前から、

「ここに注意！」

と、順に申し送る小声がする。これは、後ろの者がその場所へ到着してから、確実に申し送る。その近くから、

「浜田、まだか」

小隊長だろうか、心配そうな声がする。問われた兵隊はまたもぐった。そこはいちばん深く、流れも早い。下流に向かって斜めに対岸にちかづくが、水が浅くなるにつれて背嚢が重くなる。

河岸の土手に上がると、急いで河からはなれる。後続部隊の上陸地の余裕を考えてのようだ。

褌を交換したり、あるいは絞ってしめなおし、すばやく服や靴下、編上靴、巻脚絆をつけ、雑嚢、水筒、帯剣など、軍装をととのえてひと安心する。各分隊ごと、各中隊ごとの人員、装備、異常の有無の点検、報告が終わるころ、さきほどの深みに落ちた兵隊の死を知った。

「だめだったのか、せっかくここまで苦労して来たのにな」

「運の悪いやつだ、かわいそうに」

みんなが小声でつぶやいた。

昭和十八年二月中旬、わが有延第一大隊、山砲第五中隊、輜重第一中隊、工兵一小隊、衛生隊の一部は、カラダン河谷の英印軍の背後に進出した。乾期の朝夕の冷気のなか、夜半の渡河は上衣をとおして肌を冷たくした。

われわれは淡い月明下を粛々と原野をすすんだ。森も、林も、草も、兵も、黒一色の中にのみこまれている。兵隊たちも来るべきときが刻々と迫りつつあることを知り、精神を統一すべく無言で努力した。

三月四日の夜も三更となり、五日の黎明を迎えんとする前に、われわれはカラダンを北と西から包囲した。第一中隊から下士斥候三名がえらばれ、復唱したのち、濃い朝霧のなかに凛々《りり》しく進んでいった。

「しっかりな」

「気をつけてな」

二、三名の戦友が、肩に手をおいた。

「うん」

彼らの返事は短かった。

中隊は突撃準備に入った。声一つなく背嚢を下ろし、鉄兜の紐をしっかりとしめ、着剣した。混戦のおりの合言葉を、山と川と確認した。われわれの伏せたあたりは背丈の倍もある名も知らぬ草の伸びた草原で、前方はたちこめる霧で見通しが悪く、十五メートルくらい先までしか見えない。

斥候の帰隊をまつ時間の長いこと、空が白みはじめたのではあるまいか。突然、パパーン、パンパンパンと小銃の発射音が朝霧をつんざいて周囲にひろがった。しばらくすると銃声はやみ、もとの静けさにもどる。

「発見されたな」

「だいじょうぶだろうか」

みんな小声で心配する。銃声は近い、三百メートルとはないだろう。やがて前方に足音が近づく、敵か斥候かと凝視した。

「一中隊！」

「おい、こっちだ」

前にいた私がすかさず返事をした。斥候は呼吸が乱れている。二人だ、一人たりないではないか、と不吉な予感がしたのと同時に、

「山島上等兵が撃たれた。敵前二、三十メートルだ！」

「中隊長は、中隊長は！」

「こっちだ、こっち」

近くの下士官が呼んだ。斥候の報告が終わると、ただちに二中隊に連絡係下士官が走った。

極度の緊張がつづいたなかで、私は小用がしたくなった。

「いまのうちだ小便しとけっ、落ち着くから」

はやく気づいてよかったと思う。二中隊から下士官が帰って、ほどなく中隊命令が出た。

「北方、第二中隊の擲弾筒最終弾と同時に突撃する」

伝達が終わるころ、ポン、ポン、ポン、ポン、ズダーン、ダーンダーンと炸裂音がとどろき、広瀬見習士官が幅ひろの日本刀を抜いた。そして腹からしぼり出すような声で、

「突撃前進！」

刀は前にふられた。われわれは歩幅を小さく駆けだした。

「撃たれるか、突き殺せるか」

そんな思いが、頭の中をかすめていく。しだいに遠目がきき、明るくなってきた。夜が明けたのだ。開豁地の原っぱにでたとき、

「突っ込めえっ！」

小隊長の号令が耳に入った。

遅ければ弾にあたるぞ、はやくはやく弾より速く、撃たれてたまるか、くそっ！　と夢中で駆ける。

「うわっ、うわっ、やろうっ」

猛獣の咆哮のような喊声が朝のしじまを破った。着剣した銃をぐっと握りしめ、いつでも突けるように全力で走った。山島上等兵が頭部付近から血を流して足もとの草の上に倒れていた。彼の体をとび越えながら、

「武笠衛生兵っ、山島上等兵がやられていた。たのむっ！」と怒鳴る。

横一線につっこむ戦友の姿とともに、右方五メートルに大型無線機がチラッと目に入った。後ろで武笠兵長の、

「ようし、分かった！」と声がした。

北からも二中隊の突撃の喊声があがる。おなじ小隊員の山島上等兵のやられたのを見て、われわれは逆上した。

「野郎っ！」

前方に寺院があり、その手前の壕をとびこえ左右を見た。長くのびた交通壕に敵の姿はない。壕の中は、ばらの弾薬が散乱しているだけだ。

「どこだっ、野郎っ！」

寺院の中まで突っ込んだが、敵兵の姿はない。右の方で声がする。

「川だっ、川だ！」

そこに目をやると、なるほど川がある。少し低いところの樹木のかげに水面が見え、散発的な銃声がそちらから聞こえてくる。川へ向かって走ろうとしたとき、二中隊も寺院に接近してきた。

「糧秣、分捕れえ！」

中隊の古参兵か、下士官の声がする。

「あっ、そうだ、二中隊にとられる」

八名くらいが、いきおいよく寺院にとび込んだ。みんなで一斗缶のビスケットや干し葡萄

の箱を持つと、めぼしいものはたちまちなくなった。

背後から急襲された英印軍は、肝をつぶして小舟などで下流や上流へちりぢりに逃げ、上流の工兵隊に数名が捕虜となった。わが一中隊と二中隊で数名を射殺した。

斥候の山島上等兵は、敵の第一線壕の直前二、三十メートルで撃たれ、即死であった。おなじ小隊員が、しかもあんなに元気だったのにと思うと、くやしさで何ともいいようのない淋しさに襲われた。

村も山も川も、なにごともなかったように静かに通りすぎていく。中隊は、集落と寺院をさけて小高い森に宿営した。飯盒で飯をたき、飼い主のいない山羊を殺して、肉の臭みをぬくため土中へ埋めた。やがて昼ごろになって、

「工兵隊で英軍の一号無線機を捕獲、殊勲乙」

という会報が伝えられた。

「あっ、あれだ。あの突撃中に見た無線機だ」

しまったと思ったが、あとの祭りである。

「突入してから引き返せばなあ。ちくしょう、敵さんの食糧分捕りで夢中だったからなあ」

「くよくよすんな、無線機は食えねえぞ。それに、なにより自分の命を見つけたんじゃねえのか」

「それはそうだが……」

どうもすっきり諦めきれない。

「工兵が、敵さんの食糧をなに一つ残してくれない歩兵さんだと、こぼしているそうだ」

中隊では甘味の多いビスケットと干し葡萄に、舌つづみを打った。食べきれずに背嚢や雑嚢へしまいこむと、無線機とどちらがよかったか分からなくなった。

その日、興奮した直後の野営だったので、熟睡できない夜を迎えた。夜明け前に山島戦友を荼毘に付し、英霊歩哨にも立った。翌早朝、部隊は隊形をととのえると、カラダン河の下流へ南下すべく出発した。

低い山間を行軍しているとき、爆音に緊張したが、友軍機とわかると兵隊たちは小躍りして喜んだ。対空班がひろい草地に布板を用意し、部隊からの通信筒つりあげ装置を準備した。われわれは準備のようすと空とをかわるがわる注目し、背嚢をおろして両側に待機した。迷彩色の偵察機が旋回しながら、低空でちかづいてきた。

「あっ、来たぞ」

われわれ一同は、固唾をのむ思いで見つめていた。頭上が機体でいっぱいになる直前、上空にヒラヒラと細い布が舞った。同時に機は、グワーンと爆音とともに去り、通信筒は布板の上に、パタッと正確に落ちた。

「ほお、大したもんだ」

上昇した機は旋回すると、ふたたびさきほどと同じ方向から一直線にやってきた。

「やっ、低いぞ」

あまりの超低空におどろいた兵隊たちは、頭をひっこめて体を低くした。グワーン、ワリワリッ、轟音とともに地上のつり上げロープをみごと一回で、受けとりに成功させた。見物のわれわれは、いっせいに拍手を送った。

　急上昇した偵察機は、左旋回すると真上で両翼をはげしくふった。搭乗員の姿もはっきりと見えるので、地上の者は全員、手や帽子をふった。どうしたことか涙が出てきてしかたがない。

「アラカンを越えて、戦闘を開始したことも分かってもらえるなあ」

　しばらく音信をたっていたアラカン突破の有延挺進隊の所在は、無線通信とともにこのころ前後して、後方司令部、連隊主力へと連絡がついたのだった。

　勇躍した部隊は、つぎの敵をもとめて行軍する。

「操縦はうまいもんだな」

「あたり前だ、歩かなくてすむんだ。これくらいできなかったら、飛行機から降りて歩くんだな、背嚢を背負ってさ」

「負けおしみを言うな」

　戦友同士勝手なことを言うが、これが歩兵の実感だった。行軍のつらさを考えると、やはり航空隊がうらやましい。投下された通信内容は、ただちに全員に知らされた。

「有延支隊のアラカン突破の労苦をたたえ、カラダン進出成功を祝し、軍旗の下、今後の健闘を祈る」

　司令部からの激励の電文に、みな感激し、ふるいたつ思いだった。なによりも長期にわたる山越えの苦労を認められたのがうれしかった。内地では新聞に、「アラカンの花、有延挺進隊」と報じられたという。

敵はいずこに

部隊はさらに南下し、三月七日、キョクトー付近北方に到達した。前方の集落に突入することになり、部隊はいったん停止し、斥候がだされた。敵の姿はなく、明るくなった原野を緊張しつつ、分隊ごとに尖兵中隊が前進する。

村はインド人の住居であった。住民はすでに避難して一人も見受けられない、無人の室内から手ごろのビルマ刀を手に入れた。

さっそく分隊で鶏を十羽ほど捕えて、首を落とし、血をぬいた。兵隊もしだいに気が荒くなって、バッサ、バッサと血を吹き出して跳ねるのを眺めている。

みんな充分に食べ、さらに夕食分までも充足した。

やがて、キョクトーを夜襲すると命令があり、夕刻を待って部隊は出発した。こんどはかなりの兵力がいて、陣地を構築しているとの情報に、敵兵の顔も拝めるかと考えたり、今夜の突撃でだれがやられるか、またわが身の危険も感じた。ただ、だれも弱音をはかず、強がりを言いはっていた。

各小隊はすでに防音には万全を期し、帯剣や水筒に布を巻き、触れあう音をふせいで行軍していた。

乾期のおりか、水田もかたく乾いていた。山野と水田の境付近をいくと、戦争のために刈り残した稲が実ったままなびいて、穂も垂れ下がっている。

足もとのでこぼこに注意しないと捻挫するから、細心の注意をおこたれない。小さい灌木の棘で軍袴をやぶかれる。

三月七日の深夜は月もなく、まったくの暗闇のなかを秋本小隊が尖兵となり、部隊の先頭に出ていく。いよいよキョクトーの敵陣ちかきを思わせる。われわれ広瀬小隊はその後方を前進したが、ふいに、銃声がおこり停止した。

まもなく、秋本小隊から伝令が駆けこんできた。

「前面より敵の射撃をうけ、秋本少尉、中山上等兵負傷」

と報告があり、四中隊が左翼へ移動していった。

突撃準備のため、中隊は現在地に背嚢をおろし、監視兵二名と体調の悪い者が残る。

やがて尖兵小隊の中山上等兵が、戦友に支えられるようにして、足をひきずりながらやってきた。軍袴の上から止血の包帯を巻き、それには黒く血がにじんでいる。つづいて秋本少尉が担がれてきて、地面に寝かされた。

私は突撃前の緊張で喉の渇きをおぼえ、水筒の水をすこし飲むと、気持がしだいに落ち着いてきた。負傷者を後方へさげる準備中に、われわれは前進をはじめた。

敵陣地を指示されたが、なんの変化も見分けることができない。ただ前方へ、黒々と盛り上がった森にむかって散開した。遮蔽物ひとつない水田の中をすすむ、稲が足にまとわりつき、歩きにくい。ただひたすら速足で急ぐ。

「畦だ、畦だけしか地物の利用はない……」

暗くて誰かわからないが、近くの者に、

「撃ってきたら畦だぞ」

と、早口でいう。小隊長の声で、

「一度にでるなっ。交互にでろっ」

と耳にしたとき、とつぜん、パパーン、パンパンと銃声がとどろいた。

発見されたのだろうか、夜間の弾は高いといっても、標定して撃ってくるのかもしれない。

すでに尖兵がやられているのだから、油断は禁物だ。畦の手前ですかさず伏せた。

敵の火点はだいたい分かった。小隊長が、

「これから一気に突っ込むぞ。着け剣」

離れた者へ小声で伝える。

「着け剣、音をたてるな」

着剣してから剣身をにぎり、前後に引いてみた。大丈夫だ、はずれることはないと、一人うなずいた。

「突撃、前へっ」

小隊長の軍刀が白く光った。左右で銃剣がキラッ、キラッと動きだした。

前方の黒い森の下に閃光が見える。銃口からでる火炎だ。パン、パパン、タタタ、ダダダダーッとたてつづけに撃ってきた。曳光弾がツーツー、ツーツーと突き刺すように飛んでくる。地上に、空中の闇に、シュッシュッと弾がかすめる。

「突っ込めえっ、突っ込めえ！」

火点をめがけて、がむしゃらに突進する。故郷の人びとの顔も風景も、私の脳裡から消えた。

「うわあー、やっつけろっ。うわあー」

こうなったら、戦友より先になることだけを考える。遅れたら臆病者と言われてもやむをえない。夢中だ、喉が乾く、左方にも喊声があがる、四中隊だなと直感した。負けてたまるか、負けるものか。

「くそおっ、負けるな！」

全力で走るが、稲に足をとられそうだ。

ドタッと、横でたおれた者がある。弾に当たったのか。

「どうしたっ」

「何でもないっ」

最後の畦をとびこえ、敵の陣地へおどり込んだ。

敵をさがし求めたが、直前に逃亡したのか見あたらない。拍子ぬけするが、やれやれ助かったと内心ホッとする。

どの方向に逃げたのか、と闇夜の地形を見まわした。一瞬の突撃にくらべると、敵前三、四百メートルの稲田のなかの時間は長かった。

それにしても英軍の逃げ足がはやい、どこへ遁走したのかと、そのことが頭からはなれなかった。

キョクトーを占領した部隊は、とどまることなく、夜の道を反転し、数キロはなれた山に布陣した。夜明けまでにすばやく腹ごしらえをすませ、兵器の手入れをおえた。

太陽が昇るとともに英軍機が飛来して、編隊をとくと一列になって、われわれが引きあげた無人のキョクトーにたいし急降下爆撃と銃撃をくり返した。爆煙が森と椰子の木の下からあがり、爆発音が朝の空気をふるわせた。

「ご苦労様だ。どこを目標にやってんだ」

小高い山からしばらく見ほれていた。

「キョクトーを占領していたらあぶなかった」

「しかし、はやいなあ。飛行隊との連絡が」

「はやく寝るか、いまのうちに」

「そうだ、暑くならないうちだ」

地形をえらび、ジャングルの草の上に横たわる。冷気の残る朝の空気を吸いこみ、戦闘の疲れと連続の緊張から開放された兵隊たちは、背嚢を枕に銃をかかえて、しばしの眠りに入っていった。

戦死者に想う

昼間、英軍機は間断なく飛来し、わが部隊を捜索するためか上空を旋回する。そのため炊飯には、とくに神経をつかった。部隊の行動は、すべて隠密に夜間に移動行軍し、朝から夕方までは休養をとる。

三月八日の夕刻をまって、ふたたびアポークワの英印軍を包囲攻撃すべく出発した。一千名をこえる敵部隊との知らせに、対等の兵力だと思うと身がひきしまる。時計はないが、乾期の夜の冷気を肌で感じとり、おおよその時間もはかれるようになった。

暗黒につつまれた山野、草原の中を一列になり、長い隊列が南十字星に向かってすすむ。第四中隊が尖兵となり、そのあとをわれわれ第一中隊がつづき、大隊本部以下の各隊が後続する。

身辺の地形地物のほか遠方を見とおすのは不可能だった。左は草原と小灌木、右は山林の木立が多かった。ちょうどその林縁を行軍しつつ、前者を見失うまいと歩く。闇にくわえて霧が深く、ますます見とおしを悪くした。

防音には留意したが、軍靴の音はかなりのものになる。行動を起こしてから四時間くらいがすぎ、午後十時ごろかと思われる。

左方の草原から、一発また一発と小銃の発射音がするが、部隊は停止することなく前進する。敵の分哨か、それとも斥候か、とにかく敵中に入ったことは確実だ。だれも口をきかず、無言である。

みんな何を考えているのだろう。アポークワはまだ遠いのだろうか、敵の前線陣地がちかづいているのではと予感がする。いつ両側から挟撃されても不思議でない状況になってきた。行軍中、目と耳は四周のようすに集中し、両足とともに休むことはなかった。

進攻方向で、パパパーンとはげしく銃声がした。いよいよ敵中に割りこんだな、と思った瞬間に、

「うわあー、うわあー」

と突撃の喊声があがった。

「やったな、四中隊」

尖兵が敵中へ機を失せずつっこんだ。ドカン、ズダーンと手榴弾が炸裂し、あたりの大気をふるわせる。ダダダダー、パンパーンと彼我の機関銃と小銃音が交差する。

「うしろへ逓伝。ふせろ!」

その場に身をふせて着剣した。ほどなく前から着け剣の逓伝がきた。ふせたまま中天をすかし警戒していると、四、五メートル前方から歩いてくる人影がある。

友軍ならわれわれの列に沿ってくるはずだが、と思っていると、並んでやってくる頭のほうだけはっきりした。

まぎれもなく英軍の鍋型鉄帽だ。銃剣をにぎり、無言で腰を上げるのと同時に、先頭の荒

曹長と兵隊が、

「野郎っ！」

「やあっ！」

という声と、ざわめきの中で人の倒れた音がした。

近寄ると、白人英兵が三名とも銃を負ったままひっくり返り、うなり声をあげていた。

「ううう……」

「あっ、臭い。この野郎っ、濡らしてやがらあ」

英兵の小型背嚢に、なにかいいものがあるのではと探ったが、どうしたことか缶詰も角砂糖も入っていない。

「チャーチル給与もだいぶ悪いな」

ポケットには雑誌の女の切り抜き写真が一枚入っていた。

「つまらないものを持ってるものだ」

小さな四角いチーズは、はじめて食べたがうまくはなかった。本物の写真を持っていないところから察すると、私とおなじで妻も恋人もない兵隊かと思った。

尖兵の第四中隊から戦死傷者がでたので、われわれ第一中隊が尖兵中隊となった。わが広瀬小隊が尖兵小隊となり、その後方を中隊指揮班、小隊、各中隊、大隊本部の順となる。尖兵となった私たちは着剣してすすんだ。

右折して山林道に入ると、右手のマンゴー林のなかに、白い幕舎がいくつもみえた。小隊長がこれに気づかぬはずはないだろう。四中隊の攻撃した位置とはちがうが、斥候が偵察して無人を確認したものだろうか。

だが、敵は時間的に遠くへは行くまい、ましてこの闇だ、英軍は夜の行動が得意ではないだろう。

どうしても、狙われているような気がしてならない。左右とも山林で、二メートルくらいの幅の道路を足ばやに行軍する。一列に黙々と戦友はつづいていた。

「これほど危険を感じているのに、みんなは何も感じてないのだろうか」

山林を注視しつつ、私は小隊の後尾ちかくをすすんだ。右を見て、左に目をうつしたとき、夜目にもわかるインド兵の歩哨が、立木の中の一メートルほどの土手上にいた。一人でこちらを見て、敵か味方か判別できずに立っている。われわれの速度がはやいので、そのまま通り過ぎてしまった。

先頭の小隊長に知らせなければとあせる。大声をだせば敵の主力に知らせるようなものである。はやく伝えなければ、敵中ふかくのりこみ、包囲されはしまいか。

「敵歩哨だ、前へ早く」

小声で伝えたが、小隊はなかなかとまらない。とつぜん、後方で大声がした。

「ジャパン！　ジャパン！」

と同時に、正面から一斉射撃をうけ、道路に一列のままふせた。ダダダダーン、ダダダーンと射撃は間断なくつづき、目の前の弾着がすさまじくて、頭を上げられない。

敵の歩哨が立っていた後方で、貝沼中隊長のかん高い号令が聞こえる。射撃音と、手榴弾の炸裂音と、怒号がかさなりあう。

われわれが伏せた前面は林が切れ、開豁地の草原となっていて、そのさき六十メートルの林から撃ってくる。敵はあまりにもちかく、腹にこたえるほどの激しさで撃ってくる。

小隊長の突撃命令はあまりにも遅い。顔を土にすりつけ、背嚢を頭の前におろして押しだした。敵弾があたりの草をちぎる、このままでは全滅だ、突撃した方がよい。

すぐ前の佐藤市郎上等兵に、

「前へ、はやく小隊長突撃を」

「うん、よしっ！」

「前へ話せっ、突撃するぞ！」

立ち上がったとき、広瀬小隊長の、

「突撃、突っ込めえっ！」

号令が銃声の中に聞こえた。

私は敵機関銃の正面に駆けだしてしまった。曳光弾が赤く突きさすようにくる、一瞬、身に危険を感じ、走りながら右ななめ前方へ思いきり跳躍した。それまで喊声をあげずに走った。

「やられたっ！」

左後方に声がしたが、かまわず敵の火点めがけて右からまわりこむように飛びこんだ。立

木の間に頭をかかえてうずくまる敵兵を、

「この野郎っ！」

罵声もろとも背中から突き刺した。われわれの小隊で三名刺したが、残りの大部分の敵は山中に逃げだしていた。

「追撃どうするっ！」と怒鳴ると、

「追撃まて！」と声があがった。

草原でだれかやられたはずなので駆けもどってみると、武笠衛生兵が、

「鈴木、しっかりしろっ」と声をかけている。

たおれているのは、軽機をかかえて突撃した鈴木林蔵上等兵だ。私のすぐ後ろを駆けていたが、私が、右にとんだときに、おそらく敵弾を受けたのだ。身がわりになってくれたような気がした。あのとき直進していたら自分がやられたはずだ。

鈴木上等兵は軍旗祭では安来節で優勝し、中隊会食の人気者である。

鈴木の腹からは、血が流れでて止まらない。

「苦しい。痛いよう」

「鈴木、しっかりしてなっ」

「戦友の情けだあ、はやくっ、はやく楽《らく》にしてくれ……」

「傷は浅い。しっかりしろ、鈴木」

上竹伍長が声をかけると、

「だますなっ」

声に力が入ったが、つづけてでた言葉は小声になり、

「おれには分かる。楽にしてくれ、頼むから……」と弱々しくなり、最後の声をふりしぼっての絶叫だった。

傷口をふさいで応急手当をしたが、包帯をとおした血は大量に草の上に流れだした。小隊の戦友に抱かれ、手をにぎられて静かになったと思ったら、ぐったりと息をひきとった。

三中隊が後方から前へ、道路をかけ足で通りすぎた。

「早く走れっ、急げえっ」

号令がとぶ。ザック、ザックと力強くかける兵隊たち。あの高地を占領する気だなと、夜空に浮かぶ山を見上げた。

第一中隊主力の方も混戦だった。この交戦で木川田種三軍曹と、温厚な富永厳一軍曹が戦死した。佐藤曹長はインド兵と組み打ちになり、助けにかけこんだ同年兵の坪井兵長が、暗闇のため敵と味方の判別がつかず、

「上かっ、下かっ」と声でたしかめ、

「下だあっ」という声をたよりに、上になっていた敵兵を短剣で刺した。坪井は軽機の射手のため、銃剣は持っていなかったが、まことに沈着な行動だった。

佐藤曹長はその後、戦闘帽が見つからず、しばらく鉢巻姿で勇ましかった。

敵は、山林深く逃げこんだのか、物音ひとつ聞こえない。三月八日の夜はふけた。一夜に

二回の日本軍の突撃により、英軍の戦線は混乱した。

中隊では三名の遺体の担架をつくり、戦友がかついで部隊はひき返し、アポークワでなくドンランに向かった。

一列でだれもが無言で行軍中に、

「痛いっ」

「この野郎っ」

という大声が、列の後方から聞こえたので、いったい何事かと思った。

暗夜のためとはいえ、わが軍の隊列のなかに、なんと英兵一名がまぎれ込んでいたのだ。前を歩いていた日本兵の足を剣で刺したが、そのうしろにいた住谷保軍曹ほか数名の手で、その英兵はたおされた。あまりにも暗く、英軍もおそらく散りぢりに逃げまわっていたようだ。

私がこの戦闘で疑問に感じたことは、日本軍が夜間の攻撃にさいし、銃弾を一発も撃たせずに突撃させることだ。

夜間であっても、軽機を前面にだして撃たせ、もちろん他の火器も前面では一斉射撃をおこない、あるいは一部を射撃させ、その間に他の兵力を迂回させて突入させる方が、敵に多くの損害をあたえることができるではないか。

この戦闘では、手榴弾も浴びせずじまいだった。

夜間は、日本軍は撃ってこないとなれば、敵はゆうゆうと何の恐れもなく、こちらの突撃まで射撃をつづけることができる。そして突撃がかかると、後方にいっせいに逃げる。これでは、損害をだすのは日本兵だけではないか。

それればかりか、撃ちもしない重い軽機を持たせ、短剣だけの射手にも突撃させるのだから、犠牲者がふえてあまり戦果があがらない。

勇ましいからというのなら、戦国武士のように名乗りでもあげ、一人ごとに斬り込んだらよいであろう。

昭和の陸戦も、日露戦争当時とかわらぬ戦法で、みるみる兵力をむだに損耗して、兵隊は不利を承知で、命令のまま無念の涙にたえ、戦死していった。

零距離射撃

戦死者三名をだしたわが中隊は、戦場整理のためドンランに残り、他中隊は夜のあいだにアポークワへむかった。

三月九日の早朝、戦死者の中隊葬をおこない、その後、われわれは山砲隊護衛の任務についた。各小隊ごとに配備についたころ、ジャングルの木の間からは、まぶしいほどの陽の光がさしてきた。

昨夜の敵は、アポークワを守備していた第十バルッフ連隊の第八大隊約一千名の部隊であった。それがどこへ雲がくれしたか、移動しているのか、いずれにしてもこの付近の平地林内にいることはたしかだ。

アポークワに急進したわが部隊主力は、急遽、反転して南から追撃にうつった。

大隊から、命令が伝達された。

「昨夜来の英印軍はアポークワを脱出せる部隊である。これを包囲撃滅する」というものである。

わが中隊百数十名は配備につき、山砲二門も砲口を南にむけて決戦の態勢にうつった。一門は南に面し、水無川の開豁地を前にしてそなえ、他の一門は私たちとともに二百メートルほど左方に布陣した。そこは雨期には川となるが、乾期のいまは砂地の道路となって、正面の山林内をほぼ直進している。

山砲は三メートル幅の道路にむけて、榴散弾による零距離射撃の態勢に入り、砲身を水平にした。

歩兵は山砲によりそうように、二メートルぐらいはなれてその左に着剣してふせた。わが分隊員も、つぎつぎと山砲周囲の位置についた。

「歩兵さん、あまりに近すぎると危険だよ。零距離は砲身もろとも爆発することもあるから」

でかい砲身を見上げながら、「おどかすなよ。そのときはそれまでだ」と笑って砲手と顔を見あわせた。山砲兵も歩兵が近くにいるのをみて安心したのか、笑顔でうなずいた。

われわれのいる三メートルさきに身長くらいの段差があって、そのさきも低くなるので見とおしがよい。地形を考えると、五発装塡の小銃弾を撃ちつくしても、一回は入れかえる時間はある。それからは、やってきた敵を刺すか、と考えをめぐらしていた。

ジャングル地帯の静寂をやぶって、二キロ前方くらいに軽機、小銃の射撃音がとどろいた。友軍の軽機音だから二中隊か三中隊が、南から包囲をはじめたにちがいない。

どれくらいの時間だったろう、二十分前後か、前方の山林方向がざわついてきた感じがする。地面に耳を押しつけてみると、たしかに気配がする。山砲の方に向き、ふせた姿勢で前をさし示した。

その直後、右翼の山砲が猛然と発射した。

「ドンバァーン、ドンバァーン」

発射音と炸裂音が、ほとんど同時に聞こえるが、すさまじい音をだす。中隊の軽機、小銃も撃ちだした。

こちらも撃ちたいが、敵の姿はまだない。右翼へいくわけにもいかないし、どこから入り込まれるか油断できない。周囲はすべてジャングルで、友軍の方はどうなっているか見えない。私は山砲に声をかけた。

「来るぞ！」

「ようーしっ」と、山砲兵もすぐにひき締まった返事をかえしてくる。またしても右翼の山砲が火を噴いた。

「ドンバァーン、ドンバァーン」

敵が退却せず抵抗しているのか、中隊員もまだ射撃を続行して、ときおり号令のような声がする。

とつぜん、一斉射撃をうけた英印軍が、待ち受けるわれわれの陣前道路である砲口の真正面に、緑の軍服姿でドッととびだして来た。

「ドンバァーン、ドンバァーン」

ついにわが山砲も火蓋を切った。こちらも負けずに小銃で伏射するが、音が小さい。将棋倒しとはこのことか、敵は目前二十メートルのところで折り重なるようにたおれ、山林内の敵まで命中してひっくりかえる。そうとうの兵力だ、あとからあとからと右方向から出てくる。その中に衛生兵か、白い丸の中に赤い十字の図嚢がチラッと見えた。

集団で逃げようとする敵にたいして、山砲は零距離射撃でつづけざまに撃つ。

「ドンバァーン、ドンバァーン」

山砲の発射のたびに、ふせた体がいっしゅん持ち上がるようだ。しばらくはガーンと耳鳴りがする。真正面に出てきた敵はほとんど即死した。反撃もできず、右往左往するさまが手にとるようだ。

「おーい」

友軍の声が、敵を間にして前方から聞こえる。

「友軍だっ、完全に包囲したな」

こちらからも、「おーい」と答えて呼びあった。

射撃をやめてしばらく対峙した。

そのうち、だれかが大声で何か呼びかけた。日本兵のインド語のようだが、われわれには分からなかった。同年兵の二中隊の森島上等兵が習いたての言葉で、

「投降せよ」と言ったのが役だったことが、後でわかった。

激戦は終わった。百三十余名の捕虜と兵器多数を鹵獲し、同数以上の損害をあたえた。第十バルッフ連隊の第八大隊残余の兵は、少数に分かれモードク山系内を西へ敗走したのだった。

戦いが終わると、急に暑くなったのに気づいた。やがて、どちらの小隊、どちらの山砲が敵を多くたおしたかくらべてみたくなり、中隊員は戦場見物をした。

右翼山砲の正面は水無川がひろく、はじめ敵兵は南から追撃をうけ、われわれに気づかず退却してきたために、死体は前面いっぱいに不規則にころがり、すでに蝿が黒くたかっていた。わが小隊と山砲は北側に位置していたため、敵との接触は右翼とくらべ少なかった。

右翼隊の坪井光一兵長が、戦闘状況をこのように説明してくれた。

「おびただしい敵兵力に、一時はどうなるかと思った。出てきた敵に、いっせい射撃を浴びせるうちに軽機が故障してしまい、修理中に敵は目の前まできてしまった。ようやく撃ちはじめたときには、いちばん近いやつは銃口から一メートル前にたおれていた。あとで気がついたんだが、二回目に出てきた連中は、突入して来たのではなくて降参して来たのかもしれない。こっちもあわてて、夢中で気づかなかった」

捕虜のところへ行ってみると、担架の上に負傷したイギリス人将校が寝ていた。頭と足を包帯でまき血が赤くにじんでいて、かなり重傷のようすであった。まわりのインド兵がうまそうに缶詰を開けて食べている。戦いに勝ったわれわれより、すばらしい食事がしゃくにさわる。

インド兵がわれわれに、「イングリ、ノー」という。イギリス人中尉には食物もあたえない。水をくれといっても無視した。さきほどまで上官としていっしょに戦ってきた仲ではないか。将校を哀れに思い、向きをかえ、

「このバカ野郎っ。それを食わしてやれえ！」

缶詰と水筒をむしりとらんばかりに、大声で怒鳴りつけ、軍靴を踏み鳴らすと、インド兵はおどろいて将校に差しだした。

出発まぎわにインド兵捕虜に、「お前と、お前で担げ」とイギリス人将校の担架に指示をしてやったが、あれからどうなったろうかと気にかかった。

捕虜は武装を解除し、連隊にひきつぐため十余名の護送兵が着剣してついていった。なかなか屈強な体格のインド兵ばかりで、日本の兵隊が見劣りする。後方の川にある大発艇までいく間に逃亡されないかと心配しながら見送った。

陽は西にかたむき、日中の暑さがやわらぐころ、英印軍の死体はみるみる変色し、蠅がまっ黒に群がって、カラダンカラスが上空で騒いでいる。死人が分かるのか、やがて獰猛な禿鷹が舞いおりて屍の腹の上にたった。こいつらはかならず目をえぐりぬき、口を食べつくし、

つぎに服をやぶって腹をさく、そして臓物を思いのままに引きだして食べる。その貪欲さは目をおおうばかりだ。

立場がもし反対であればと思うと慄然とし、憎いと思った敵より禿鷹が悪魔に見えてきた。小銃のねらい撃ちで一羽を殺したが、何十羽かの残りは逃げるそぶりすらせず、平然とむさぼり食っていた。

眼下をゆく大部隊

部隊は付近を掃射したが、敵影はどこにもなかった。ドンランの激戦地をはなれるに先だち、富永曹長、木川田軍曹、鈴木兵長の三英霊にたいし別れをつげ、新しい任地へと出発した。

急をようする命令なのか、われわれは昼間から行動を開始した。すでに宮脇連隊主力も、南から進出しているはずなので、北方から大きく包囲するための移動であることを、兵隊なりに感じとった。

平野部とモードク山系の接点を行軍中に、鈴なりのマンゴーの木を見つけ、棒切れを投げつけると面白いように実が落ちてきた。副食物を持たないわれわれは、青いマンゴーを塩もみにして食べた。青梅よりも酸っぱいのにはおどろいたが、炎暑の中では食欲がでてけっこう人気があった。

乾期のカラダン地区は密林と川以外は道路の必要がないほど、どこもかたい地面で自由に歩けた。強行軍は昼から夜に入っても続行され、やがてモードク山系内におし入った。ドンランにおける戦闘以来の睡眠不足で、行軍中でもたびたび居眠りがでる。

山は低かったが草木の多い山林には苦労させられた。いくつか山を越え、馬の背のような狭い稜線にのぼった。部隊全部が上がりきったところで停止し、そこに壕も掘らないまま仮眠することになる。

やがて歩哨が立ち、行軍序列の位置で身を横たえる。いつでも出発、戦闘ができるように軍装のままで、背嚢を足もとに、銃を枕にして並んで眠りについた。

とつぜん、まだ眠りの浅いうちに、「敵襲」と声がする。戦闘帽を落ちないようになおし、すわったまま銃をつかもうとしたが銃がない。ほどなく枕もとだったと気が付いたが、だれもが動作が同じだったとみえて、

「あれっ、あれっ」

小声で暗闇の中を銃をさぐる気配がする。やがて全員が銃を手にしたのか、着剣する小さな音にかわった。その後は、なんの気配もなく静かだ。

「歩哨、敵はどこだ」

「分かりません。となりの隊から……」

となりの歩哨からつぎつぎに隠密に連絡があったようだ。われわれの小隊が最後尾だったので、直後と左右の真下の闇に全神経を集中し警戒したが、物音ひとつ聞こえない。

「まさか友軍では」

敵なら一発も射撃せずに夜襲などかけるはずがない。小隊長が近くにいたので、

「小隊長殿、おかしい。これは」と声を殺していうと、

「うん」と、やはり怪訝《けげん》そうな返事をした。

やがて、前方の大隊本部と思われる稜線付近にざわめきがして、兵隊たちは緊張する。広瀬小隊長が、静かに待てと言ったが、その後の沈黙が長く感じられた。まもなく本部の方から、

「何部隊かあっ！」

大声で怒鳴る声がして、友軍だ友軍だ、と入り乱れるざわめきが伝わった。各隊からでていた連絡係の下士官がもどって、相手は星大隊だと分かった。わが有延部隊の進出があまりにもはやかったので、敗走する英印軍とまちがえられ、星大隊が夜襲をかけるところだったらしい。

「いやあ、あぶなかったなあ」

「同志討ちになるところだった」

「冗談じゃねえや。味方と戦うほどひまじゃねえ」

「いい気持で眠ったところなのに……」

安心したりこぼしたり、おかげで睡眠を妨害されたことに腹がたった。星大隊が射撃せずに這いのぼってきたので、間一髪、友軍ではと判断できたのだった。私の状況判断もまんざ

ら捨てたものでもないかな、と一人で悦に入った。

アラカンを越えてきたばかりのわれわれには、モードク山系の山は、さほど困難とは感じない。数日ほど山を横断して三月十四日ごろ、チズエ東北方付近かと思われる平野部に進出した。

夜明け前の霧のたちこめる草原をゆく部隊は、身ぶるいするほどの冷気のなかを、第一中隊と第一機関銃の一個小隊が先を急いだ。二百メートル幅の河岸に出たところには、工兵隊がすでに待機している。

ただちに折り畳み舟艇二隻で渡河をくり返し、さらに前進した。ふたたび五十メートルほどの川をゴム製浮嚢舟でぶじに渡河を終わった。

あたりは草原の平地で、遠方は朝霧で見とおしが悪い。われわれは敵に察知されることなく、六十メートルくらいの低い丘を占領した。

中腹に陣地壕を掘りおわるころに夜明けとなった。眼下に見える南北に走る道路は、彼我の第一線ラチドンから、現在地をへてタウングモ方向にのびていた。中隊は山の南に、重機は北に位置して敵の通過を待った。

英印軍の退路遮断なのか、それとも待ちぶせ攻撃なのか、兵隊はただ大なる戦果を夢見て道路を凝視した。待つ時間はやたらに長く感じられる。

「今朝渡河した川は、何という名前なんだ」

「よく分からないが、おそらくマユ河だろう」

「いずれにしても敵中だな。一中隊ばかりが変なところへ、何でぶんまわされるんだか」

「敵はなかなか出て来ねえな。気づくはずがないから撤退したあとなのか」

小声で両どなりの壕と話しあっているうちに、霧が少し晴れてきて、かすかにエンジン音がする。撤退してきたのではなく、後方から前線に向かうトラック一台が見えてきた。離れて一台、さらに遅れて一台がつづく。近くに引きつけてから三台ともと思っているうちに、重機が、ダダダダッと先頭車を射撃してしまった。

「何だ、まずいことしたな」

「何をやってんだっ。素人じゃねえのに」
二、三名が、反対側のドアから転がるように逃げるのを狙撃したが、遠すぎる。二台目が近づき重機がふたたび射撃したが、三台目とともにあわてて反転し、砂煙を上げて猛スピードでいまきた道を引き返して逃走した。とび出した運転兵を追ったが、これも逃げられた。
トラックの積み荷は食糧で、すかさず分捕った。中味はビスケットと馬鈴薯の切り干しであった。兵隊たちは、さっそく切り干しを壕内でかじりだすが、喉が渇くので水を飲むと腹が張ってこまった。一斗缶に入っているのは生切り干しなので、水に浸すか煮るかして食べることにした。逃げられたトラックの積み荷が惜しかった。

なによりも逃走した運転兵が、われわれの陣地を報告するだろうから、敵は銃爆撃か砲撃などで反撃してくるのではと覚悟したが、不思議なことに、夕方までなにごともなく長い一日が過ぎた。

陣地を下りながら、戦果の少ないことの不満と、敵中にあってのぶじを喜ぶ気持の両面がでる。中隊は引き返して、朝渡河した河を工兵隊の操船でわたり、山麓にもどった。兵隊には作戦内容の説明も結果も知らされなかったが、われわれなりに、いろいろ敵状を判断した。英軍は、われわれに道路を遮断されたので、終日、撤退できなかったのだろうか。撤退が完了しているなら、糧秣を前線方面に輸送する必要はないだろう。とすれば、まだ英印軍は退却を終わってはいないと思ったのは、私だけではあるまい。

有延大隊に合流し、しだいに状況が判明してきた。トンベイクの友軍とマユ河ぞいに攻勢に出たわが軍に呼応し、有延大隊は宮脇連隊とともにモードク山系を横断し、英印軍の退路を北方より遮断したため、敵は総退却をはじめたという。

部隊はモードク山系山麓の高地に陣地を構築し、アキャブ平野を眼下に見わたせる山頂で待機した。マユ河東岸にそってブチドンに退却する道路が真下にあり、これは英軍の主要道で多数の小川に板橋がかけられていた。われわれは寝もやらず、夜襲決行を固唾をのんで待った。

英印軍がきたらいよいよ殲滅戦に入るのか、不意の攻撃による混戦を想起し胸がわくわくする。こんどは敵も死にものぐるいだろう、運がなければおれも最後かなと、さまざまな感情がわきあがる。

ふと目をやると、周囲の戦友の顔すら暗黒のなかにとけこみ、黒い塊りがわずかに動くだけだった。

やがて闇夜の冷気をつたって、敵部隊の行軍の響きが聞こえてきた。どこへ向かっているのであろうか。われわれの待つ真下の道路に進入して来るのだろうか、しだいに近づいてきた。まもなく先頭の歩兵部隊があらわれた。

小川の板橋は、ちょうどわが部隊から出ている斥候の役目をはたしてくれる。ザックザックと歩調をとって進む隊列は二列ではない。四列縦隊以上はまちがいないおびただしい靴音である。それがずいぶん長いあいだ聞こえる。その時間で大体の人員はわかるが、おそらく一千名は越えている。

やがて靴音がとぎれたかと思うと、こんどはエンジン音に変わった。それに重い石を転すような砲輪の音がかさなっているので、重砲を牽引しているのはあきらかだ。砲輪とエンジン音のかたまりが二十を数えた。

先頭が去って二時間もすぎたが、後から後からと音は交互にあらわれ、まったく絶え間がない。駄馬部隊が、バタバタッ、バタバタッと軽い音をたてて通りすぎていく。板橋を通過後は地響きだけになる。

「板橋は斥候より分かるな。昼だったらよく見えるけど」

「退却だもの。敵だって夜をえらぶさ」

「いつまでつづくんだ、この敵は」

やがて夜が明けてきた。しだいに退却の全容が眼下に出現した。昨夜からだけでも旅団を越すだろうに、まだ通っている。まるでニュース映画を見るようだ。トラック部隊につづいてジープ、そのあとは戦車があらわれた。

反対方向のブチドンから、一台のオートバイが疾走してきた。ジープのところで停止すると、連絡を終わったのか、砂ぼこりを上げ引き返していった。日本軍の伝令は遠距離でも背嚢を負って歩くのに、彼らは空身でオートバイかとうらやましく思う。

朝まで蜿蜒とつづいた英印軍の撤退は、太陽の上る前、戦車を最後に一兵も通らなくなった。

作戦以来いままで、敵味方をとわず、このような大部隊をまぢかに見たことがない。この敵大部隊にたいし、なぜ一発の射撃もせずに山の上で傍観してしまったのだろうか。

「全部逃げられたな。いったいどうしたんだこれは」

「こっちに砲がなくて攻撃できないんだよ」

「いっせいに射撃して、突入したらどうなんだ」

「大部隊に機関銃と小銃で向かったら、いちころだぞ」

「いままで苦労してきて眺めるだけか」

「戦車と野砲にやられて、逆襲くったら全滅だ」

兵隊は口々に残念がると同時に、あれほどの大部隊兵力で兵器、車両、砲、戦車を有しながら、なぜ英印軍が退却するのか理解に苦しんだ。

アキャブ平原に夜のとばりがおり、あたり一面に霧がかかってきた。はるか遠くでは、いまも砲声はやむことなく聞こえてくる。戦いはいまだ終わらず、明日はどこへ進むのか。兵はただ命令どおり動くだけである。

ほっとひと息すると、体じゅうがかゆくなった。

「こんちくしょう。あまり血をすうんじゃねえ、虱のやつ」

足の方から腰も背中も腹からも、一度にムクムク歩きまわる。兵隊たちは、たまりかねて木の幹へ背中をすりつける。思えば三ヵ月以上も、水浴も洗濯もしていない。小さな生き物に大の男がバカにされている。

一〇一高地に死す

中隊は、ほどなくムロチャン付近の山麓で連隊にしばらくぶりに合流し、軍旗中隊となった。われわれは谷間に入り、なによりも先に、軍旗を安全に奉納するための壕と連隊長の壕をともに掘りあげた。そのあとで各自の壕と、さらに山上に陣地を構築する。

陣地構築がほぼ終わった三月二十七日、広瀬小隊に出動命令がでた。新しい任務はナヤチャン付近の平野部にある百一フィートの高地確保である。

われわれは中隊とわかれ、闇の中をときどき発射する英印軍の野砲弾の間をくぐりぬけ、北西方の敵前へと行軍をつづけた。広大な荒地の上を無言で足もとに注意してすすんだ。ムロチャンを目標に砲弾が頭上に飛んでゆき、背中に炸裂音を聞いた。壕は横穴まで完全に掘っていたし谷間だから、本部や中隊はなにも心配ないだろう。

一〇一高地をめざして二時間ほど歩いたころ、われわれは湿地帯にふみ込んだ。軍靴が泥に吸いつき歩きにくい。このままでは、泥沼の真ん中で動きがとれなくなるのではと心配になった。

星明かりに見ると、灌木や葦の一メートル以上の高さのところに水位が上昇した跡がある。マユ河支流のここまでも海水の干満の影響があることを知った。

われわれは苦労のすえ、湿地を三百メートルも歩いてやっと川の渡し場にでた。そこに竹の束の筏があり、渡河は一度に七、八名ずつ行なった。それでも竹の上に水が上がるので膝をつき、背嚢を負ったまま順に位置につく。対岸に渡してある鉄線をたぐりながら進むのだが、流れは急だ。

「動くな！」

と言うが、何回となく傾く。軍靴の底の鋲が水びたしの竹の上で滑り、つかまる物がないので身の危険を感じた。ちょうど川の中央に出たとき、左側が急に沈んだ。

「あっ！」

小斉兵長が背嚢を負ったままの姿で、濁流へほうりだされた。その後、一度頭をだし、「おおっ」と叫んだが、そのまま見えなくなった。下流に目をそそいだが、浮上する気配すらなかった。

どこかに流れつき助かってくれるように祈ったが、むなしい結果となり、小斉兵長はマユ河に消えた。

佐藤正雄一等兵も同時に滑り落ちたが、かろうじて筏の端につかまり、引き上げることができた。背水の陣という言葉があるが、敵も簡単には攻撃できないと同時に、われわれも進退の自由はきかないのだと覚悟した。

後続の小隊員は、ぶじ渡河を終わり、ようやく一〇一高地にたどりついた。ただちに麓から頂上の地形偵察にかかり、夜を徹して警戒を厳重にしながら陣地構築をいそいだ。

ここは敵前面が高く、真下まで絶壁なので、守りには最適だ。後方はゆるやかな坂で、樹木が多かった。東には難所のマユ河支流と湿地帯がつづき、前面はひらけた草原で、西もまた湿地帯の天然の要害である。

高地頂上に歩哨の壕、両側に蛸つぼ壕をつぎつぎに掘り、交通壕で連結した。さらに横穴をかまえるべく、昼夜休むことなく掘りすすめた。偽装にも充分に心がけて努力したが、敵の発見ははやく、二日目からは昼夜のべつなく砲撃をうけるようになった。

以前、われわれの目の前を撤退していった砲にまちがいない。逃がした砲に撃たれるとは情けない。歩哨に立つ絶壁の頂点が崩れなければよいがと心配するほど、命中弾が炸裂する。ときどき歩哨の頭上を越えた砲弾が、シュッーとうなりをあげて後方山中に消えて炸裂した。英印軍砲兵の集中射撃をうけたのは、こんどが初めてであり、間断ない炸裂に身をちぢめていた。敵は砲の数を増加して、モードク山麓の友軍本部と、われわれの守備する一〇一高地を同時に砲撃してきた。

夜明け前と夕暮れ前の短時間のほかは、炊事は絶対におこなえず、塩分の多い河水で炊いた飯は喉をとおらず、副食の汁は吐き気をもよおした。それでも明かり洩れ防止のため、横穴の入口に天幕を張って草や枯木を燃やし、煙で目をはらし、涙を流しながらの炊事が毎日つづいた。

砲撃は日ごとに正確になり、炊事場付近も発見されたのか敵弾が落下しはじめた。携行した少ない副食物も底をつき、バナナの茎の白い芯が最高のおかずになった。

五日目の昼ちかく、はげしい連続砲撃をうけ、各自、横穴にとび込んだ。砲撃中に英印軍が進攻してくることも考えられるので、歩哨の任務をまっとうするため、双眼鏡をはなさず警戒をしなければならなかった。

「やられた！」

頂上部の声が、斜面壕のわれわれにも聞こえた。歩哨だと直感した。砲撃のつづく中を壕から出て待ち、やがて交通壕づたいに助けられ運ばれてきた。砲撃のつづく中を壕から出て待ち、安全な場所へ寝かせた。運んできた分隊員は、ふたたび頂上へ駆けのぼっていった。

小隊長と私と同年兵の大谷三郎衛生兵で、負傷兵の手当をおこなう。みると同年兵の立原正則兵長だ。大腿部を砲弾の破片で貫通され、軍袴はやぶれて血に染まった。日ごろ大胆な立原だが、苦痛で顔をゆがませた。

大腿部の付け根は、帯剣の鞘でしっかり止血されているのでだいじょうぶだと思った。

「痛いか、立原」

「痛いなあ」

「貫通だから血が止まれば、だいじょうぶだからな」

「痛くてだめだ。ううっ、少しゆるめてくれ」

「がまんしろよ、立原っ」

大谷が大きな体で治療する。破傷風とガス壊疽の注射をし、ようすを見る。大谷も、

「出血したらだめだ。がまんしろよ」

どうしたら助けられるだろうか、衛生隊は近くにいない。まして、いまの容体では動かすこともできないだろう。潮の干満によっては退くこともできない。

容体がしだいに悪化していく、かなり出血していたのだ。輸血は不可能である。顔面蒼白となって、元気な髭面の面影がうすれ、

「残念だ、死にたくない……、天皇陛下……万歳」

小さい声だった。

「立原あっ」

二回とは名を呼べない。みんな声がつまり、顔じゅう涙でぬれている。立原が死ぬのだろうか、ほんとうに死ぬとは思えない。信頼する数すくない同年兵の仲間でもある。脈をとっていた大谷が、

「終わりだ。とうとうだめだ!」

涙声で言ったきり、あとは何も言わなかった。

みんなで無言の敬礼をおこない、近くの低いところに墓穴を掘って埋葬した。彼の腕一本

を、砲弾落下の合間にやっとの思いで荼毘に付した。三月三十一日が、立原正則の命日となった。

立原からは、以前、恋人があったという話を聞いていた。最後の言葉の、「死にたくない」の気持が、遠い日本の彼女にとどいたであろうか。もしかしたら、彼女の名前を呼ぶかわりに出たのかも知れない。

数多くの戦友が第一線から消え、散ってゆくなかで、母の名も恋人の名もださず、天皇陛下万歳を口にして死んだのは二、三名しか記憶にない。立原は完全な兵士であり、立派な軍人であった。

一〇一高地東正面の山麓からややはなれた草原に、真水の小さな池を発見し、飯盒の米をとぎ、水筒の水をもとめた。

「飯盒、水筒の音はまちがっても出すな」

池に近づくと、不思議なほどそのたびに砲撃してきた。暗夜の草原に、敵の斥候か監視兵でも潜伏しているのではと思った。キンダン方向から砲撃のたびに、パッパッと光る。そして手前に黒山が浮かびでる。

「それっ、退避しろ!」

着弾しないうちに、死角の山裾に逃げこむ。砲撃ごとにそれをくり返し、やっとのことで陣地に運び上げ、やれやれとひと息いれる。

壕内で夢中で水筒からラッパ飲みすると、なにか喉に引っかかる。乾パン袋の布をあてて二回すると、こんどは水が出なくなった。布をとってみたら、青苔が付着していた。布をあてなおしてふたたび飲む。この池の水で炊いた飯には、青苔の模様がついていた。

　副食のバナナの芯も、漬物や汁の菜として食べつくした。残った根を円匙で掘り起こして煮てみたが、切っても口に入れても糸がつらなり、食べると口から喉までつづくので食べづらい。さらに咽喉がかゆくなったのには閉口した。

　一週間以上も砲弾にさらされたが、小隊の士気はおとろえなかった。やがて、部隊本部から中隊連絡下士官が到着し、われわれに一〇一高地からの引き揚げ命令を伝えた。

　立原とも永遠の別れをすることになった。小斉兵長は、どこまで行ってしまったのだろうか、ベンガル湾までも流されたのだろうか。確認することもできずに、その夜、われわれは一〇一高地を静かに下りた。

　干潮を待ち、ふたたび筏で数回に分けて、ぶじ渡河を完了した。その直後、満潮の逆流が川面いっぱいに白浪をたて、両岸の樹を揺さぶりながら、ゴーッ、バサッバサッと大音響とともに、一メートルあまりの高さで押しよせてきた。さらに、その下流からは別の地鳴りが聞こえる。まるで巨大な生き物が荒れ狂うようだ。

　早くしないと湿地が沼になる。川から湿地から、逃げるように三百メートル以上を駆けぬけた。安全な地点に達して、やっとのことで小隊は休憩をとった。

　われわれは体を投げだすように、背嚢を負ったまま仰向けになる。七日以上も陣地にたてこもったためか、それとも立原を失ったためか、軽いはずの背嚢がずいぶん重く感じられた。

中隊に復帰すると、他中隊の馬淵少尉が行方不明で捜索中だった。夜半にタウングモとエゾギャンの中間で敵の襲撃をうけたようで、地上の草に血の跡と引きずられた形跡があったとのことだった。関係の中隊員は、付近を三日間にわたり捜索したが、ついに発見救出することはできなかった。出血多量と認められ、生存は望めないとの話だった。

わが小隊が一〇一高地を占領中に、中隊員がタウングモ集落にゆき、英軍の糧秣を手に入れてきた。話によれば集積された缶詰には穴を開け、ビスケットにはガソリンをかけて山積みされていたという。その中からえらんで持って来たものを、全員にわずかずつ分けあった。油の臭いが強かったが、隊員はみな喜んだ。

やがて連隊本部はエゾギャンへ前進移動し、すぐさま軍旗と連隊長の壕を堅固につくり、周囲の高地に陣地を掘り終わった。

そこで私は、急に扁桃腺が腫れて痛みだした。中隊長は、ムロチャンから小隊の到着する前に、下痢ですでに後方へさがったことを知らされた。私は軍医の診察をうけることにした。一〇一高地でなくて助かったとつくづく思う。

医務室とは名ばかりで、砲撃をさけられる地形の谷間のすみで、チョロチョロと小川が流れる砂の上の箱に腰かけた。軍医は立ったまま診察すると、

「これは化膿しているな。いますぐ手術だ。麻酔薬はないががまんしろよ、治りは早いから」

「ハイ、お願いします」

さっそく衛生下士官がメスを取りだし、軍医に手わたす。

軍医が、痛いかと尋ねるので、口を開いたまま、「いや」と言おうとすると、喉に膿が流れこみそうになる。

「そうか」

軍医がうなずいて、ジョリッと音がして痛みが走った。手をぎゅっとかたく握りしめているうちに手術は終わった。

「だいぶ熱もある。衛生隊へさがるようにしろ」

これは大変だ。扁桃腺を腫らしたくらいでさがっては、みんなに申しわけない。

「後方へはさがりません」

「何っ、さがってよく治せ」

軍医は逆らわれたと思って、怒ったようだ。

「軍医殿の治療をお願いします」

すると軍医は、こちらに顔を向け、しだいに好意的な態度に変わった。

「強情だな、お前は」

和口曹長もかたわらにおり、

「それならここ（エゾギャン）で休め」と了承してくれ、中隊の谷から治療にかようことになった。

二度と入院などしたくなかったので、ほっと安心したが、水を飲むにもしみて痛み、七日間はほとんど絶食にちかかった。幸運にもこの間、本部、中隊の移動もなく完治することができた。

一方、下痢で衛生隊にさがった中隊長は、さらに後方へさがっていったと分かり、兵隊たちからは心よく思われなかった。ドンランの戦闘でも兵隊が中隊長の目前でたおれ、あるいは敵と組討ちとなったのを見ていながら、自分は大木の陰から突撃の号令をかけるだけで、一歩も前にでなかった。兵隊たちはこれを見ていたのだった。

アラカン山脈突破以来の作戦（三十一号）だったが、一中隊はひと足はやく四月の上旬、カレイワ付近の警備にさがった。

われわれは、しばらくぶりで戦塵を洗い流すことができたが、連隊主力はひきつづきキンダン、ブチドンへと進撃し、昭和十八年五月、雨期に入ってから第一大隊主力は、キョクトー付近の警備についた。

雨期がくれた休日

雨期のため敵機の来襲も少なく、われわれは兵器、被服の手入れを充分にすませ、英気を養った。カレイワの東を流れるカラダン河の水量は両岸までも幅をひろげ、各支流から低地とつらなり、丸木舟が足がわりになった。豊富な水で四ヵ月ぶりに体を流し洗濯をした。湯を一斗缶で沸かして虱退治に精をだし、やっと生きた心地がついた。

山野での寝起きの生活から、村の建物に入ることになり、楽しみであると同時に、敵機の銃爆撃も案じられ、爆音には過敏になった。焼けのこった椰子とマンゴーの森の間にあるトタン葺きの二階建ての民家は、村でも最高の家だった。

雨がやむと、防空壕の工事や、便所づくりの作業でいそがしくなる。焼けた椰子を切りたおし、こわれた家の板を利用する。地面を掘ると水浸しになるので、防空壕は地上に組み立ててつくる。

乾期に住民がつくった簡単な防空壕には水がたまり、村のまわりの低地は池になって、食用ガエルが昼夜をとわず、ウォーン、ウォーンと鳴きやまなかった。いままでの戦いが嘘のような静かな夜に、横になって鳴き声だけ聞いていると、故国の田園風景がまぶたに浮かぶ。雨期のビルマは太陽が真上にくるので蒸し暑い。木陰の下でも汗が吹きだし、食欲もでない。住民から唐辛子入りのヘン（副食のこと）をもらって食事する。

栄養をとらなくてはと、六個一円のアヒルの卵を買い、卵焼き、目玉焼き、ゆで卵、生卵と、一日三度で十八個も胃の中に入れ、隊員たちはみな胸やけを起こした。俸給は七日間で残りすくなくなった。

卵にこりた一同は、こんどは住民からすだれを借りて、カラダン河の入江の小川出口に、満潮時をまって張りめぐらした。

引き潮となり、やがてどんどん水が引くと、すだれで遮られたところにでっかい海老がとび跳ねる。夢中で泥の中に入りこんでわしづかみにして、地上に投げあげる。二十余りも戦果があり、赤いみごとな大物海老を食前にならべ、分隊員で舌つづみをうった。味は天下一品だ。

「伊勢海老のようだな、これは」

「内地の豪華な祝儀のようだ」

「おいっ、変なところで内地を思い出させるなよ」

「そうだそうだ、この海老の野郎のせいだ」

隊員一同、どっと笑いだす。

われわれの上には中支、北支以来の古参兵がおり、出征して五年にもなる。作戦も一段落し、こんどは内地帰還がまわってきたと騒いで冗談をいう。内心はだいぶ期待していて本気のところもある。

「ほんじゃ、みなさん、ながい間お世話になりました」

つぎの者もまねして、

「ほんじゃ、みなさん、お先に失礼。元気で、さようなら」

私物だといって、小さい包みをこしらえて部屋を出たり入ったりする。内地帰還の条件をいろいろ見出そうとする兵隊の夢と、しょせんは気休めの一幕ではあった。

まもなく初年兵が入ってきた。藤岡伍長らが引率し、海岸にちかいアラカン山脈の道路を自動車で越えてきたと話がはずんだ。

「途中、アラカンでおどろいた。野性の象に道をふさがれ、やむなく軽機を五、六発撃ったんだがだめで、十五発も撃ち込んで、やっと静かに寝てくれた。さすがにジャングルの王者だよ」

「初年兵はどこの出身なんだ」

「茨城出身ばかりだよ」

話を聞くよりはやく、なつかしく声をかける。

「よく海上ぶじで来られたな。潜水艦出なかったか」

「内地はどうだ。物資も不足でたいへんなんだろう」

「内地でも、みな一生懸命がんばっております」

「そうか、なにより男がいなくて女娘が不自由してないか」

変な話をする者もある。

初年兵は到着早々から演習の連続である、気候にもなれず苦しいだろうと思い、かわいそうになった。泥にまみれ、晴れ間の猛暑にたえ、懸命にがんばっている。

そうしたなかで、ひさしぶりに中隊会食がひらかれることになり、二階広間の板の間に準備された。冬瓜と肉の油炒めの副食で、酒は現地の白くにごったもの。すこし酸っぱみがあり、味がいいとはお世辞にも言えない。

一同、方形にならんで飯盒から蓋に酒をそそぎ、中隊長不在のまま武運長久と戦勝を祈り乾杯をする。酒盛りになっても、初年兵は遠慮して飲まない。

「みんな飲めよ。会食だ、遠慮するな」

こちらから行ってついでやる。

「はいっ、いただきます」

おなじ年ごろの初年兵がいじらしい。古参兵はぐいぐいと飲みはじめ、作戦中びくびくする者ほど、警備につくと威張りだす。宴会中にも、「初年兵っ、酒を持ってこいっ」などとわめく。それで私も反発する気持で、

「飲むときは飲んで、作戦のときはがんばれっ。ほら飲め、ほら飲め」

初年兵はあい変わらずひかえめだった。私はしだいに酔いも手伝ってきて、

「初年兵、よく見とけ。こういうふうに飲むんだ」

飯盒に七分目も入っているのを、一気に飲みほした。大声のあがった方を見ると、古参四年兵が初年兵をアゴで使っていた。これも面白くない。

「どれっ、これもか」

新しい飯盒をつかみ、ひと息にと思ったがむりだった。ひと呼吸おいて二回で空にする。こんな調子で飲んでは、たまったものではない。戦闘間の上官不信もかさなり、ついに酔いにまかせて爆発した。

「中隊長も古参もあるもんか。臆病野郎はおれが撃ち殺してやるっ」

銃架のところへ、ちどり足で歩きだした。私を見た将校たちが室からいちもくさんに逃げだした。小銃をとりに行こうとしたら、

「初年兵っ、何をしてる。はやく銃をかくせ！」

背後でだれかが怒鳴ると、ダダッと四、五名の兵隊が駆けつけ小銃を持ちさった。初年兵が敏捷なのか、自分が鈍重なのかどちらかだ。

「なんだ、かくしたなっ。御紋章のついた銃ではもったいない。これでたくさんだ！」

室の右隅にかさねられた小円匙に手をのばした、と同時に背中から分隊長の上竹伍長に抱きかかえられ、

「父ちゃんと寝っぺぇー。井坂っ、父ちゃんとなー」

一段高くつくりかえた床上に、二人いっしょに転がった。ここまでは私も意識があった。目がさめて辺りを見まわせば、私は毛布の上で蚊帳の中にいた。すでに朝だ。不覚にも、夢中で何時間かが過ぎたようだ。体が臭うが、まわりには吐いたようすもない。

ちょうど通りかかった初年兵に、

「だれだ、汚したのは……」と、小声で聞く、

「はい、井坂上等兵殿であります」

「なに、おれが。毛布は何ともないが……」

「はい、交換しました」

青天の霹靂とはこのことかと思う、初年兵は神様より正直だ。

「初年兵になにが同情だ。よけいな手数を何回もかけて、このバカ野郎が」と自己反省した。

すっきりしない頭をたたいているところへ下士官が入ってきた。

「こまった。分哨の員数がたりなくて」

「おれが出る」

「だいじょうぶか」

「会食は会食、勤務は勤務だ。おれが出る」

「いや、助かった。小林上等兵が飲み過ぎでだめなんだよ」

すっくと立ち上がろうとしたら、足もとがふらついた。二日酔いくらいが何だと思うが、胃袋が空で気持わるくて重心がとれない。やっとのことで軍装をととのえ、整列して申告をすませ、カラダン河岸の分哨勤務についた。

歩哨交代でひろい河岸の土手に立ち、ふらつく身体を銃でささえる。足もとには満々とした水が白く波をたてて流れ、見つめていると体まで動く感じがする。

監視中、向かいの岸ちかくを一隻のサンパン（少し幅のある小舟）が下ってくる。なにか満載しているようだ。

「バーマ、ラバ、ラバ（ビルマ人よ、来い、来い）」

二度、三度と呼んだが、こちらに舟を向ける気配がない。よしそれならと進行方向をめがけて、バァーンと一発、発射した。狙いは正しく、舟のそばに飛沫が上がる。あわてたビルマ人は、夢中で流されまいと川の横断をはじめた。こちらに懸命に近づいて入江の小川に入ってきた。

「おーい、来たぞ。だれか中隊の給与係に連絡してくれ。果物と野菜が積んであるから」

「よし来た。ろくなものも隊で出さないからちょうどいい」

サンパンは流れの静かな入江に入った。土手の上から、

「バーマ、デー、パイサン、カウネラー、アーロン、ローチェンレー（ビルマ人よ、お金でよいか、全部ほしい）」

と言ったら喜んで、

「マスター、カウネカウネー（いいよ、いいよ）」

笑顔で二つ返事だった。

小銃でおどかされた直後だ、喜ぶのはあたりまえかも知れない。中隊から給与係がやって来てバナナ、ザボン、パイナップル、マンゴー、冬瓜、その他の野菜を買い上げた。

「ザボンを二、三個、分哨においてくれ」

「承知した」

この給養が初年兵の口に入り喜ばれれば、すこしは罪ほろぼしになるかなと思ってもみた。やがて歩哨を交代すると、初年兵が昼食を持ってきた。

「上等兵殿、食事持ってまいりました」

第一分隊員の秋山信一一等兵だ。

「ご苦労さん。食べたくないから、お前らかえって食べろ」

私の顔を見て立ちすくみ、心配そうなこまったようすである。いそがしい中で特別につくって、自分の食事もすまないうちに持って来てくれた昼食だ。隊の初年兵は腹をすかして食事中だろう。演習にも急いで出なければならない秋山だ。気持はわかるが飯を見るのもいや

だったので、

「せっかくだが、いいよ秋山。持ち帰って食べてくれ。ご苦労さん」

「はいっ、帰ります」

元気にもどってくれた。飯は食べられないが、ザボンは食べられそうだ。分哨に残していった子供の頭ほどもあるのを一個たいらげると、胃の中がすっきりして気分もさらりとよくなった。

カラダン地域の雨期は、果物も野菜も豊富になった。名前は知らないが、住居の庭さきに大木が茂り、その葉の新芽は住民のスープの材料になる。無数についた莢豆《さやまめ》は貴重な食糧であった。子供や女が木にのぼり、新芽を竹割り棒でつんでいる。樹木の木陰は猛暑もやわらぎ、一石二鳥も三鳥も役だった。

果物は枝の先に実るのがあたりまえと思っていたが、めずらしい樹があった。現地語は忘れたが、われわれはパンの実と呼んでいた。

太い幹からふくらみはじめて伸びだし、長さは五十センチ以上、太さも直径二十センチにもなり、熟すと甘いかおりが遠くまでもただよう。皮は緑色で、表面はパイナップル模様を小型にしたようで、縦に切りさくにはテーブルの上がちょうどよかった。

中身は、黄色の果肉が無数の種子をつつんでいて、これがなんともいえぬ甘さで、パパイアなど問題にならない味である。スプーンですくって食べ、残った種は煮ると馬鈴薯のようで、これまたうまかった。

食事には、副食もいろいろと工夫し、マンゴー、パパイアの青いのを切って塩でもみ、漬け物にした。道端にときおり野性の唐辛子や茄子《なす》が生えており、木が太くなるほどどちらも小さい実がなった。これには、常夏の国の植物の不思議さを見る思いがした。何年でも生きつづける唐辛子と茄子の大木であった。

誇れぬ負傷

部隊では演習作業のあまった時間は、洗濯と水浴が日課のひとつになる。村の男たちは河で、女は野天の共同井戸のまわりで、衣服を着たまま器用に体を洗って着がえる。

われわれは民家をとおりすぎ、カラダン河の支流に向かった。川岸に村には不似合いの建物を見つけて入ってみると、巨大な蒸気機関動力の精米所であった。床はコンクリートででてきていた。いまは田植時期なのか、それとも使用不能なのか、作動しているようすはなかった。よい場所なので、そこを利用して洗濯場にした。風通しのよいところに紐をはって干せば、乾くのははやい。

洗濯物が乾くのを待っているあいだ、川岸に丸木舟があったのでさっそく漕ぎだした。いつもビルマ人が船頭だったので、ここは自分がやってみるかと、二人を乗せて私が竿をさすと、広くもない川なので中央の流れのはやい場所にでた。下流に向けスピードを出してやろうと、竿に力を入れたら抜けなくなった。そのまま舟は押し出され、私は竿をにぎったまま、

ザブーンと水中に落ちてしまった。舟は流れにまかせて下流へ下る。私はなんとか岸に泳ぎついたが、櫂も持たない舟では、

「おーい、だめだ、これは」

二人がまごついている。

「斜めに手で水をかけ」

「まいったなあ」

「何いってんだ。本流まで流されたらたいへんだぞ」

屈曲部で見えなくなったが、なんとか下流の岸についたらしく、しばらくすると川岸を歩いてもどってきた。

「少し泳ぐか」

東京湾の館山で習いおぼえた直神伝流がさえる。三人とも幅五十メートルの川面を思い思いに泳いでいたら、ちかくの水面に、とつぜん、黒い頭の生き物があらわれた。

「おいっ、あれを見ろ」

「何だっ、あれは」

黒猫の髭を長くしたような怪物だ。丸い目が見える。私はさきに岸に上がって、戦友をおどかした。

「ほら、追っかけてきたぞっ。はやくしろ。すぐ後ろにいるぞっ」

二人ともあわててしまい、はやく泳げない。大きな水しぶきをあげて、やっとのことで岸

につくと、

「ああ、楽じゃねえや」

「ところで何だ、彼奴は」

「河童ではないな。頭に皿がなかったから」

いったん潜って、また水面に出て、こんどは前より伸び上がるようにしてわれわれを見た。棒切れを投げつけると水中に姿を消した。

「川うそだよ、あれは」

「ワニでなくてよかったなあ。あの茂みのあたりから出て来るかもしれねえ」

「水泳はやめたっ。こんちくしょうめ」

「勇士も川うそ一匹に追いたてられて、だらしねえや」

洗濯した被服も乾いたので、帰ることにするかと村の入口まで歩いてきた。すると右手の道ばたに一人のメイマ（女）が立っていた。

「マスター、メイマ、メイマー」

と呼びとめる。見たところ若いが娘ではなく、亭主持ちのようだ。メイマがどうしたのかと眺めると、

「メイマ、パイサン、カウネー（女、金でいいよ）」

これには一同、顔を見あわせた。戒律のきびしいビルマでは、聞いたことも見たこともない。びっくりしていると、一等兵が女の方へ歩きだした。

「行くなっ。とんでもない。ここらの性病は悪質だぞ」

「心配ないよ」

「いや、やめろ、やめろっ」

と制止したがとまらない。古参一等兵なので、それ以上力づくで止めるわけにもいかないし、それだからといって一人おいて行くのも心配だ。

しかたなく、少し離れた土手に興野と二人で腰をおろす。

「困ったもんだ。あの家へ入っていった。おれたちもバカみたいだな」

「しかたがない。なにか起きたら一大事だから」

帰ってくるのに長い時間はかからなかった。こちらも、つい好奇心から、

「どうだった」

「女は二十五くらいかな。はじまったらカウネ、カウネー、マスター、カウネーってかじりつかれてな」

「ありゃあ、ほんとうか」

「亭主が室の近くにいたよ」

「亭主がいるところで、声を出して、なんだいその女は」

「鉄兜もしないで、ほんとうに大丈夫か」

当時の軍票で二円はらったという。

翌日、洗濯帰りにまた同じ女が待っており、よく顔が分かったものだ。

「マスター」と、小声で古参一等兵に呼びかける。いくらかきまりが悪いのだろうか、

「パイサン、ムシーブ（金ない）」と返事する。

兵隊だからだれもが同じで、いままでに石鹼、食物、果物を買って、女をかうほど余分に持っているわけがない。

「パイサン、ケサムシブー（金は心配ない）」

女がそう言うと、さっさと行ってしまった。

「バカバカしい。待っていられるか」

吐き捨てるようにいうと、二人で帰隊した。

一週間も過ぎたころ、たちまち古参一等兵は軟性下疳が発病した。彼は麻酔なしの手術をされ、痛い痛いと泣きだすしまつで、軍医には、

「いい思いをしたんだ、痛いのくらいがまんしろ」

と怒鳴られていた、と衛生兵から聞かされた。

手術後、古参一等兵はしばらく足を引きずっていて、

「おい、どうした。名誉の負傷は」

「金鵄勲章もらったんだってな」

と冷やかされ、古参一等兵も天国と地獄を一度に体験し、こりたことだろう。それにしても、とんでもない洗濯帰りの女だった。

第三章　斃れゆく戦友

砲爆撃の合間

部隊がひとつところで腰をすえ、防空壕、便所、宿舎内と整備が完了するころ、かならずといってよいほど移動の命令がでる。雨期最盛期のなかで、われわれはキョクトー地域に移動することになった。

道路も水田も原野もみな水でつながった中を、膝まで没して少しでも高いところをえらび行軍する。前かがみの背嚢の上から天幕をかぶり、ガッポガッポと足を上げないようにして歩く。たいせつに手入れした軍靴の損傷を気にしながら、北へ北へと水中行軍はつづけられた。

途中、アポークワ付近を過ぎたが、ここは二ヵ月前の三月八、九日、英印軍と激突した戦場だ。二度と訪れることもあるまいと思った場所に、いまこうして進攻時と反対の方向から近づきつつあった。

「ここだ、英軍のテントのあったマンゴー林は」

「この左奥の山林内が三名の戦死したところだ」

「あっ、この道だ。川になってるが、ここで山砲が零距離射撃をやったんだ」

わずか二ヵ月前の戦場ドンランは、水の流れをのぞけば何ひとつ変わらぬ風景だった。初年兵たちも、われわれの話を聞きながら黙々と行軍する。

「三人の墓はもうすぐだ」

見おぼえのある林が目の前にあらわれてきた。墓標があった。とたんに涙が汗といっしょに流れおちる。中隊は停止した。隊員たちは口々に、

「中隊が恋しかったろうなあ」

「こんどこそ最後の別れだ」

あたりを見まわすが、そなえる花とてないジャングルである。中隊全員、墓をかこんで整列し、号令一下、

「着け剣っ。三英霊にたいし、捧げえ銃っ！」

全員の力づよい一糸みだれぬ敬礼に、地下の三名からは、「後をたのむ」という声が伝わってくるように思えた。

三人の死はかならず無駄にはしないから。ビルマを独立させ、戦いに勝つまではおれたちが代わってがんばる、安心して眠ってくれと心に誓った。わかれを惜しみつつ、かつての戦場をあとに、われわれはカラダン河に向かって歩をはやめた。

カラダン河に到着して大型の民船に乗る。これは底の部分は丸木舟で、まわりを板で仕上

げ、丸い屋根の覆《おお》いをとりつけてある。一隻に五十名ほども乗りこむことができるので、部隊は二隻に分乗し、上げ潮にのってキョクトーへと漕ぎだした。屋根には雨の音、そして舟べりをたたく水流の音を薄暗いビルマ民船の中で聞く。歩兵のせいか、どうも水の上は不安になる。

キョクトーからカラダン付近の入江に入り、上陸してやっと安心する。周辺は山間部にかわり、地上は水たまりが少なく歩きよい。あたりの風物を眺めながら、山中を北へ北へと行軍はつづく。

途中、牛が野放しで移動しているのに出合った。ボス牛なのか先頭の一頭の首には木製の鳴子がさげられ、カラン、コロンと音を出しながらゆっくりと歩いている。しだいに樹木は深くなった。椰子やマンゴーはまばらで、寒村というにしても家もない。

やがて、十軒くらいの貧弱な集落についたが、そこが目的地だという。粗末な身なりの男がものめずらし気に屋外に出てくる。女子供が遠くで見つめていた。部隊が村に入ると、最初は、どこでも見うけられる光景である。

村の建物は小さく、床の高い竹づくりはカモイ族特有の住居で、川岸ちかくに立っていた。床下では鶏や豚の鳴き声がにぎやかで騒々しいくらいだ。

いちおう住民の家を借りて入り、川岸からはなれた山林内の立木の間に宿舎を建てることになった。資材の竹は、山に豊富にあるので問題はない。兵隊たちは、毎日、わが家づくりに雨中も精をだす。まず便所が最初で、つぎに宿舎となる、外組みができ上がれば内部にかかる。

「また完成するころ移動かよ」

「いつもの通りか」

　雨期の最中なので、はやく屋根の下に入りたい。カモイ族も手伝ってくれたので、作業は順調にすすんだ。竹の柱に竹の桁、屋根はニッパ椰子の葉を細竹に編みつけ、軒下から上へむけて葺いていく。屋根が終わると、飛ばされないように丸竹で押さえる。室内に銃架や棚も竹でつくり、住民の家とちがい床を低くしたので、出入りがらくだった。

　カモイ族も器用さを発揮し、雑談しながら四、五日で四棟くらいが完成し、引っ越しができた。

　このあたりになると、山間部のため果物や野菜は少ない。山の畑に陸稲を作付けし、豚や鶏は家の床下で飼っている。毎日のように女たちは、くびれた臼と棒の杵や地がらで米をつく。兵隊もときどき手伝って退屈をまぎらわし、宣撫の役もはたしたものである。

　カモイ族は猿の生け捕りが達者で、竹筒のなかに餌をしかけ、竹にじょうぶな藤蔓の紐をつけて木に結んでおく。竹の中の餌を取ろうと猿が手を入れてつかむ。離せば手がぬけるのだが、つかんだままだから生け捕りになるわけだ。

　われわれも、身長二十センチそこそこの小猿をもらってならそうとしたが、大小便をもらすので臭くてかなわない。怒ると歯をむきだし恐ろしい顔になるが、退屈しのぎに三名が飼っていた。なれると兵隊以外の人間がちかづいたり、他の動物がくると騒ぐので、虎でも出たときは役にたつかも知れないと思う。

斥候の合間は平凡な毎日がつづくので、今日は釣でもやるかと手製の釣針を持ち、チーク林の間を流れる幅四メートルくらいの川へ三名で出かけてみた。ほどなく、二、三匹釣り上げたころ、遠くのほうから、

「フォッ、フォッ、フォー」

猿の一団の鳴き声が近づいてくる。まさかわれわれ三名のいるところには来ないだろうと思っていたが、平気なもので目前の木を伝わり、まだ生まれたばかりの子を抱いた母猿をふくめた五十匹あまりがあらわれた。

大きいのは小学一年生ぐらいはあろうかと見える。木から木へ、枝から枝へと跳びつき、われわれの頭上にまでも移動してきた。丸腰の三人にとっては気持のよいものではない。

「見くびったか、この野郎っ。それっ」

三人で、いっせいに棒や石を投げつけた。

猿たちはあわてて右往左往と逃げまどい、川向こうの枝に跳びそこねて水中へ二、三匹が落っこちた。

「猿も木から落ちるのはほんとうだな」

「子猿を抱いたのは落ちなかったな。たいした女親だ」

みょうに感心して眺める。やがて猿も遠ざかり、われわれ三人も雷魚を持って帰り、中隊でみんなと食べた。たまには魚もおつな味だった。

　このあたりは、夕方になると必ずどこかで、ケワ（ハイエナとか狼にちかい動物）が鳴きだす。赤ん坊の泣き声のようだが、そんな声からは想像もつかないような獰猛さを秘めている。暗くなると、「ウェーエ、ウエエー」と集団ではじめた。

　人家に近くなったと思うころ、ピタッと泣きやみ、その後は夜明けまで静かにすぎた。朝になって、住民がケワをやっつけてくれとわれわれに頼みにきた。理由を聞くと、昨夜、床下の鶏が全部殺されて持っていかれたという。

「なぜ、お前らで追っ払わないのか」

というと、人間だって殺されるから、高い床の室内でじっと静かにしていた、と身ぶるいしながら体をちぢめる。

　カモイ族もかわいそうだと同情し、巡回歩哨でケワの姿を見たので、二発撃って追い払ってやった。ケワはまちがっても昼間は声を出さない動物である。

　雨期も最盛期に入り、ニッパ椰子の葉の屋根にバシャッ、バシャッと、どしゃ降りの雨がおちる。たちまち室内は水しぶきにおおわれ、銃架に天幕をかけ兵器をまもる。

「家財道具もない軍隊は気楽なもんだ」

「着たきり雀でよかったなあ」

　兵隊の実感のでる会話である。家の中が小雨の天気同様となるが、ただ床が竹の簀なので排水だけは良好だ。屋根を見ながら天幕をかぶって話しあう。

「敵さんも、この雨では出てこないだろう」

「視界が悪いから飛行機と砲撃はできまい。歩兵と歩兵ならなあ」

「雨期があけたら、どうなるかだ」

町のあるキョクトー方面か、わずかに爆音を聞くことがあった。第一大隊主力もキョクトー付近に落ちついた。

ある日、大隊の角力大会が催され、各中隊から五名ずつ出場して実施された。私もその一員となり出場したが、負けても勝っても楽しい勝負であった。

賞品が出る五人ぬきの勝負となり、わが中隊を勝ちぬかせるため、上竹伍長の背中からでも横からでも、他隊の者よりはやく組みつき負けてやる。つぎつぎにやるのだが、上竹伍長本人も夢中なので、手かげんもせずに投げ飛ばされた。

そのかいあって五人ぬきで優勝し、ウイスキー十本の戦果をあげて帰隊し、選手の面目をほどこした。商品には果物あり、鶏あり、豚まであったが、チャーチル給与のウイスキーに人気があった。中隊のみんなが喜んでくれたが、私は祝宴の失敗は二度くり返すまいと自粛した。

斥候隊出動す

六月になり鴨志田信義中尉が着任し、しばらくぶりに中隊長ができた。この時期から下士斥候もたびたび出されたが、われわれ広瀬小隊に将校斥候の命令があり、ふったり止んだりの空模様の日に出発した。

われわれは谷をさけ、山すそをまわり、高いところを行軍するが、木や枝が茂って歩きにくい。モードク山系をカラダン河上流へと入り、ジャングルに近づいたとき、光機関の田中中尉の一隊と合流した。

ビルマ人隊員たち六、七名は素足に英軍の小銃と背嚢を背負い、田中中尉はシャツにロンジーを腰に巻き、皮のサンダル履きの軽装で、拳銃をつっていた。

小さな村で昼飯を炊く。ビルマ人隊員は現地住民と竹を切り、中に米を入れて焚き火であぶって準備した。この炊き方のほうが、日中の暑さにも飯が長持ちする。飯盒飯は暑さのため、朝炊いた飯が昼には水がでて臭いがした。その後、われわれもこれをまねて重宝したことがあった。

雷雨となって、山中はますます湿気が多くなる。不快感がはなはだしく、首から手拭がわりの布をはずして、目に流れこむ汗を拭き、それを歩きながら絞る。

ふと気がつくと、いつのまにか真っ黒い山蛭が吸いついていた。腕まくりしたところや首に張りつき、かゆくなって気づくと、すでに丸くふくらみ、がっちり食いついている。これをむしり取って投げすてる。

「もったいねえ。栄養横どりしやがって。ほら、お前の首にも吸いついたぞ」

「そうか。おい、お前もその腕を見ろ」

よく見てとったと思っても、あとからあとから吸いつかれた。

奥地へ入るほど大木が多くなるジャングルは、しだいに暗くなり、足もとも定かでない。予定の行動なのか、われわれは夜間行軍にうつった。竹や木の倒木や株があるので捻挫に注意した。ビルマ人隊員たちは素足なのでどうかと心配していると、すぐ前で、

「オッ、バレー（おっ、何だ）」

何かにつまずいたようだ。どうしたと声をかけると、

「ケサムシブー（心配ない）」

「何ともないんだってよ。たいしたもんだ、本皮の足は」

隊員たちは一様に驚嘆する。

けわしい山岳の稜線で樹木が切れたあたりに、原住民の小屋が五、六軒あらわれた。小隊はそこで停止し、光機関からあわただしく密偵をだした。

ビルマ人隊員は松明をかかげると弓矢を持って駆けだし、日本の兵隊ならば往復に一昼夜を要する前方の高い山まで、われわれが大休止の間に行ってもどって来た。この付近は、カラダン河の上流パレトワから北方の山岳地帯だった。

ふたたび夜明けとともに行軍をはじめ、川を見下ろす高地を行く。周辺は高山が連続し、流れは右に左にまがりくねって、ところどころに砂原をつくっている。やがて前をゆく小隊が停止した。ビルマ人のスパイが敵地域へ出るという。師団からか軍からか知らないが、光機関が指示をあたえているようだ。このあたりは英軍も斥候やスパイを出してくる地点だと聞いた。

まもなく眼下の河原におりた初老の男が、布袋（シャンバック）一つを肩からさげてゆっくりと歩きさった。山岳の道ではなく発見されやすい地形を行く。日本軍だったらとうてい歩かないところであり、不安を感じた。

「スパイとは、あんなものか」

「二重スパイでないと命が持たないそうだから」

「ほんとうか。それじゃ、こっちの情報も敵にもれるのか。あぶないあぶない」

「そこまで日本軍が来てるなんていわれたらどうする」

われわれは光機関の敵情偵察の護衛をかねたのだろう。

帰途は往路とべつの山を越え、途中から光機関の一隊と左右にわかれた。日本軍以外の別働隊も活躍し、丸山ポンギー（坊さん）は団扇太鼓を打ち鳴らし、印緬国境付近で住民の信頼があると伝え聞く。

これよりさき七月の下旬、二百十三連隊主力は、第二、三大隊とともに、インパール作戦に参加のため師団主力のいるカロー方面へ転進し、第一大隊がここキョクトー周辺の警備に残置され、五十五師団の指揮下におかれていた。

情報では、英印軍の斥候がカラダン河上流に出没しありといい、日ごとに緊張の度をましていった。そうしたなかで、ふたたび広瀬小隊に将校斥候が下命され、四日分の糧秣をたずさえて出発となった。前回よりも行程があるものと察し、われわれも覚悟した。

晴れ間も出るようになったから、九月から十月に入ったかも知れない。小さな畑と原野をすぎて、北の山系内に入ってゆく。夜も松明をともし、休むことなく鬱蒼とした森林を一列で急いだ。そのため昼間も行軍中に、歩きながら居眠りをする。

二昼夜目からは、山もけわしくなったが松明は使用せず、暗黒の山地を隠密行動ですすんだ。ときおり瞼が自然とふさがり、思わずハッとする。前をゆく黒い背中をみつめながら歩くと、太い木の幹が動いて見えて、前者とまちがいそうになる。はなされては音をたよりに追いつき、追いついてははなされた。

上を向いて、ほのかな樹木の切れ目の下を目標に歩いていると、ガラッガラン、バタッと、妙な音を夢のように聞いた。

「おおい、落っこったあー」と下から声がした。

なんと一人おいて前の兵隊四人が、つぎつぎと崖下にころがり落ちていた。

「だいじょうぶか、怪我はないか！」

「ああ、異状なしだ」

おかげでわれわれも目が覚めた。しかし暗さはかわらず、右に左に樹林をまわり、幹に打ちあたり、戦友の背嚢に突きあたりつつ行軍をつづけた。しだいに寒さがくわわり、真夜中となった。

山岳住民の集落で敵情を聞くと、二百名ほどの英印軍が先のダレトメ村にいるとのことだった。ずいぶん奥地に入ってきたもので、敵情もあり、二千五百フィートのモードク山系の冷気とともに身ぶるいした。

黎明を期して、擲弾筒でダレトメに榴弾をうちこみ、威力偵察をすることになった。選抜された十名が、指示された地点に向かって前進を開始した。

われわれは山頂直下のけもの道を一列になった。左眼下に川が白く反射する、川の向こうも黒々と山が浮きだし、空をおおう。

右手の山なみが切れたところで、正面に視界のひらけた原野に出た。足もとは馬の背のような狭い稜線である。夜明けの盆地は、霧が幾重にもたちこめ、白くあたりをつつんでいた。さらに稜線上を二百メートルほど歩くと、前から、

「足もとに地雷」

と申し送られて、またぐとき見ると、草がかたまって見えた。まわり道が不可能な場所であり、われわれはまもなく停止した。

「擲弾筒、前へ」

「つづけて三発撃て」

やがて、静粛な空気をふるわせ、ひき裂くような爆発音が周辺の山や谷間にこだまして、長く尾をひいた。

反応はと気を配ったが、さわぎも起きず撃ってもこない。さきほどの地雷を越えて所定の位置にもどり、しばらく状況を見たが、何の変化もなかった。

「村のまちがいか、それとも住民にだまされたか」

そんなはずはない、敵の斥候が村から移動した後かと考えた。爆発地点に住民がいないの

は確実で、いればひとさわぎ起きているはずだ。

部隊は帰隊となったが、なにかもの足りない。苦労つづきの昼夜の行軍にくらべ、戦果は小さかった感じがする。帰りは往路を通らず、大きく迂回して焼き畑山にさしかかると、なんともいえない生姜《しょうが》の香りがする。ビルマに生姜があったのか。あたりをキョロキョロと鼻をたよりにさがした。

「あったあっ」

いっせいにバタバタと走りだし、二ヵ所に分かれて夢中で掘りだした。簡単に発見できなかったのは、畝づくりでなく、直径六十センチくらいの円形に生えた上に、藁を乗せてあったからだった。

昼飯の時刻になったが、全員マッチがないので炊事ができない。やむなく人家に突きあるまでと、生米と楽しみの生姜を背中に樹林をいくと、一人の原住民に出合い、

「ミータイテ（火を燃やせ）」

火打ち石で火を起こしてくれと要求すると、ないとの返事だった。これは困ったと思案していると、原住民は腰のダー（刀）を持って山に入り、竹（半枯れ）とつる草を持ち帰った。そして竹の表皮に溝をつけ、つる草をまわして足で押さえて擦りつけ、内側の竹の上に木の実の綿みたいなものをおくと、何秒かで煙が出て火になった。竹をこまかく割ったのをのせたら燃え出した。

炊事もなにごともなく終わり、生姜と塩で食う飯のうまいこと、ついいつもより余分に入

る。それにしても、なんと文明人は不自由なことか。一つの品物がなくなるとこの有様、まったく考えさせられる一幕だった。

行軍中、無人の小屋が一棟あり、そのかたわらの二本の色づいたパパイアにとびつき、一同、食後の果物と洒落こんだ。

その後、陸稲畑にぶつかり、そこからなし瓜の匂いがただよっていた。歓喜して二人で隊列をとびだし、畑中をかけまわる。小隊の列は山の起伏を下りつつ見え隠れしながら遠ざかるが、一個くらいはあるだろう。味見程度でもと捜しまわるが、全部腐っていてがっかりした。早がけで隊列を追ってかけおりた。

「内地のにおいを嗅いだだけでもいいや」

「そうだ、まったくだよ。どっこいしょっ」

と、まがりかどの土手を飛びおりた。他愛もないやりとりだが、裏には何年間も離れている日本の故郷恋しさの気持があった。

山地から平地に出るころになると、日ざしが暑くなった。乾期に入ってきたので、一面に沼だった谷間がいくつかの小さな水たまりを残し、その中でゴチョゴチョと黒くなるほど魚が動いている。

「魚だあ、うわあ、すごい」

「何だこれは。鮒だと思ったら、ありゃあ、草の上を走りだしたぞ」

「痛いっ、いてててっ」

「変な魚だ。食べられなくはないだろう。手づかみできないなら、宿舎に帰って出なおしだ」

「それがいい。しかし、何という魚だ、これは」

魚は、腹と背中一面の鰭《ひれ》をたてるから痛いはずだ。

山中から出れば、隊舎まで二キロぐらいである。装具をおろし、日の暮れぬ間にと、五、六名で村人からざるを借り、空樽を用意して水たまりへもどった。

一回すくい上げるごとに、ひとかかえほど入る。三杯の樽へ入れたが、入れすぎると魚が樽のふちをのぼって外に出てくる。これには、われわれも二度びっくりした。部隊では全部料理したが、煮魚ばっかりではあきてしまい、半分ほどたべ残した。

とどけられた米

警備と下士・将校斥候と、交互に出動をくり返すうちに、昭和十八年もいつしか過ぎ、十九年の元旦をカラダン河上流のカモイ族の村で迎えた。はるか日本の空にむかって全員で皇居遥拝、そして故郷の人々のぶじを祈る。

隊員は、昨年のアラカン越え直前の正月とちがって、こんどは二日間くらいは休養できるのではと期待した。

現地のガウニンサン（糯米）を買い、カモイ族の臼と杵を借りて餅をこしらえることになった。月と兎の物語に出てくる臼で、中ほどにくびれがある。杵は丸棒で真ん中が細く、中間を持って餅をついた。

餅屋に勤めたことのある兵隊が音頭をとり、みずから餅をかえして水を打つ。手慣れたようすで臼の縁をたたいて調子をとり、興がのると上げ下げの杵までたたいて、ペタポンポンとくる。これには一同、舌を巻いた。今野上等兵が片栗粉の代用に、米の粉を苦労してつくっておいたのが重宝した。

手づくりの鍋で雑煮ができたが、糯米《もちごめ》の炊き方の関係か溶けてしまい、雑炊になってしまった。それでも、みんなけっこう正月気分になれて、

「本年もよろしく、死ぬまでな」と祝った。

正月といっても、元旦の数時間だけが自分の時間だった。早くも二日には、広瀬小隊に出動命令が出た。元旦の午後からは、明朝の出発の準備にとりかかった。七日分の糧秣携行なので、斥候ではなさそうだ。

二日の早朝、隊に残る戦友とわかれ、小猿を肩にのせて行軍におもむいた。舎内にばかり飼われていたので、小猿はキョロキョロと落ちつかない。耳にしがみついて心配そうだ。いまでは、すっかりなれたので首ひももつけず、小銃を肩がえするたびに、

「ほら、そっちへ行けっ」

小さい体で背嚢の上を行ったり来たりしている。

ピー河にそって北へ北へと行軍をつづける。乾期とはいえ山系入口付近のジャングルに入

るころには太陽も高くなり、汗で頭から水をかぶったようだ。

休憩の声で、背嚢を負ったままドサッと仰向けになる。略帽をぬぎ、どっと吹きだす汗をふき、帽子や布をふりまわして胸もとに風を入れた。

出発の号令で、片桐上等兵と佐々木上等兵が宮城弁で、

「どっこいしょっ、暑いばり暑いってばよ」

「ほだばり、ほだ」

と漫才をはじめたようで、みんなを笑わせる。

ひと山を越えてまたひとつ、三つ目の頂上付近をすすむ。以前にとおった山ではない。樹木の途切れたところに野象の足跡があった。親と子が寄りそって歩いていたのだろうか、チヨコチョコとかわいらしい小さな足跡が並んでつづいていた。

崖下の浅い川原をとおると、象の糞がおびただしい。

「ここは象の水浴び場だな」

「ありゃ、すごいな、この糞。体もでかいが爆弾もでかいや」

「そこら辺に象牙でも落っこちてねえか」

「ほだ、ほだってば」

象の糞をよけながら、また漫才がはじまった。

東北訛に元気づけられて、草木をふみしめ、奥へ山奥へと進むうちに、約二十メートル幅の深い川に行く手をはばまれた。われわれの前面には絶壁がそびえ立ち、川は濃緑色で流れ

は緩やかだが、渡河は不可能だ。絶壁の向こうはまったく様子がつかめず、敵に襲撃されたらいちばん危険な状態とみえる。もちろん歩哨は、前後に立っていた。

小隊長が地図を出して調べているうちに、上流の山かげから竹の筏がひょっこり出てきた。ビルマ人が漕いで、光機関の田中中尉が乗っていた。小隊長たちは山奥での再会におどろいたが、予定の行動であったようだ。小型の筏に三、四名ずつが乗りこみ、数回往復してぶじに渡河すると、広瀬小隊長と田中中尉が地図を見てうなずきあった。

光機関は、隊員のビルマ人二名のほかにインド人三名で、インド人たちは兵器を持たず、原住民の衣服に肩から布の袋を一つ下げただけだった。

合流してからいくぶん東北方に道をとり、かなりの時間、行軍はつづいた。チーク林も少なくなると、全山、竹やぶだらけの山に入った。右も左の山も竹林で、あたりは身動きできないほど密生して、背嚢や帯剣がひっかかる。枯れ竹が倒れ横に斜めに道をふさいで、われわれの行軍の邪魔をした。ビルマ刀の働きでゆっくりと進んだ。一列で油断なく警戒して行軍していると、

「変なものが見える」と先頭の兵の声がする。

「まさか、敵の防塞では……」

徐々に接近すると、蛇腹鉄条網のように葉のない竹が割って丸められ、行く手を横にさえぎっている。これは象の仕業にまちがいない。ダー（刀）で切っても、バシンとはね返され受けつけない。象が集団で食べたのか、そこらじゅう幾重にもひろがっている。やむなく遠

回りして、余分に歩かされた。

すでに二日目の行程になっていた。高地山麓におりた小隊は、いったん休憩して前方に歩哨がでた。後尾からついてきた田中中尉が前にでて、広瀬小隊長と地図を手にして立ち話をする。田中中尉が声をかけるとインド人三名が前に出て、手に手をとりあって泣いている。

私は前方東の山脈を越えるのだな、と直感した。

田中中尉が、三人になにか静かに言葉をかけると、抱きあっていた体がはなれ、サッと一人ずつ山麓の密林に向かっていった。しだいにその姿は小さくなるが、私はなんのためか知りたくなった。そこで小隊長にたずねてみた。

「何ですか、あのインド人は」

「これから前方の印緬国境の山々を越え、インドに入って英印軍の情報をさぐり、インド独立運動もやるそうだ」

「発見されて、捕まらないですか」

「何人も国境を越えて入るのだが、捕まる者が多いそうだ」

三人いっしょでは発見されるおそれがあるので、単独で入って行くのだという。

この付近のジャングルは、虎や豹の猛獣から毒蛇なども多いところだ。独立の意志に燃えるインド青年とはいえ、入国後、発覚すれば死刑となるのは承知のうえだ。不憫に思い、もう一度、西方の国境の山々を見つめた。

「よしっ、おれたちは日本軍人だ、彼らに負けられるか」と心の中で、さらにかたく決心した。

光機関はここで帰ることになり、田中中尉は、

「それでは、お達者で」と敬礼し、小隊長も、

「ご苦労さまでした」とあいさつした。

田中中尉はビルマ人隊員と三名で、いま来た山へひき返した。同時に小隊も、

「出発だ！」

「よいしょっと」

かけ声とともに背嚢を負うと、さらに北に向かって登りの道を行軍する。

このあたりは高度が高いからか、だいぶ涼しくしのぎよくなった。同時に友軍の勢力地域から遠く、敵勢力圏内に接近しつつあるのを感じた。

やがて、山頂から下るころ、小隊長が地図をひらいて検討し、あたりの地形を見まわした。目的地が近いようだ。山すそにおりると小さな流れに出た。足もとのきれいな水を跳んで越える。左の方の水量の多い小川へと流れ込んでいる。その本流は幅二メートル、深さは十センチあまりで南へ流れ、北の上流は山かげをまわって見えない。われわれは前面の高地の急坂を登り、見晴らしのいい台上に立った。

台上はあまり広くなく、三十メートル四方くらいで、窪みが一部にあった。われわれはすばやく背嚢をおろし、十四名のうち二名は前方の高地下におりて歩哨に立った。

さっそく残った全員で、陣地構築に着手した。窪地は簡単に整地して、夜露をふせぐため

竹で周囲と上をかこった。これは火だねと暖をとるためと、外に光がもれるのをふせぐのにも効果がある。マッチは現地調達のビルマ製で、量が少ないので貴重品である。

ここでの一日目は、台上の竹を切り、各個壕の位置をきめて掘りはじめた。二日目は、交通壕をいちおう貫通させたが、竹の根が張って作業はたいへんだった。三日目に竹の先を鋭くして防御柵を二重に組み、そして射撃にじゃまな竹を切りたおした。四日目は、さらに壕をふかく掘って横穴を完成させ、各個壕の上に掩蓋をつくった。

わが軍には鉄条網の資材すらなく、鋭い竹の長短を組み合わせて、上下方にそれぞれ向け、陣地周辺の防備を堅固にした。

われわれには携行の副食物もなかったが、涼しいせいか塩と胡麻塩の食事はうまかった。後方の陣地下の小流で米をといだので、米粒がこぼれ落ちて山鳥が四羽あつまった。それをみて、急に肉がほしくなるが、敵を考えると発砲もできない。竹で罠をつくってみたが、蔓草のつるでは逃げられた。

「南国の山鳥は、とくべつ色がよいのかな」

「食べてえなあ」

「これでもかっ」

二、三名で用意した石を投げつけたが、鳥に当たるわけがない。パタパタッといっせいに空中に舞い上がり、谷の向こうの山へ飛びさった。

五日目になると、竹筒に入れた塩もなくなった。米も心細くなったので、定量を減らして食いのばすことにした。だが塩気なしの飯だけでは食欲も出ず、二日も塩分をとらないと体がだるくて動くのもつらくなった。

すでに糧秣がとどく予定だが、後方でなにか状況に変化が起きたのではと不安になる。無線も配備されていないので、連絡の方法がない。ただこの陣地から二日以上の行程を、飲まず食わずで伝令が歩いていくほかに方法はないのだ。ここで充分にあるのは、陣地下の清流の水だけである。

こんな状態のとき、敵が進出、攻撃してきた場合、どう戦い、最後には自分の命をどう処置すればよいのかと考えはじめた。防御陣地で固守、死守せよの命令をうけたとき、このような体験をもとに精神を統一し、戦いの場での強兵が完成されていったのである。

六日目に、なにか食い物がないものかと陣地から下りてみた。川向こうの山麓までいくと野性のレモンが一本あった。数少ない青い実をとってもどろうと、陣地下から登りはじめたが、いままでになく疲れ、木につかまって一足ごとに体を運ぶありさまだった。体力がこんなになくなったかと情けなくなる。これからは塩は充分持たなければと、肝に命じた。

レモンの汁を飯の上にかけたが、なんともまずかった。火ダネだけは絶やさず、煙もあまり出ない方法を考えていたので事なきをえた。

七日目の早朝を迎えたが、炊いた飯の一食分で終わりとなった。いよいよ昼食からは飯ぬきである。食べ物ばかりが頭に浮かぶ。そのとき、突然、

「パーン、パーン」と発射音がした。飛び起きざまに銃をつかんで、各自、持ち場の壕にす

べり込んだ。発射音は北の敵方向からだ。

「歩哨、どうしたっ」と呼びかけると、

「この方向です！」

歩哨は北東をさした。あたりは朝靄で白くおおわれ、北の谷はとくに濃く、見通しがきかない。だれの目も光った。

「だれか、火ダネの火を消せえっ」

小円匙で土をのせ消しとめた。敵は左右両翼に分かれ、小銃を発射している。状況からすれば、われわれを包囲してきたようだ。いよいよくるときが来たかと観念した。

「ひきつけろ、あわてるな」

「分隊長の第一弾を合図だぞ！」

力の入った声が、つぎつぎと連絡されたが、

「おかしい、発射音だけで弾が飛ぶ音がしない」

「何っ、ううん、ほんとうだっ」

右前方二百メートルほどの斜面にある竹の先が、何本か動くと同時に、パーンパーンと音がした。

「敵は象だっ、象が竹をふんだ音だ」

私の発見がはやく、声が大きくなった。

「見ろっ、右の竹林を、象にまちがいない！」

じっと見つめる十余名の隊員たち。また竹が動き、パーンと音がした。こんどは何人かが確認した。

「ほんとだ。象の野郎っ、おどろかしやがって」

小隊全員が、覚悟をかためた十分間あまりだったが、象の一群が去ると、ふたたび一粒もない米と塩の心配に逆もどりである。

静かな陣地に、竹の葉の間をとおして、陽の光がそそいでいる。ふと、わずかに人間の声がする。敵か味方か、耳をすますと、たしかに遠く小さな声がする。

「おーい」

陣地から南の方の、山林内からだ。とたんに、数人が陣地の南端にかけだした。

「おーい、小隊いるかあ」

まだ姿は見えない。

「おーい、一中隊だあっ」

少し時間がすぎ、人かげが陣地下を流れる小流の向かい側の山縁にあらわれた。

「おーい、来たぞお」

「おーい、ご苦労さあーん」

斉藤伍長と兵二名、それにカモイ族の四名で糧秣を運んできた。

「いやあ、遠いなあ」

「よく山中のこの陣地が分かりましたね」

「いやいや、骨が折れたよ」

斉藤伍長おとくいの、例のいやいやの癖がでた。広瀬小隊長が、

「ご苦労さん」というと、隊員全員で、

「ご苦労さまでした、ご苦労さまでした」と、口々に労をねぎらった。

「部隊の方で、変わったことは」

「いまのところないが、敵機と斥候がだいぶ頻繁に動きはじめたようだ」

小隊長は、カモイ族から糧秣を陣地下でうけとると陣内に運びこみ、さっそく昼食の準備をした。

「しばらく休んでいったら」というと、斉藤伍長は、

「いやいや、いまからすぐ帰隊する。明るいうちに少しでも歩かないと」

それではと、糧秣隊にいそいで昼食を出す。

われわれ陣地隊員から、三名が中隊に帰隊するよう命令があり、小隊長はだれにするのかと、兵隊は固唾をのんで命令をまった。佐々木上等兵ら三名が指名され、中隊に斉藤伍長たちといっしょに帰ることに決まった。昼食をともにして陣地から下りることになる。

「途中、気をつけてな」

敵斥候との遭遇もあるかもしれない。

「みんなも、元気でな」

佐々木ら三人は、心なしか笑みを浮かべたとみえた。独立した陣地から、いっきょに三名もひきぬかれ、内心、心細くもなる。隊に帰る者はうれしいだろうが、残った兵隊の身にとってはうらやましい。

しかし運命とは皮肉であった。それから十二日後、佐々木上等兵が中隊主力とともに英軍と交戦し、カラダン北方で戦死するなどとは誰が思ってみたであろうか。

糧秣輸送の任務をなかば終わった斉藤伍長は、陣地から下を見て、山の登り口をたしかめた。そしてこちらへ向きなおり、それでは、と敬礼した。陣地から去っていくのを見送ると、下で立ち止まり、振り返ってこちらに手をふり、山の中へ入っていった。

とどけられた米は、竹で編んだ籠にバナナの葉をつかってつつみ、竹で縛ってあり、塩も同様の籠に入れてあった。棒につるして二籠ずつ、二人一組でかついできたのだ。米と塩は各自の入れ物に分配され、塩は一人に五合くらいあって多すぎると思ったが、塩分不足にこりていたので、全部大切にしまっておいた。

「新米だぞ、これは」

山の畑で、カモイ族がつくった陸稲だ。赤米のまじった白米は、地がらや臼でカモイの女がついた米だった。炊き立ての飯盒飯へ塩をふりかけて食べる。世の中にこんなうまい物があるだろうかと思った。

「うまい。うまいなあア、新米は」

「これで死んでもいいや」

「誰だっ、そんなことというな」

「ほんだ、ほんだ」

全員、わずか一食で、体力、気力とも回復する、山からわき出る清流の食後の水の味もまた格別である。今日も静かに夕暮れとなった。夕食後、きまって火ダネの前で東北民謡を歌う佐々木上等兵が、今晩からはいない。

星が竹林の間から見える。土の上に葉をしき、軍装のまま仰向けになって空をあおぐ、これまでも星は出ていただろうに心に余裕ができたのか、頭上の北斗七星の光を見つけた。日本で見る星も、ビルマで見る星もおなじなのに、故郷の家族はいま、この星を見ているだろうか。私がインド国境の山奥に入り、陣地の土の上に寝ていようとは夢にも想像してないだろうと、ふっと思った。

そして、近いうちに敵の進出があるのを、兵隊の勘というやつで敏感に感じとっていた。

強行軍につぐ強行軍

さきに敗退した英印軍は、兵器、弾薬、兵力を補強して、ふたたび攻勢をとり南進を開始した。

兵力は第十五軍団で、第一線に第五、第七師団、第二線に第二十六インド師団が配置についた。昭和十九年一月はじめには、第七師団にブチドンを、一月九日、モンドーを第五師団に占領された。

われわれの前面では、一月中旬、第八十一西アフリカ師団がダレトメにたっし、カラダン河谷を南進中で、ちょうどこのころ、私は山中の陣地を確保していたのだった。

陣地についてから十日目の一月十二日、中隊から二名の連絡兵が到着した。斉藤伍長がまたおとずれ、陣地引き揚げ命令が伝えられた。二人の顔は真剣でひきつっていた。状況は一刻を争うことがうかがわれた。西アフリカ師団は、ダレトメよりパレトワに南下したのだった。

命令をうけた小隊は、ただちに陣地から下山し、強行軍になった。帰りは往路からはなれた山中に入る。敵がさきにパトワレからカラダンに進出すれば、われわれの出口はなくなり、パレトワ北西部の山奥に孤立か置き去りになって、万事休すだ。連絡兵と合わせて十三名では、大部隊を相手に戦いようもない。小隊長があわてたのもうなずける。敵との衝突を避けるため、けわしい山岳の地形を昼夜踏破することになった。

夕方、陽の傾きかけたころ、水無川の砂上を進んだが、行きどまりになった。平らな一枚岩は流れで磨かれてなめらかで、六十度ぐらいの傾斜があり、高さは六メートルちかい。上を見ると水無川がさらにつづいていて、周辺は直立の絶壁ばかりである。まわりを見わたしてもつる草もない。われわれは紐縄も持たなかったので、小銃を背嚢へのせて、岩壁をよじのぼることにした。

下から尻をささえて軍靴を手で押し上げ、背のびする。岩場いっぱいに三名が並行して、両手を蛙のように張りつけてよじのぼる。もう少しのところで滑り落ち、下から登る者の頭へぶつかって、二人いっしょに地面にころがった。ようやく三名が成功し、彼らが木につかまって手をだし、足を伸ばす。下の者は、それにつかまり懸命によじのぼる。さきに登った小隊長が上から、

「向こうから敵が出てこないうちに、早くしろ、早くっ」

東へ流れる水無川をさして怒鳴りつける。いま敵があらわれたら、上と下に小隊が分断され、袋の鼠だ。下に残った兵はますます緊張する。

「暗くなったら歩けない。敵は待ってくれないんだ、早くしろっ」

小隊長の装具とことなり、兵隊の背嚢と兵器は重かった。

「ロープがあればなあ」

これからは心がけねばと思う、考えてみればだれひとり時計も持たない。かなり時が過ぎたと思ったが、まだ明るいから二十分くらいか。長く感じた時間だった。

全員登頂して、ひと息も入れずゴロゴロした川石の上を歩きだす。やがて薄暗くなってきた。

強行軍となると小猿でもじゃまになるので、かわいそうだが捨てることにした。小さな声で鳴きながら後ろから追ってくるが、子猫ほどの小猿なので、みるみるうちに離れてしまう。いったん人間に飼われた動物は、山の仲間には相手にされないそうだ。

日はとっぷりと暮れて、夜行軍になる。強行軍はつづき、われわれは休憩をとらなかった。

「落伍したら、おいていくほかないからな。がんばれよ」

小隊長がいい、つぎに分隊長もいう。周囲はみな鬱蒼たるジャングルで、ほんのりと谷の上空だけが少し明るい。この山中では、谷と水無川のほかは歩けるところはない。

だが細い谷間に入ると、上を見ても空がない、断崖の樹木が空をおおい、谷底のものが見えなくなる。夜になれたわれわれの眼光すら役立たなくなった。じめじめした急坂や狭い谷底を、銃を傷つけぬよう手をつき足をだす。一寸先も見えないというのはこのことか。目の前をゆく戦友の黒い影も見えなくなった。

しばらく進むと、足もとに大小点々と青白い光を発する植物があった。

「小隊長殿っ、この光るやつを前の者の背嚢へつければいかがですか」

「よし、止まれっ。ひろって早くつけろ」

つけるより早く前進する。ジャングルの切れ目で北極星と南十字星に助けられ、方角を定めて一晩じゅう歩いた。

夜明けちかくになり、走るような行軍になった。明るさがこれほど貴重でありがたく思ったことはない、山もくだりになり、朝霧の山中をかけだした。兵隊の間隔が二十メートルごとにもなった。とつぜん、先頭が立ちどまった。

「垂直の断崖だ！」

「つる草だっ、籐をさがせ」

小隊長が、早く見つけろっと怒鳴る。すぐに兵隊たちが四方へ散った。

「あった」

「太いのを結べ」

「木へ縛りつけろ、一人ずつだ」

「小銃は横ではだめだ、肩にかけろ」

つる草の長さが二メートルほど足りないが、手をはなしてとびおりる。軽機関銃はべつのつる草に縛っておろした。全員がおりると、朝靄に直線の太陽の光がさし込んできた。さらに急がねばと、一気に駆け出す。

山間部からの出口のようだ、平地が見える。

「あれっ、見おぼえのある所だ」

あるのも当然だ、何度も斥候に出かけた場所だった。

「よくぴったりここへ出られたな」

責任の重い小隊長も安心したろう、とその顔を見た。

「やれやれ、宿舎も近いか」と、みな安心した。

喜びもつかのま、山から帰ったわれわれの姿を見たカモイ族は、何となくよそよそしく、隠れるような態度をとった。わずか十一日間の変わりように驚いた。すでにこの辺りまで状況が逼迫したことを知った。

宿舎のバラックに着くと、二人の連絡兵が残留しており、中隊は二日前に前線へ出て、戦闘中かもしれないという。宿舎は整理されてあったが、われわれの少ない私物は処理してい

なかった。連絡兵は、

「広瀬小隊長殿、到着しだい、ただちにキョクトーで待機せよ、とのことであります。自分らも指揮下に入ります」

「よし、食事をして出発準備だ」

敵機の爆音が聞こえるなかで、急ぎ朝食と昼食の準備をはじめた。

わずか十棟たらずのこの集落が、昨日、敵機の爆撃をうけたことを聞かされた。中隊の小屋は山の中につくられてあったので被害は避けられたが、もう不用の物となった。乾期に入って青天の空が敵機の飛来を自由にし、これからは空からの攻撃もはげしくなるのを覚悟した。

爆音がするので道路と川ぞいを避け、山すそを迂回して原野を行軍し、キョクトーをめざして南下する。ちかづく爆音に目をやると、予想どおりカラダン河の上空を低空で戦闘機が上流へ飛びさった。

すでに十二月二十五日、第二中隊は第四中隊、第一機関銃中隊、大隊本部とともにカラダンからトングバザー攻撃に出動し、わが第一中隊と第三中隊が、カラダン地区にあって分断行動をおこなっていた。

これよりさき、弓兵団の第二百十三連隊主力はインパール作戦に参加のため、昭和十八年六月末、アキャブからタウンジーに移動し、師団のもとにあり、われわれは第五十五師団騎兵第五十五連隊長の指揮下にあった。

第一中隊主力は、われわれが山中陣地にいた一月十日ごろにカモイ集落（ガシャン）を出発して、パレトワ北方へ進出した。述べたとおり、われわれは十三日の朝、ガシャンの宿舎につき、すぐさまキョクトーへ向かうことになったのだ。

そのころ中隊主力は、カラダン北方で西アフリカ師団と交戦し、第三中隊とともに防戦していた。

第一大隊主力は、第五十五師団の主力方面に転進を命じられ、桜井徳太郎兵団長の指揮下にトングバザーに向かって敵中を突破して前進し、二月十八日に奇襲攻撃に成功した。さらに、マユ山系西側のカラバンジン河をわたり、ナガンギャンの敵司令所（第十五軍団）を攻撃した。

その後、シンゼイワ付近のBM三三高地の激戦をへて、敵陣地内撤退という意表をつく作戦をおこない、英印軍の心胆を寒からしめた。

このころ、わが小隊と行動をともにした光機関の田中中尉が、黒人部隊が空から補給をうけつつ南下し、パレトワに達したとのカモイ族密偵による情報を報告したが、五十五師団から一蹴されるという事件があった。

第三中隊の井手小隊は、田中中尉が報告した西アフリカ師団の攻撃をうけたが、第三中隊がこれを収容し、第一中隊主力とともに戦闘をまじえながら敵の追尾をふりきって、騎兵第五十五連隊（川島部隊）と前線任務を交代した。

昭和十九年一月二十一日、西アフリカ師団との交戦により飯島幸三郎・佐々木千代治上等兵がパレトワ北方八キロの地点で戦死した。佐々木上等兵は一月九日、われわれと山中陣地でわかれてから十二日目の戦死だった。

翌二十二日には、パレトワ南方三キロのカンワで鉄本順光上等兵が、二十五日には同じくカンワで小林幹雄兵長、渡辺幸一等兵が戦死した。

川島部隊と交代して帰った戦友たちは、このときの戦闘のようすを語ってくれた。

「撃っても撃っても這い上がってくるんだ。やつらは、死んでも二十四時間後には生きかえると信じている連中だから、始末が悪い」

「カモイ族の話では、生きた鶏を食べて口のまわりを血で染めていたらしいぞ」

「カモイの男たちも、恐れて逃げだしている」

「これまでの英印軍とはちがうぞ」

「やつらは、そんなに勇ましいのか。日本軍とはどうだい」

「日本軍とか、ううーん」

返事にこまったようだ。しかし、

「川島部隊で、だいじょうぶかな」と言ったのには不安になった。

第一中隊は第三中隊とともに、川島部隊に申し送り、キョクトーのわれわれは中隊主力と合流した。中隊はキョクトーからモードク山系をふたたび西へ向かい、大隊に追及しようとした。この間も強行軍で、カラダン河上流よりも暑く、山の起伏がはげしかった。

山岳を登っていると、山上からの狭い道路を、わが軍の物資をはこぶ象が空身で帰るところに出合った。道幅は象でいっぱいになり、よけるところがない。道路に面した崖のわずかなくぼみに身をよせて、通りすぎるのを待っていた。

おりてきた象が道をまがるときに、滑ったひょうしに直径二十センチ以上もある大木を、バサーンと倒してしまった。その足の太さには、われわれも驚いた。

その後からまた一頭おりてきたが、頭上の道から落とした大石が転がってきて、すんでのところでかわすという場面もあった。

途中、五十五師団の一部隊とも、すれちがった。

「現役はん、がんばりまんな。わてら、もうあかん」

この部隊は老人兵がほとんどで、これではたして戦闘ができるのかとあわれに思えた。大正十一年、十二年兵というから、私の生まれたころの兵隊である。

彼らが通過したあとには、手榴弾や小銃弾がかなりすててあった。それをひろいながら行軍し、われわれは防毒面と鉄兜をすてた。五十五師団の兵は毛布、鉄兜、防毒面を大切に持って行軍していった。

私は手榴弾を六発、小銃弾を二百発ほどひろった。背嚢には、さらに軽機弾百発、榴弾一発をしまいこみ、行軍出発時の小銃弾は弾入れに二百四十発、帯革に手榴弾二発をつけたままである。

とても全部はひろいきれず、だれもが残念がったが、いきおい、われわれはこの後の作戦の全期間、鉄兜なしで戦闘を遂行したのである。

その後、第三中隊は、ブチドン、シノービン方面に前進したが、われわれ第一中隊はブチドンに追及することなく、第一大隊長の指揮をはなれた。

空戦下の転進

第一大隊（久保正雄少佐）主力は、マユ山系の西側へ挺進隊となって出撃し、わが第一中隊は遠くインパール作戦（ウ号作戦）に参加のため反転して、第一大隊とはなれラングーへ向かうことになった。

二百十三連隊追及のため、二月下旬、中隊全員が合流し、モードク山系西側から行軍を起こした。アポークワにいたる途中、ドンラン付近を通過したが、四キロもはなれた戦友の墓地へのより道はゆるされなかった。

敵はカラダンからキョクトー付近まで、川島部隊を圧迫し進出してきた。アポークワは指呼の間であり、機関銃音が聞こえてくる。転進するわれわれは油断することなく、道路の両端にわかれて行軍し、第一線を後にした。

隊員はラングーン行きを心からは喜べなかった。第一大隊の各隊が、まだあとに残って戦闘中だからである。

夕暮れの道を行軍中に、火を赤々と燃やしてビルマ人が騒いでいるのにぶつかった。そのあたりは密林が黒々とつづいている。そこで部隊は五分間休憩となったので住民にたずねると、虎が出てきて牛一頭と男一人を持っていかれたから助けてくれという。

休憩が終わり歩きだしてまもなく、樹林の奥から虎の鳴き声がしていた。

「中の方におるようだな、かわいそうに」

「警備中だったら、助けてやれるのに」

いまごろは、牛も男も死んだろうと考えた。

このことがあってまもなく、前線にいく友軍部隊とすれちがった。彼らは四列縦隊で尖兵もだしていない。軍靴のひびき以外に帯剣、携帯する鍋、空缶類の音が遠くから聞こえていたが、その部隊では、自分たちの発する音響のため、われわれに気づくことなく十数メートルに接近した。友軍部隊の先頭の兵二名に銃をかまえられ、誰何された。

「あわてるなっ、友軍だ」

よほど驚いたのか、銃をかまえたまま立ちすくんでいる。

「友軍だっ、弓部隊だ」

両部隊とも行軍を停止すると、向こうの将校が敵情をたずねてきた。

尖兵小隊の広瀬小隊長が、第一線の敵は数キロ先にいることを伝え、尖兵をだすべきこと、四列縦隊と雑音は危険である旨を申しのべた。二、三分で行軍は再開され、一方は前線へ、われわれははるか後方へと、それぞれ別れていった。

一晩じゅう行軍がつづき、アポークワ南方で夜が明けた。われわれはカラダン河岸で行軍を停止し、渡河することになった。上流のカラダン河とちがい河幅がひろい。

先の小隊の渡河を見送りつつ前線の方を見ると、山が遠く紫色につらなり、感慨無量である。いまこのときが夢かと思う。第一線の緊張から解放された隊員の顔は、みなここにきてやっと明るく感じられた。

二回目に、われわれが渡河を終わったとき、「爆音」という声に河岸から急いではなれ、草の中に隠れた。工兵の渡河は一時中止となった。

敵機はわれわれが目標でなく、空中戦である。北方はるか上空で数機が入り乱れ、爆音が高く低く伝わってくる。渡河点の銃撃は心配ないと思ったが、見ているうちに、しだいに戦闘域が頭上ちかくになり、ピカリ、ピカッと翼に太陽が反射してひかった。

「あぶない、伏せろ！」

草の中にふせて頭に草をつけた。地上で見まもる者は友軍機の勝利を信じた。はじめは日の丸も判別できなかったが、上空にきて英機六機にたいし、友軍機三機とわかった。急上昇、急降下、宙返り……、そのたびに射撃音がこだまする。ビルマに来てから最初に見る空中戦に、

「がんばれよ、がんばれっ」

兵隊たちはみな応援する。ひろい空なのに、われわれの頭上でばかりやっている。

とつぜん、上流から一機が超低空で飛来し、河に渡した高さ十メートルの無線の下をぬけ、河面すれすれにグワーンと流れにそって飛びさり、見えなくなった。迷彩色にあざやかな日

の丸があり、友軍機だ。水面までは四、五メートルがやっとなのに、猛スピードで屈曲したところをよくぶじで飛べるものとびっくりした。

上空ではげしい空中戦がまだつづいている。ふいに、友軍機一機が煙をはいた。機首が下がり、こちらの渡河点方向に突っ込んでくる。胴体までまっ赤な炎と黒い煙につつまれている。

「友軍機だ！」

機影が大きくなり、スピードを増しつつ落下してきた。

「早く飛びだせっ、下は友軍だぞ！」

「出ないぞっ」

戦闘機はそばにあった集落の池の築堤に、火だるまのままズドーンと激突し、あたりには炎がとんだ。おそらく機上で戦死したにちがいない。渡河前の中隊員が、池に向かって駆けだすのが見えた。

空は静かになり、やがて渡河してきた隊員が飛行隊将校の遺骨を胸に下げていた、悲壮な戦死だった。昼夜連続の行軍中、通過地のミヨホーン飛行隊に遺骨をとどけた。

まもなく、われわれは緊急輸送となり、アラカン山脈を自動車で越えることになった。曲折する山道をノンストップで疾走しているとき、ライトの中を豹が横ぎり、四メートル以上の崖上に跳躍して姿を消した。

われわれはイラワジ河岸に到着し、船に乗船すると、さらに上流へ向かって夜の河をさかのぼった。途中、流れにそった山のほうから、スルスルーと青い火と赤い火が暗い夜空にあがった。これは敵のスパイが上げるのだという。

船の煙突から火の粉が出る。敵機に発見されなければよいがと心配していると、急に爆音がして上空を低くかすめていった。幸いに銃撃されずにすみ安心したが、一晩じゅう、敵機の爆音はどこかからか聞こえていた。

やがて船から汽車に乗りかえ、三月七日、ラングーンに到着した。そこで弾薬、糧秣を受領し、いよいよインパールかと覚悟をきめ、遺書を書いた。年老いた祖父母の身を案じつつ、兄弟に後事を託し、仲よく助けあって暮らすように書きしるした。これで最後とは書かなかったが、弟が二人もあり、万が一戦死しても心配ないと思う。

ラングーン市内には、B29による爆撃がたまにあるというが、後方の町はにぎやかで、戦争などどこの国のことかと思うほどである。一泊できることを楽しみに、しばらくは食べ物の夢を見ていた。

空挺部隊を叩け

状況は急変し、インパール作戦に参加するための追及は中止となり、三月七日、即日、出動命令を現在地でうけた。ただちに出発準備だと全員が緊張する。

敵は三月五日、マンダレー・ミイトキーナ線の要衝、カーサ付近に空挺部隊を降下させたわれわれは緊急輸送によって攻撃に向かうことになった。われわれはこれを空挺部隊討伐と称していた。ウィンゲート空挺部隊掃討の「九号作戦」である。

ウィンゲート少将の指揮する空挺兵団は、第十五軍主力後方のイラワジ河両岸地区にぞくぞくと降下し、グライダーおよび輸送機により第七十七インド旅団、第百十一インド旅団を空輸させ、地上を挺進してきた第十六インド旅団、さらに後続旅団も投入してきた。

わが軍はインパール作戦の開始前で、攻撃部隊がなく、各方面から少数の兵力が向けられた。このような状況のため、一中隊は休む間もなく列車に乗りこんだ。敵の制空権下にあり、敵機の襲撃をうけて退避と乗車をくり返し、寸断された鉄道を自動車に乗りつぎ、インドウをめざし前進した。

一日くらいはラングーンで休養ができるだろうと思っていた兵隊たちは、予想がはずれてがっかりした。

マンダレーにつくと宿舎に入り、中隊梱包のほか戦闘用以外のいっさいの私物などをまとめた。日の丸の寄せ書き、千人針、操典類、貯金通帳、軍隊手帳にいたるまで梱包し、戦友の遺骨もそこにおいて荷物監視の兵が残った。

薄暮前、われわれは宿舎を後にして、王城の外濠を右に見て行軍の途についた。濠の水面にうかぶ睡蓮や城壁が、どこまでも長くつづき美しかった。

アバの鉄橋はなかほどがV字型で破壊され、下流から工兵隊による門橋でサガインに渡った。すでに数少ない機関車が待機しており、小用するひまさえないくらいである。前線にちかづくほど鉄道は破壊されているが、トラック部隊との連携は敏速円滑で、たった一個中隊の移動にしては待遇がよすぎた。

「なんだか気持わるいくらいだな」

「敵さん、そうとう強力な部隊なのかな」

「たいしたことないんだろう。討伐だっていうんだから」

状況を知らないわれわれは、暢気なことを言っていた。

ラングーンを出発してから二日後に、インドウ付近に到着した中隊は、ただちに鉄道警備隊の救出に赴いた。そこでわれわれが乗りこんだのは、軽列車と呼ばれている、二両編成のガソリンカーだった。

地雷や、橋梁爆破などの敵襲に、すぐさま対処交戦できるように装具ははずされ、背嚢だけおろし、銃を持って車外を凝視した。外も中もまっ暗で、探照灯でもなければとうていなにも発見することなど無理と判断して、聴音に力をそそいだ。列車は無灯火のままスピードを上げた。

「普通の列車とちがい、速いな」

「これなら地雷が爆発する前に通りすぎらあ」

列車長から、中隊長に先頭車に来てくれ、と兵隊が連絡にきた。中隊長は、

「なにかあったら、ただちに戦闘に入るため、ここにいる」

と言った。連絡兵が前車にもどると、中隊長が小声で、

「先へ乗ったら地雷で飛ばされるからな」

「中隊長殿、先がいいです。ちょうどこの二両目で爆発ですから」

兵隊たちは、ゲラゲラと笑いだした。その後、列車はなにごともなくインドウ駅に着いたが、警備隊が包囲されているらしいようすはなかった。

われわれは明早朝、方面軍参謀の北沢少佐とともに、自動車でモールの敵地まで行くことになった。昼間の敵機の襲撃は確実だから、何台か運のない車はやられると覚悟した。

敵機に発見されるおそれのない、夜が明ける直前の短い時間に炊事をすませ、二食分を用意して、出発準備はととのった。

夜が明けると道路両側の山林内で偽装をほどこし、そのまま乗車を待っていた。太陽が高くなり、敵機の危険は倍増した。

北沢参謀の到着を待っていて、出発が遅れたことはたしかだ。やがて中隊長と参謀が大声で話しあっている声だけが聞こえてきた。

とつぜん、爆音がわれわれに向かってくるのを予感し、全員、道路をはなれ山林内へ走りこんだ。爆音がグワーンとくるなり、ドンパーンと撃ってきた。みんな太い木の反対側にまわって楯にした。

いままで戦闘機は機関銃だったのに、敵は機関砲か速射砲も装備しているようだ。薬莢の太いのが木の枝にあたり、カランカラ、バダッと私の目前に落ちた。

敵機は機銃も併用し、ドンパーン、ダダダダー、ドンパーン、ダダダダーと、入れかわりに四方から銃撃し、突っ込んでくる。いったい敵は五機なのか六機なのか、樹木が多くて下からでは分からない。

　北沢少佐もわれわれの近くによってきて、軍刀を手にあぐらをかき黙って座っている。兵隊の前では下手な動作もできなくて、将校というのは不自由なもんだと、注目してようすを見ていた。

「トラックは無事か、発見されたか」

　となりの者と小声で話す。

「陽が高くなるまで、もたもたしているからこんなことになるんだ」

　やがて敵機は銃撃いっぽうに変わり、執拗に攻撃をくり返した。そのたびに、バシッバシッバシッと枝が折れて、バサッと頭の上に落ちてくる。右から左からと休む間がない。ダダダダダー、ビシビシッ、ブスッブスッと、地面の山土が草といっしょに飛び、グワーンと爆音が遅れて頭上を飛びさる。終わりかと思うと、また来て撃たれる。ずいぶん長い時間に感じたが、やがて機銃弾を撃ちつくしたのか敵機はいなくなった。

　頭上の敵機はさったが、周辺は爆音が絶えることがない。このときの襲撃で、木村芳郎兵長が大腿部貫通の負傷で後退した。

　乗車の号令で七台の車に分乗すると、車間距離をかなりとって発進する。対空監視を徹底するが、もうもうと立ちのぼる土ぼこりは、通過後の立木の高さを越した。これでは敵機に発見されるのではと不安になる。三月十二日、かくしてモールの敵空挺部隊近くに到着した。

目的地のちかくは道路の両側とも樹林地帯であった。兵隊たちはつぎつぎに下車して、平地林内に集合しつつあった。私は集合地から用便にたった。あまり隊の近くでもと思って五十メートル以上はなれた灌木の中でしゃがみこんでいた。すると、枯れ草をふむ足音が近づいてきた。これは変だ、山の奥の方角から友軍が出てくるわけがない。灌木の間から透視すると、まぎれもなく敵だ。緑の軍服の三名が小銃を背中に、こっちに向かってくる。

いま、前をよこぎれば発砲される。小銃さえあれば二人は殺せるのにと悔やまれる。小隊でもまったく気づかないが、幸いに話し声を立ててはいなかった。

敵の斥候は、足もとばかりに目をくばり、うつむいたまま近づいてくる。到着したばかりの輸送隊が道路上で、

「オーライ、オーライ」と連呼中だ。大声で小隊にと思ったが、自分の目の前を通られて、発見されないようにするだけで精一杯だ。敵が顔を横に向ければ、私は発見されたにちがいないだろう。

トラックのエンジン音と声に気をとられたのか、敵はすぐそばに集合中のわが小隊に気づかず、道路に向かって私の目前を通過した。その直後、私は音を立てぬように中腰で小隊へかけこみ、

「敵だ、敵の斥候三名がトラックの方へいった」と知らせ、自分の装具のところへ走った。中隊長も、小隊長も、下車したところが敵中とは思わなかったのか、歩哨を立てるどころか、どういうわけか帯革まではずしていた。

小隊長はあわてて一人ひとりを指名しはじめた。指名された五名の兵が帯剣と銃を準備中に、敵の斥候三名がいちもくさんにとび跳ねてかけもどり、小隊の横をアッという間に通り過ぎた。報告してから二、三分のことだろう。すぐに五名が追跡し、その先を敵の斥候が見え隠れした。二発銃声がして、まもなく五名が帰ってきた。

「いやあ、逃げ足の速いやつらだ。捕まえてやろうと思ったら逃げられた」

「川を越えた足跡が残っていたんだが、山の中へ入られてしまった」

敵の斥候は、オーライという声に味方とかんちがいし、のんびり歩いていったが、日本軍の車両におどろき、あわててもどったようだ。完全に任務を果たされてしまい、わが方の負けだ。斥候だけなのだから、われわれは小銃を持って待ちぶせすればよかったのに、残念なことをしたと思う。敵部隊が近くに進出してきたと、備えたために失敗した。

べつの小隊が現在地より前方に下車していた。その方向で銃声がおこり、戦闘をはじめたらしい。山林内が一時、騒然としたが、敵が撤退すると静かになった。

短時間の戦闘で、敵の捕虜二名と無線機を鹵獲した。これらとともに北村参謀が帰ることになり、護衛として一個分隊が同行した。

「土産ができてよかったな」

「そんなにあわてて帰らないで、一戦やってけばいいのに」

「君子危うきに近寄らずか、偉くなんねどだめだな」

トラック七台は帰途に敵機の襲撃をうけ、二台が被弾炎上した。

犠牲あいつぐ

三月十二日、われわれは空挺部隊攻撃隊長の長橋中佐の指揮下に入り、十七日の夜、モール陣地攻撃に参加した。第一中隊は陽動作戦をとり、菊十八師団の一隊が攻撃したが、成功しなかった。三月二十一日も菊部隊が攻撃したが、犠牲者を多くしただけであった。

わが中隊はおもに夜間、敵陣地の正面・左右両翼と周囲をまわったが、兵には徹底した説明はなく、ただ移動し歩きつづけた。モール攻撃準備行軍中の十六日夜半、敵地雷のために大串守上等兵（同年兵）が戦死した。

三月二十六日、第一中隊池田小隊が、モールの敵前数百メートルの捜索拠点に出ていったが、翌二十七日の夜明けに、敵の急襲をうけ全滅にひとしい損害をだした。

われわれは払暁の銃声に気をもみ、じっとその方向を凝視した。着任そうそうの見習士官が小隊長なので、われわれは不安な気持で動静を見まもった。やがて友軍の姿が一人、遠くにあらわれた。不吉な予感が的中したらしい。腕から血を流してかけてきた。

「どうした！」

顔面は硝煙のためか黒ずんで、襦袢がやぶれている。恐怖と緊張のため、声がかすれる。

「池田小隊全滅だ」

「よく来たな、後は」

「みんなやられた」

「そうか、治療してもらえ」

だれかほかにも帰ってこないかと、手に汗して待った。

「来たっ、二人だ。迎えに出ろ！」

一人が負傷した隊員を支えながら歩いてきた。かけ出していき、交代しながら、

「後はどうした」

「どうなったか分からない。全滅だ」

「不意討ちで、手榴弾を投げ込まれ、自動小銃と機関銃で一斉射撃をくったんだ」

「歩哨が発見できなかったのか」

「歩哨がさきに撃たれて、小隊はぜんぶ低いところに入っていたんだ」

歩哨以外は眠ってしまったのだろうか。一瞬の奇襲をうけて、池田小隊長以下多数の死傷者を出し、二小隊は壊滅してしまった。

これまでともに励まし、慰めたすけあってきた同年兵、戦友、初年兵を一度に失い、茫然とした。負傷して動けない身体に、とどめの銃撃をうけた戦友もあったろうと悲嘆にくれ、涙が出た。

夜も昼も、上空に敵機が見えないときはない。どの方向へ移動しても、頭に敵機の帽子をかぶって歩くようだ。

敵陣地の山には、物資投下の落下傘がおびただしく、落下地点をはずれたのが木に白く垂

れさがって見えている。敵に遭遇すると、わずか十五分くらいで戦闘機が襲いかかってくる。チッタゴンから、そんなにはやく飛来できるものかと不思議に思う。観測機は昼間は交代で休みなく上空の旋回をやめなかった。

毎夜、大型輸送機のダグラスが、夜明け前まで飛来しては飛びさる。一定の速度、高度を保っている不可思議な行動に不気味さを感じた。

ある月明かりの夜、大型機の爆音が遠くなってから、二機のグライダーが音もなく上空にあらわれ、低く高度をとって山影に消えた。

「いままで音がしないから、分かんなかったんだ」

「これまでにあのグライダーで、ずいぶん兵隊を運んだんだろう」

「陣地の中の田んぼに、飛行場をつくったんだ」

「敵の陣地では、鉄道のレールをはずして、トーチカ式の防御陣地をつくって要塞化してるって話だ」

「ダイナマイトの爆破の音は、陣地構築なのか」

「遅れれば遅れるほど、堅固になんのか」

兵はひたすら友軍の砲撃と空爆をねがったが、その望みはかなえられなかった。

これよりさき三月二十日ごろ、広瀬小隊長以下七、八名が暗闇のなかを将校斥候に出発した。だいぶ歩いたなと思ったころ、敵飛行場に到着した。

ひろい平地を左に見て、周辺の草むらを進むと、後方から爆音が近づき、翼の胴体から発する灯火が巨大に見えた。やがて低空を大型輸送機が、頭上を圧した。胴体の灯火がわれわれの付近の地上を明るく照らし出した。

「ふせろ、剣さきを草に入れろ」

「ほら剣がひかるっ」

全員、銃に着剣してあり、地上兵からの発見をおそれた。ふせて見上げる飛行機はでかい。滑走路が明るく眼前にあらわれた。

あたりを確かめると鉄条網はなく、これまで地雷にもかからずにすんだのが幸いだ。全員で、一斉射撃をしたなら撃墜することができるのでは、と思ったが、命令はなかった。すでに大型機が着陸できるほどの滑走路が完成していたことに驚かされた。

二十七日、インドウの武兵団司令部が敵の急襲をうけ、中隊に急遽、出動命令がくだった。夜間の強行軍で夜明けに山下大隊とともにインドウに赴いた。到着と同時に分隊長は、私の下痢のはげしさを見かねて、診察をうけるようにと言われ、橋本左内戦友と兵站病院の診察をうけた。二人ともアメーバ赤痢で、翌日入院させられた。

これで二度目の入院になるが、どうしようもない。軍装でいる時間がないほど、日に三十数回もの血便と粘液便になやんだ。腹痛がひどく、キリキリと腹の中をえぐりとられるようだった。

兵站病院はチーク林の高地上にあって、病舎の五、六十メートル下の谷に、南西サガインから北にカーブした鉄道（ミイトキーナ線）が走る。

入院して数日後、病院の向かい側高地の山林内で、とつじょ、機関銃の発射音がした。敵の進出はここまでおよんでいるのだ。

すぐに小銃を持ち、かた手で痛む腹を押さえて配置についたが、銃撃は一回だけだった。山林方向を透視したが、敵影も発見できず物音もなかった。

一刻が経過して爆音があり、やがて敵機が焼夷弾の投下をはじめた。さきに銃声のあった付近に落下傘がいくつも落ちて燃えだした。

乾期の山林は堆積した木の葉と枯れ枝がおびただしく、類焼の危険を感じた。みるまに燃えひろがり、突然、大音響を起こした。ダダン、ズドン、ズズンとものすごい爆発だ。とたんに、破片がわれわれのまわりに飛んで来た。

なにも知らされてない兵隊は、すぐに銃を持ったまま、大防空壕に走りこみ破片を避けた。前方の線路向こうに、わが軍の弾薬集積所があったのだ。

まさに陣地が爆撃と砲撃を同時にうけるのと同じだった。堅固な防空壕に破片がつきささり、そのまま落下する大小の砲弾まであり、三時間も誘爆を起こし、赤い炎と煙が上空にたちのぼった。

英印軍の斥候が、わが軍の弾薬庫を発見して報告し、爆撃炎上させたのだが、日本軍陣内に深く進入したのは、敵ながら天晴れだと思った。これで友軍は菊十八師団はもとより、第十五軍のインパール作戦などにも重大な影響をおよぼすことになったのだった。

三月三十日、私が入院後、第一中隊は山下大隊とともにインドウ飛行場を攻撃し、これを奪還したが、矢口晴信曹長が戦死した。そしてインドウ湖ちかくの掃討戦では本田清伍長が戦死した。本田伍長は体格は小柄だが動作が機敏で、連隊の銃剣術大会で優勝した猛者であった。

三月三十一日、中隊はモール陣地の死守を命じられた。激しい砲撃、銃爆撃のあと、地上軍の猛攻は数度におよび、部隊はそのつど撃退し、敵に多大の損害をあたえたが、わが中隊もまた、増田少尉戦死のほか多数の負傷者をだした。

そのさい、中隊長は壕にもぐったまま動かず、各陣地は混戦になった。各個の連絡もとれず、増田少尉は戦死、各分隊でも負傷者が続出した。

弾雨のなかを山田准尉は一人で各陣地壕を走りまわり、激励と指揮をとり、野戦高射砲隊の速射砲とともに奮戦、敵の進撃をくいとめた。

四月上旬に武兵団が到着し、病院付近から前線へ出ていった。第一次総攻撃についで、第二、第三次（四月六、九、十三日）攻撃も成功せず、そのたびに甚大な損害をうけて、戦傷者が血だるまになって、ぞくぞくとトラックで運ばれてきた。

負傷者の話によれば、突撃直前に照明弾を上げられ、突入すると各種自動火器によるいっせい射撃をうけ、さらに接近したところを火炎放射器で焼かれ、攻撃のたびに大きな損害を出したという。

わが軍は砲の掩護射撃もなく白兵戦でのみ攻撃した。そのため、敵の陣前には無数の友軍の死体がかさなったという。攻撃に失敗した大隊長は、林兵団長に、「生きて帰るな、死んでこい」と殴られ、罵声をあび、辱めをうけた。「わが生きることは、部下を死なせるばかり」と、再度の突撃には敵前で大手をひろげ、大隊長は敵の銃弾を立ったままうけて倒れふしたという。

攻撃不成功の状況で日が過ぎ、五月十日、一夜にして敵は陣地（ヘヌ）を撤退し、敵兵の姿が消えた。

私は中隊が移動するのを知り、退院を願い出た。病院では後送するといわれたが、中隊とともにインパールへ行きたいと懇願し、多量の飲み薬を受領した。四十日間の入院は長かった。同時に発病した松岡友治上等兵（赤痢）、茂呂元一郎一等兵（A型パラチフス）は病死した。

第四章　インパール遙かに

要衝の町サガイン

退院した私は、急ぎモール付近の中隊に復帰した。ぶじだった戦友たちとの再会を喜び、しばらくぶりの同年兵と抱きあった。

第一中隊は五月十二日、武兵団の配属をとかれ、長駆インパール作戦中の連隊に追及すべく移動の準備中であった。黒い雲が空をおおい、雨期のちかいことを知らせていた。

日中は英軍の制空権下の行動なので、トラック輸送は夜の出発となった。明け方ぶじにサガインに着くと、各分隊ごとに町はずれの民家に大休止となった。

貧しい小さな家で炊事をはじめると、ビルマ人母子がビルマヘン（副食）をつくりながら手伝ってくれた。息子はモ・サニエといって十四歳で、日本語学校で勉強中とのことだ。娘は十七歳で、はずかしいさかりで口数も少ない。母親はバザーで物売りをしているという。

父親の姿はなく、もしかしたら亡くなったのかもしれない。

老婆のように見える母親が、

「マスター、インパール、ユートワレラ（インパールへいくのか）」と聞くので、

「ムホブー、インパール、ムトワブー（ちがう、行かない）」

と返事をした。モ・サニユが、

「兵隊さん、名前、何と言いますか」と日本語でたずねてきた。

「私の名前は、ゴ・サンニュ。ビルマ名前です」

「ゴ・サンニュ。恋人日本におりますか」

「二人おります」

「それでは、寝ては夢、起きては現《うつつ》まぼろしの、ですね」

言われたほうで驚いた。日本語学校ではそんなことまで教えるのだろうか。息子は私の田舎言葉よりも立派な標準語で話しかけてきた。

ビルマでは、恋人が多いほど人気があるので、二人あると言ったら信用を得た。彼は私と話したことを母親と姉に聞かせ、もどって来た。

「ゴ・サンニュ。戦いに行くことを母がたいへん心配しております。あなたのぶじを、毎日近くのポンギジョン（寺院）にお祈りしておりますと、母が言いました。私も母とともにお祈りします」

「ありがとう」

「チュズテンバレー（ありがとう）」

と母親に心からお礼をいって、母親の顔を見ると、目に涙が光っていた。民族はちがって

も親心に変わりはないのだろう。

日本軍のいる村や町が爆撃破壊されるなかで、ここサガインは家も森も椰子の木立も無傷だった。日本軍の大部隊や前線への糧秣弾薬など、すべての補給移動の渡河点であるにもかかわらず、安泰であることに不審をいだいた。兵隊たちの間では、

「町の中にスパイがいるからだ」

「駅長の家で、短波無線機が枕の中に隠されていた」などと噂された。

出発の夕暮れまでには時間があった。中隊から補助憲兵に豊崎兵長が出ているので、面会しようということになった。五人でT字路に出たとき、遠く馬上の憲兵から、

「こらっ、そこの兵隊、なぜ敬礼せんか！」

と怒鳴られた。階級章を見つめたが准尉ではない。星もないので兵長だとみた。よごれた軍服のわれわれを見て、インパールくずれ（インパール前線より退がった患者）と見たのかもしれない。

「敬礼するな、待て」

「兵長め、引きずりおろして殴ってやるか」

「いまから憲兵隊へ行くんだから、それはやるな」

帯剣に手をやりいつでもぬく姿勢で、五人横隊で道路の真ん中で行く手をふさいだ。上竹軍曹が、

「弓部隊だが、なにか用か」

返答しだいでは、と馬をかこんだ。馬上の兵長はあわてて下馬し、敬礼した。

「どうもすみませんでした」と詫びた。

兵長は、前線からの患者と退院者がたむろして、前線への追及を急がないので、巡回しております、と説明した。その後、憲兵隊の場所を聞き、憲兵隊舎をたずねて豊崎兵長と面会をすませた。

慰安所があると聞いて立ちよったが、超満員なのには驚いた。

「後方の奴らばかり、うまくやってやがって」

「第一線部隊は、わりがわるいなあ」

「バザーでもいってみるか」

途中の家々のまわりに、名も知れぬ花が咲き、緑の色も濃くなった。バザーには少ないながら野菜、果物、乾魚などが小さな台上にならべられ、野天とはいえ集まる町の人でこみあっていた。戦争のためか、どことなく粗末な服装の者が多いような気がする。物売りの間に、メンカレ（少女）ばかりの団子売りを見ると、みな元気になった。だれもがきれいな娘の前にたつ。

「おいっ、ここばかりでは変だから、そっちへも行けよ」

糯米の粉をねり、鍋の熱湯へ入れて、浮いたのから串に刺して砂糖をつけて出来上がり。パイサン（お金）を払ってうけとろうとしたら、彼女の指に結婚リングが光ってみえる。

「おい、俺のをゆずるから」

「そうか、悪いな」

べつの娘の団子を買って、知らん顔をする。食べ終わるころに、

「うまいかい。あの娘の指輪を見ろ、亭主持ちだ」

「ああっ、ずるいぞ井坂。変だと思った」

「いや、すまねえ。どうも」

帰りに分隊の土産に少し買った。平和な短い時間が楽しかった。

薄暮前、出発準備が完了し、少年の住む小さな家をあとにした。モ・サニユの手をとり、

「またサガインを通るときには、かならず訪ねるから、レイミヤン、ボンチャーレ（飛行機と爆弾）に気をつけて」

「はい。ゴ・サンニュ。元気で、さようなら」

「うん、さようなら」

別れの言葉をかわして、貧しい少年の家をあとに、集合位置に向かった。

七十余名の〝大部隊〟

英印軍がチンドウィン河西岸近くまで進出していたころ、第十五軍司令官牟田口中将は、各師団長の意見をしりぞけ、三週間の糧秣弾薬で、四月二十九日の天長節までにインパールを占領すると豪語した。

だが、その日はすでに過ぎ、五月中旬になっていた。各部隊は英印軍をアラカン山系に追撃したが、すでに食糧弾薬の欠乏と兵員の不足に苦しんでいた。

　わが第二百十三連隊主力の第二大隊の一部と第三大隊は、歩兵団長山本募《つのる》少将の指揮下にあり、モーライク北方からウェトク、タム、モーレを攻撃、パレルに向かい、アラカン山系の峻険な山頂に構築された堅陣にたいし、一山ごとに肉薄攻撃による熾烈な戦闘をつづけていた。また、第一大隊の主力は、いまなお遠くカラダン方面で、「ハ号作戦」に参加しており、悪戦苦闘中だった。

　わが第三十三師団は第二百十三連隊をはじめ、第二百十四連隊、第二百十五連隊とも、全滅にちかい打撃をうけたにもかかわらず、五月十三日、牟田口軍司令官は戦闘司令所を第三十三師団の後方にすすめ、直接、師団の指揮をとった。

　こうした状況下、私たち第一中隊と機関銃一個小隊は、連隊追及の強行軍をはじめた。イエウからムータイクの間は、連日の雨で道路は泥濘と化して、兵隊たちはトラックからおりて歩くという状況であった。ボンネットの短い車が動かなくなった。シボレーとトヨタが健闘したが、ついに車をすてて、泥の道を行軍することになる。

　敵機の襲撃は増加の一途をたどり、昼をさけて薄暮から夜明けまで行軍をつづけた。雨天のさいは敵機が飛来しないので、昼夜不眠で前進する。背嚢がたいせつな兵は天幕でつつみ、身体は汗と雨水でびしょ濡れとなった。乾かぬ体のまま谷間《たにあい》でしばしの眠りについた。

　そうした連日の行軍で疲れたころ、第一戦から傷病兵が退がって来るのに出合った。日ごとにその数は増し、その様はあまりにも哀れであった。

　患者ばかりがひとかたまりで来る。その一団からも離れ、一人また一人と杖をつき傷ついた足を引きずり、のろのろとよろけながら動かぬ自分の足を見ては立ちすくんで、ぼんやりと前方を見つめる兵隊がいる。その間を通りぬけ、がんばれよと声をかけてやるのが、前線へ向かうわれわれの出来るかぎりのことであった。

　カレワ渡河点でチンドウィンを越える。渡河地点の草むらに、二年ほど前、英軍が残していった砲が埋もれていた。さきのビルマ進攻作戦の遺物である。ここが英軍の敗走路だったのかと不思議な気持でながめた。

　前線の模様は悲劇的なことばかりが耳につき、暗い雨期の雨とともに、われわれの心まで暗くした。

「牟田口が師団長まで更迭した」

「突撃すると、中隊は全滅した」

「敵陣地を占領しても、砲爆撃で壕が掘り返されてしまうんだ」

「食べる物がないんだ。戦うにも兵隊がいない」

　後退していく兵はいう。しかし、われわれは命令であれば火の中へも行くほかはない。兵の命は鴻毛よりも軽し。最後の散る場面をいくどとなく想像した。

　大休止あるいは仮寝の宿営となると、道路から谷間にはいり、上空を遮蔽された木の下に天幕を張った。地面を平らにし、雨をながす溝を外周に掘り、地面に枝と葉をしき、足をちぢめて雨をさけて横たわる。

炊事のため川におりると、下痢患者の汚物があたりに散乱し、足の踏み場もないほどである。やむなく、疲れた体で上流へと水をもとめた。

前線に近づくにつれて汚物もふえ、われわれは穴を掘ってすませたが、傷病兵は道具もなく、力も気力もない。かぎられた貴重な谷の流れは、日一日と汚染されていった。

雨の中をタムに到着し、チーク林の中で大休止となった。地上にコンニャクの葉を見つけ茎を汁の実にしたが、口の中がピリピリしたので吐きだした。炊事した灰でアクをぬき、やっと食べることができた。しばらくぶりの野菜に舌つづみをうった。

部隊はさらに進み、敵の陣地のあったモーレに着いた。だれかが陣内から英軍のコンビーフ缶詰をひろったと騒ぎだした。中隊からも宝さがしに何名か出て、二缶ひろってきた。内地では見たこともない大缶だった。缶詰をさがす兵隊の数がふえ、どこからか野良犬もあらわれた。

とつぜん、ドドーンと地雷が爆発し、あたりの空気と地上をゆるがした。日本兵と野良犬がとばされ、注意するよう命令が伝わった。休憩地ちかくで掘り上げられた戦車地雷は、大型で黄色く塗られていたが、それを見て、日本軍でもこんなのがあればと思う。

このモーレの敵陣は堅固で、光井支隊が猛攻撃したが失敗し、ふたたび包囲攻撃する直前の三月三十日、敵は無傷でテグノパール陣地とパレルに撤退してしまった。モーレの敵は第二十インド師団、第三十三旅団であった。

モーレからパレル道に向かうとき、ひろい湿地帯に鉄筋が四角に組まれ、一面に敷かれているのを見て、なんのためかと思った。これが飛行機の発着施設と聞き、物資の豊富さと機動力にびっくりさせられた。周辺にはところどころ大きな偽装網が灌木の間に見うけられた。

パレル本道上に出て、日英両軍の道路の差を知った。けわしい山間部にもかかわらず広い道路幅をとり、登るにつれて山肌はおびただしくけずりとられ、谷の崖下に押し出されていた。

内地ではブルドーザーなどの重機械は見たこともなかったし、わが軍の道路工事は鶴嘴《つるはし》と円匙が主力であった。はじめて見る工事の方法に、われわれは目を見張るばかりである。地盤のわるいところは鉄棒を敷きつめてあった。ここを敵は自動車で自由に走りまわる。これにくらべわが軍の道路は車も動かず、膝を没するぬかるみを重い背嚢を背に、あえぎながら歩くのかと考えさせられた。

やがて山間《やまあい》に茶色にぬられた鉄橋があらわれた。シボンの鉄橋だという。短い橋ではあるが、けわしい山の中によく造ったものだ。下の細い谷を急流が音をたてて流れてゆく。右も左も前方も絶壁でかこまれ、手前の道路側が少しひろい。鉄橋をわたると同時に山すそにそって右折して崖下を歩き、左に曲がって道路がかくれる。

戦闘中、伊藤部隊（第三大隊）がシボン橋梁の爆破を企図して偵察したが、迂回路の谷がふかく、警戒は厳重をきわめて断念したため、無傷のまま残っているという。

われわれが鉄橋を渡るころから、前進方向のアラカン山系遠く、ドロドロ、ドドン、ドドーンと砲声が聞こえてきた。歩兵の進路は銃砲声に向かっていけば、いつでもまちがうことはなかった。

カラダンを出発したとき百数十名あった中隊員は、モール空挺部隊の攻撃をへて、現在七十余名がなにも知らず、地獄の入口へと進んでゆく。そして戦い敗れ撤退するとき、ふたたびこの橋を渡れたのは、わずか二十名たらずであった。

山頂直下にパレル道が見え隠れして連山をめぐる。足もとの谷間に雲がうかび、谷底は深く、下界はどこかと思う。谷のむこうは峨々とそびえる山の黒い肌、幾条もの大小の山々は高波がおしよせるがごとくはてしない。

やがて道路は舗装になった。このあたりの山頂は一つ一つが、兵隊の雄叫び、血涙と肉体の飛散により占領確保されたものである。それをしめすかのごとく、山は赤く色がかわっていた。

四月十一日の石切山、十二日に三角山、十四日の摺鉢山・掩蓋山など、みな白兵戦によるものばかりである。

前島山にいたっては、第十一中隊が占領したが、数度におよぶ敵一個大隊の攻撃をうけ、砲爆撃に戦車もくわえてくりかえし攻撃され、山も兵も吹きとんだ。孤立無援の激戦は、じつに十六日間におよび、勇戦奮闘むなしく玉砕した。

第十一中隊長が負傷した後、中隊長代理の前島要一中尉が指揮をとり、この山を死守したところから、英軍は勇戦をたたえて日本山と呼び、日本軍は前島山と名づけた。

前島山は、四月十五日の夜半、砲兵の支援射撃をうけ、第五中隊が総力をあげて攻撃し、奪取することができた。

四月二十一日、伊藤部隊は一軒屋高地を占領した。五月七日には川道山、四五六二高地（伊藤山）を攻撃するが、不成功に終わった。五月十日に、伊藤部隊がふたたび攻撃をかけて占領したが、残存陣内の頑強な敵を掃射するのに五日を要したという。第三大隊の兵力は、このとき三十五名に激減した。

われわれは砲弾の炸裂するチャモールで部隊に追及した。一人二人と姿を見せた兵隊が、わが中隊を見て歓喜の大声をだし、

「友軍の大部隊が到着したぞ！」と口々にさけんだ。

うしろから別の部隊でもくるのかと思ったが、その姿はなく、われわれ一中隊五十名、第一機関銃一個小隊二十名以下の兵力を大部隊といわれ、こちらのほうが驚いた。

しかし、大部隊が来たというのも無理はなかった。各中隊の残存兵力は、三名から五名という兵力となっていたのである。

報告は生き残った者が

連隊本部は谷間にあり、敵のいる方向とは反対の山肌に横穴を掘って、砲弾を避けていた。地形を把握している敵の砲撃はきわめて有効で、山頂に、路上に、谷の水源地に正確に炸裂

した。

砲弾の間隙をぬって、道ばたや山地に生えている草（ジャングル野菜）を採取した。食べつくした野草は、敵の砲弾が落下するあたり以外には残っていなかった。水と野草をもとめるため、砲撃の犠牲になって死んでいった兵隊の数も多かった。日中は雲の晴れ間に、谷間や路上の上空を観測機が飛び、砲爆撃の確認と日本兵の姿をもとめつづけた。

砲弾は昼夜連続で落下し、百雷とは、まさにこのことをいうのかと思われた。発射音がドゴドゴドゴドンと最初に聞こえ、やがて砲弾の風をきる音が、シュルシュル、シュッと来たなと思うと、あとは口では表現できないほどの炸裂音に、すべての音は掻き消された。

時計を持った本部の者が、一分間に四十、こんどは五十発と数えたが、砲撃を開始すると一時間あまりもつづくので、われわれの身体は山の横穴とともにふるえた。

連隊長宮脇大佐が後送され、連隊長代理を伊藤少佐がひきついだ。伊藤少佐は軍旗を山本支隊に奉遷し、通信隊、乗馬小隊、本部要員にいたるまで、川道山および四五六二高地への攻撃に投入した。しかし、各大隊長や副官多数の犠牲を出しながら、攻撃は不成功に終わった。

ちょうどこの攻撃直後の五月中旬に、われわれが到着したのだった。各隊は四月五日ごろには携行の糧秣はなくなり、野草を主食とし、すくない米を食い伸ばしてがんばっていたのだった。

チャモールでの糧秣補給のないのを知り、われわれも野草を見つけて食糧の節約につとめた。同時に突撃占領した直後の山に登り物資をもとめたが、敵の背嚢には岩塩と紅茶ばかりで、口に入れる物はなにもなかった。

泥水はいたるところにあふれ、加農砲の空薬莢をならべ、われわれはその上に横になって仮眠した。

半夜の睡眠が明けると、中隊にはレータン西方高地を確保せよとの命があり、二十四時以降の敵砲撃の間隙をついて急進した。

われわれが一軒屋高地山麓を右折し、暴露峠の稜線上にさしかかったとき、砲撃が再開され山陰に退避した。敵の砲撃は思ったよりはやくやんだ。

この時をのがさず、一気に数百メートルを駆けぬけた。全員が三隊に分かれ二隊が通過すると、敵はふたたび撃ってきた。真夜中のためか、こんどの砲撃も短時間で中止した。

後続隊の到着をはらはらしながら待ったが、幸いに全員がぶじに通過を終わり、山のかげで一時休憩した。

やがて三度、ドン、ドドンと発射音がした。

「ああ、またか」

たったいま、越えたばかりの稜線の山腹におびただしい砲弾が炸裂した、狙いは正確で、山を越えて谷に落ちる弾丸は一発もなかった。

「いやあ、あぶなかったなあ」

山腹に展開される光と音の饗宴を、われわれは戦争をしばしわすれて眺めていた。パパッ、パパパッと黄や赤紫色に閃光を発する。暗黒の山肌に、無数の花がやむことなく咲くように見えた。

「戦さでなければ、花火大会のようだ」

「いやあ、きれいだなあ」

「アラカン山のお花畑か、これは」

しかし、われわれは戦いのまっただ中にいるのだ。砲撃は高山の闇に光り、こだまがつぎつぎに響きわたった。出発の声でわれわれにかえり、道路の端に整列した。

中隊は進撃し、クデクノーとレータンに向かうY字路高地を確保した。同時にレータン西方へ下士斥候がでることになった。下痢の者が多いためか、三名をえらぶのに苦労した。状況から考えて、恐怖心もないとは言えなかった。指名された下士官は腹が痛いとしゃがみ込み、土手の上から下りてこなかった。

一瞬、私の脳裏にひらめいた。モールの戦いで戦友たちが奮闘しているとき、自分は入院していたのだ。よしっ、それならこんどはと決心し、みずから斥候を志願して出ようと、中隊長に申し出た。

「井坂がいきますっ」

「井坂、いってくれるか」

三名が決まって、ほっとしたようだが、中隊長は下士官を選考したかったようだ。私が名乗りでた結果、年月の浅い広瀬兵長が長になった。以下、井坂上等兵、渡辺一等兵の三名が

中隊長の前に立った。出発にさいし、中隊長は崖の横穴の前をはなれず立ち上がり、

「パレル進出にあたり、レータン方向に敵あるときは、右側面より後方遮断のおそれあり。祭（第十五師団）の先発斥候は、敵ありとの報告ずみ（山本支隊）であるが、さらに確認のため緊急をようする重大な偵察である。祭の下士官、兵の二名は案内として同行する」

命令と説明をうけ、兵長が復誦し、五名が出発準備した。

六月上旬のある日、夜の八時の予定をすぎて出発した。祭の兵士の誘導でしばらく進む、幅三メートルあまりの一本道で、左に小高い山がつづき、右は深い谷でそそり立つ絶壁となっている。ガスが吹き上げてくる。谷の向かいにそびえる山々は雲にかくれ、夏衣を通して底冷えがする。

やがて四十分ほど進んだと思うころ、英軍が木の幹に彫りつけたVの字と矢印があった。少し古いと見たが、祭の兵士は、後方へ下がって歩行をともにしなくなった。

「どうした」

「この先まもなくのところに、敵の歩哨がいた」

「姿を見たのか」

「前にきたとき、山の茂みのなかでガサガサ音がした」と答え、一歩も動こうとしない。

中隊の三人だけで即決した。音がしたのは小動物か、それとも敵なのか確認しないで報告できるか、撃たれるまで進もうと決心した。ここまで約一時間くらいが経過した、ぐずぐずしてはいられない。

「祭っ」

「はいっ」

「これから三名で行ってくる。谷の崖にふせて、われわれの帰るまで一歩もここを動くな。待っていろ」

「わかりました」

「着剣だ。各自五メートル間隔。崖の山ぞいに進め」

広瀬兵長は暗夜に視力が落ちるため、私が先頭に立った。渡辺一等兵は耳が遠いので最後尾についた。

「高地からの発砲と手榴弾に気をつけろ」

「生き残った者が急いで中隊に報告だ。これから後は口をきくな、手の合図で止まれと進めだけだ、行くぞ、急ぐからな」

私は若い長の広瀬を心配したが、これは現実になった。任務が第一なので、ここは長がだれかなど、かまっていられない。すべて私が判断して指示するほかはなかった。

われわれは全神経を集中し、目は前方の闇を突き刺すほど警戒した。足音をたてないように、しかし、駆けるにちかい速度で進んだ。

二時間あまりをようして、目的地の高地の麓にたどりついた。歩哨がいるならあのあたりだろうと見当がつく。撃ってきたら谷へ飛べばいいと、歩度をゆるめず前進する。歩哨の立つべき位置をぶじに通りすぎ、付近には、敵兵はいないと予感した。

ここまで来たついでに高地の裏も見てやろうと、さらに先へ進んだ。道路は高地を左にまわって、パレル方面につづくようだ。反対側は深い谷となっていて、その向こうに夜空を圧する黒い山が立ちはだかっている。

高地の崖に穴を掘り、これきりしか持たない作戦要務令から二枚をやぶって、到着の証拠と目印のために埋めこみ、土でおおった。渡辺一等兵も元気がでたのか、金歯が光った。グリンピースを雑嚢から出し、

「おれも」というと、道路へまきはじめた。

「もったいない。敵さんの食糧まいたって、証拠にならないぞ」と言うと、

「あ、そうか」

と小声で頭をかいた。

われわれは、少しもどりながら地雷に注意して静かに登りはじめたが、鉄条網もなく敵影はまったくなかった。

予定時刻にあわせるべく帰路を急ぎ、途中、谷の崖に三時間も待っていた祭の兵士を呼びだし、ぶじ帰隊した。翌日、師団から賞詞があったと、中隊長が喜んでいた。

六月十二日、連隊長の温井親光大佐が着任した。山本支隊から連隊旗を返還され、暗い夜の谷間に将兵は集合した。連隊長の訓示をうける兵の数は、あまりにも少なかった。恩賜のタバコを、そぼふる雨の中で九人が輪になり、一本をまわしのみして、これで思い残すことはないと感激した。

手榴弾片を浴びて

六月十二日の午前零時、われわれはパレル東方の敵本拠クデクノーを攻撃すべく出発した。編成はつぎの通りだった。長は歩兵第二百十三連隊長の温井親光大佐である。

歩兵第二百十三連隊第一中隊、五十名。第一機関銃中隊、二十名。
歩兵第六十連隊第一大隊、吉岡少佐以下三十名。
歩兵第五十一連隊第二大隊、伊藤中尉以下百三十名。
独立速射砲第一大隊（三中隊欠）、川道少佐以下百名。
山砲兵第三十三連隊第二大隊、阿部速水少佐指揮山砲二門。
工兵第三十三連隊第一中隊、田母神大尉以下十五名。

これは、山本支隊では当時最大の兵力であった。しかし兵隊は、食糧の不足と病気におかされ、雨期の最盛期の悪路をよろめきながら山を越え、十五日、クンビーの東方に進出した。今回のクデクノー・ランゴール方面の攻撃は、二度目の進出であった。第一回の攻撃は、吉岡大隊が五月三日以後、英印軍の猛反撃にあって、五月十一日にテグノパールに撤退した。

われわれの進撃中、第一回の戦闘でたおれ傷ついたインド兵が、道ばたのテントに死にきれずに一人ではいっていた。約一ヵ月もの間、よく生きつづけたものと思う。蝿が黒くなるほど群がり、まもなく死ぬであろうとみて通り過ぎた。

十六日の薄暮、山砲の支援をうけたわれわれは四四九二高地に突入占領し、独立速射砲隊が確保した。部隊はさらにパレルに向かって進んだ。

わが第一中隊は先発し、ランゴール付近に到達した。敵情を山上から偵察し、壕を掘りつつ陣地を確保して、パレル方面をはじめて見た。なんと遠かった道のりか、だれもが無言で見つめるインパール平野だ。霧が横にたなびく、光って白く見えるのは湖だろうか。平野にでれば、なにか食える物があるだろうと思った。

パレル上空には、物資補給のためか大型飛行機が連続してあらわれる。爆音もかすかに山の上まで聞こえてきた。

山の突端の樹林の中に歩哨に出て、私は正面を見すえた。パレルは西南右手に低く、左の山すそからなめるように透視した。

左手テグノパール方向にいたる道路に、点々と動くものがつづいている。数えながら三十五台の戦車らしいと報告し、双眼鏡をもとめて目にあてた。すると戦車ではなく、車両に牽引された無反動式野砲で、そのタイヤひとつひとつまで手に取るようだ。

やがて、この陣地も一斉射撃をうけるのか、日一日と弱る身体を思い、戦わずして全滅するよりは、敵中へ斬り込んで死にたいと、だれもが真剣に考えた。

各個壕などどれほどの効果があるだろうか。防空壕のような陣地壕など掘る余裕も気力もなかった。

いよいよ米も底をついて、なにも食べるものがない。やがて草と水だけを食べ飲んだ便は、血便になってしまった。脚気、マラリア、赤痢の併発者が多くなり、医薬品など皆無のわれわれは、下痢をとめたい一心で炭をかじった。

一両日はさいわい敵に発見されなかったが、ときをへずして、敵の斥候が麓に進出し銃声が起こった。

第一中隊は、ランゴール西方の四三六九高地攻撃の命令をうけ、日中、山をくだり山麓を移動した。周辺はパレル飛行場から高射砲の水平射撃をうけ、谷間を行軍するわれわれの頭上で炸裂するのにはこまった。破片を避けるため山かげに横穴を掘り、日の暮れるのを待った。

安部隊（工兵第五十三連隊）の偵察によると、敵陣前に鉄条網はないはずだという。しかし、敵がいるなら必ずあるはずだ。徹底した偵察をしなかったのでは、と一抹の不安を感じた。

六月十七日の夜、防音装備を完全にして、静かにジャングルの谷を前進する。数時間後だれが死に、だれが生き残れるかなどとは考えなかった。ただ歩いているあいだは、なんとなくホッと気が休まる。このときまでに中隊員は、何人かが病気と栄養不良でたおれ、三十数名にへっていた。

目標の高地に接近したはずだが、登った山をあやまったようだ。敵の壕もなく、ホッとして頂上に立つと、深更の寒さは夏衣を通して汗を冷たくした。周囲の山々は黒く静まりかえって不気味だ。

中隊長と小隊長は四三六九高地を探しもとめている。ほどなく、確認できたのか、

「あれだ」

暗い前方の山をさした。そこは樹木のないはげ山で、生き物の鳴き声も動くものの気配もない。まして敵兵が山に身がまえて、われわれを待つとは思えない。だが、急がなければならない。夜が明けてしまったら攻撃は成功しない。全滅を覚悟しなければならないのだ。

山をくだり谷間の山中を急ぐ、隊員は黙して語らず、なにを考えているのかと思う。谷のせせらぎを渡り、わずかな灌木の手前で、全員、背嚢をおろし軽装になった。

ここにいたっては雑念も起きない。思考力低下のせいだろうか、それとも戦闘をかさねた結果だろうか。ただはっきりしていることは、生きるのを許されない状況と、長くは保てない体調を考え合わせ、遅かれ早かれ死ぬと決めていたことだった。

山砲の支援射撃があるはずだが、まだない。時間の差が原因か、もともとあてにならない援護射撃だとあきらめた。山麓にたどりつくと、われわれは散開した。

中隊長は簡単に、「いまから突入する」との指示だけで、小隊は左翼に展開した。

私は自分だけの判断で、夜襲はかたまりやすいから危険と考え、左へ左へとはい登った。

山肌は砂まじりのかたい土だった。草も木も一本もないはげ山には、雨水が山頂から一気に流れ落ちてできた溝があった。これを利用して、上へ上へと手をのばし、足を交互に屈伸して、頂きをにらみつつ登っていった。

私より左側にはだれもまわっていない。同じ高さにもまだ出ていない。ふと、私一人だけなのだろうかと後ろをふり返ると、足もとの方から一人だけついてきた兵がいる。止まると、追いついてきた。見ると山中一等兵だった。私は息を殺し小声でいった。

「いいか、俺といっしょにな、命が欲しかったらもたもたするな」

「はい」と、かすかに答えた。

そう言うと、自分でも少し気持が落ちついてきた。小隊と中隊はどこを前進しているのかと、一瞬、不安になるが、深く呼吸をしてまた登る。やがて、頭上ちかくに鉄条網がはっきりとあらわれた。あたりは静かだが、こんどはまぎれもない敵陣だ。安部隊の工兵野郎め、偵察をさぼりやがったなと腹がたった。

この鉄条網は奥が深い。その内側には蛇腹が併用してあった。破壊する器具など、われわれは何ひとつ持たない。帯剣か、それとももぐるか、「突っ込め」の号令もすぐだろう、どうしてこれをと気があせる。

「ダダダダー、パパパン、ズダダーン」

突然、頭上からなでおろすような一斉射撃をうけた。機関銃、小銃、手榴弾の音が、一時に鳴りだした。

「しまった!」

見つかったのか、いや弾道がちがう。しかし、敵の射撃は鳴りやまず、頭上で激しく撃っている。突撃命令は、いまかいまかと聞き耳をたてるが、声はない。右下後方でざわめきを感じた。中隊中央でだれかやられたなと思うと同時に、なおいっそう激しい銃撃音と手榴弾の炸裂音がした。しかし、突撃の号令はいまだにない。

私の頭上を火をふきながら飛んできた手榴弾（火をふく手榴弾は友軍のもの）は鉄条網にとどかず、私の左前方まぢかに落ち、シュシューと転がってくる。頭を溝に入れようとした瞬間、ダーンときた。爆風とともに、こめかみに小石があたった気がした。

間髪をいれず、こんどはパチッと頭上で音がした。敵の手榴弾は音ですぐわかる。友軍の手榴弾の光で発見されたな。これは二秒だ、あぶない。頭を入れたが、溝は肩まで入るほどは深くない。

「ズダダーン」と同時に、右肩に強いショックをうけた。

「早くしなければ、このままでは全滅だ。見つかった、ここはあぶない。もっと左へまわって突っ込むか」

心は千々に乱れ、あれこれ考えるがまとまらない。落ち着け、落ち着けと自分にいい聞かせた。

上方の敵を鉄条網ごしにみる。ぼんやりと三角のシートが見える。カチャッと音がして、弾倉の入れかえをしているのがわかる。敵陣地後方の高地から、いく筋もの曳光弾が尾をひき、敵陣地の裏に吸い込まれていく。敵は重軽機の援護射撃を開始したようだ、四三六九高地の裏を撃ってきた。

「さがれっ、さがれ！」と二回、小さく聞こえたが、負傷した友軍兵のことだろうと聞き流した。少し間があり、名を呼ばれた気がして、静かに山中にたずねた。

「撤退するよう、伝令がきました」

山中が、私の足もとまで這い上がりながらいう。突撃頓挫だ、失敗ではないか。

「お前、先におりろ」

私は、後ずさりでゆっくり下がりはじめた。東の空だけがいくらか白くなってきた気がする。敵は勝ちほこっているのか、恐ろしいのか、ますます撃ってきた。

私は右腕から手首に冷たさをおぼえ、手を見ると赤黒く血が見えた。右肩に手をやると、上衣の上から指が肩の傷口へ入った。しだいに右手がしびれ、左手に銃を持ちかえ高地をおりた。

山すそをはなれて中隊に集合してから、武笠衛生兵長の治療をうけた。隊では萩島軍曹が戦死し、桜井定雄上等兵は重傷を負った。そして、鴨志田中隊長ほか何名かの軽傷者が出たことを知った。

われわれの撤退後も、敵はくるったように、だれもいない鉄条網の周囲を撃ちつづけている。自動火器の発射音は夜明けまで絶えなかった。六月十八日の黎明攻撃は不成功に終わり、私は午前五時三十分、敵と友軍両方の手榴弾片をあびて負傷してしまった。

中隊はパレル東北方高地に帰陣し、私たち負傷兵は病気の患者数名とともに、野戦病院に退がることになった。山砲との連携がとれず、鉄条網破壊のすべもなく、四三六九高地の戦いは終わった。

かなしき傷病兵

夕暮れを待ち、戦友の桜井上等兵と病気の患者あわせて五名で出発することになった。野戦病院のあるモーレまで歩かなければならない。中隊長は小指だけの負傷だったが、われわれと一緒にさがるのだろうか。連隊本部に報告のためにいくとも聞いた。

山田准尉が、優秀な伝令の川崎芳夫上等兵を、中隊においていただきたいと頼んでいたが、どうなったのか、彼の姿は中隊長とともになかった。

薄暮となり、患者だけが歩き出した。クデクノーに進出してきた道を、傷ついた体でひき返さなければならない。桜井も病人も一本の杖では心細かったろう。敵に暴露した道路には、間断なく砲弾が全行程にわたって落下している。途中、遮蔽する適当な山もない。深い谷へ下りられるような患者たちではない。夜が明ければ敵機と砲撃で歩けなくなるので、中谷山までは急がねばならない。

「さあ、行くぞ、がんばって」

傷病兵たちは、のろのろと動いては休む。だが、長く休むとこんどは立てなくなる。

「がんばって、がんばるんだ、早く」

何度くりかえした言葉だろう。一人が、

「歩けないから休んで、後から……」という。

「休んだら立てなくなる。一人だけ置いて行けるか、がんばれよ」

励ましながら二、三十メートルずつ歩かせたが、とうとう動かなくなった。

「他の物は少しでも、先にいってくれ」

一人また一人と、散りぢりに歩いていく。

「このあたりは敵の斥候が出るところだ、早くっ」

それでも立とうともしない。

「先にいってくれ、死んだほうが楽だもの」

たしかにそうだ、ここでは生きるほど苦しいことはないだろう。しかし、隊員を置き去りにしたと、なんで報告できよう。そのままにして先へ行ったら、手榴弾で自爆するのはまちがいないだろう。

「なにを言うんだ。だれもが苦しいんだ、がんばって」

かわいそうで怒鳴る気になれない。明るいところで見たら涙を流していたことと思う。私も、どうしたらよいか途方にくれた。

そのとき、通りすぎたばかりのわずか五十メートル後方の路上に、砲弾がシュル、シュッ、ダダーン、ダーンと三発炸裂した。

「それっ、あぶない!」

かたくなに動かなかった兵隊が立ち上がって、杖を頼りに歩きだした。このときほど、敵の砲撃をありがたく思ったことはなかった。

「いまのうちだ、また撃ってくる、がんばれ」

私たちの後を追うように、通り過ぎた路上後方にまた五発の砲弾が爆発した。敵でさえ哀れと思ったのだろうか、天運というべきか、敵の砲弾に励まされ、やっと中谷山にたどり着いた。

山すそに砲弾をよけ、敵機に発見されないように樹木の下に四人を寝かせ、全員の水筒を持って谷へおりた。水だけは不自由なく飲ませることができたが、食べさせる物はすでになにもなかった。

一難さって、こんどは暴露峠の敵砲撃地帯を越えるのが至難のわざだ。普通には歩けない者をどうしてここを通過させればよいかと考えたが、なにも方法は浮かんでこない。夜半過ぎに砲撃が中断した直後に通過するほかに、あとは運を天にまかせるよりしかたがない。

日中の暑さも感じなくなった。傷の手当も病気の介抱もここではやりようがない。薬も包帯もないのだ。ただ夜を待った。やがて激しい砲弾の炸裂がピタッとやんだ。

「ここは、みんな知ってのとおりだ。また撃ってくるまでにな」

危険なことは知りつくしていたので、みんなは一生懸命に歩いてくれた。桜井のからの背嚢も捨てさせた。彼の腰の傷は深く、白い骨が少し見えている。よくこの傷で歩けたものだ。腕も腫れだして痛かろうにと思う。

元気なころは丸顔だったのが、いまではげっそりと痩せおとろえて、かつての面影はない。ぶじに峠を通過して安心したのか、一軒屋高地手前のまがりかどで、彼はとうとう動かなくなってしまった。

困りはてているところへ、偶然、鴨志田中隊長が伝令の川崎上等兵を同道して通りかかった。

「がんばって歩け。おれは司令部に急がねばならない。こうしてはおられない。先にいくぞ」

言うがはやいか先に行ってしまった。

「見ろ。中隊長でさえ先に行っちゃったぞ。俺がつれていくんだ、歩け！」

傷ついた戦友に、私ははじめて怒鳴った。大声を上げさせたのは、おそらく中隊長にたいする怒りだった。四三六九高地の攻撃が不成功に終わった報告に連隊にいくという。兵隊だって甲羅をへると、軍隊事情にはくわしくなり、不審や不満もわきおこり、爆発したくもなる。中隊長は司令部になんの用件があるのだろうか。もしかしたら突撃頓挫の責をとわれ、出頭を命じられたのか、とも考えてみた。

みんなは痛々しいほどに痩せた足をひきずって前進する。五十メートルもつづけて歩けず、口々に、

「休ませてくれ、少し休ませて……」

涙声で哀願され、山かげまでいきたかったが、この付近で休憩することにした。一軒屋高地のふもとを直角にテグノパール方向にまがると、まもなく左の窪地に小屋を見つけた。路面と床が平らなので、雨のないところで休ませようと、竹の床に腰をおろそうとした。

そのとき、突然、ふって湧いたように敵のいっせい射撃をうけ、屋根と床下を弾がつきぬけた。敵はちかい。ダダダーン、パパパンパパン、と軽機と自動小銃を暗闇から撃ちつづけている。

「はやく道路へでろ、捕まるぞ」

小屋と路上にまたがり、四人を急がせた。

「静かにはやく」

ビシッビシッ、バシバシッと屋根の竹をとばす音がかさなる。痛みと疲労にたえて、みな渾身の力をふるって歩きだした。やがて、後方で応戦する友軍の重い軽機の銃声がすると静かになった。

敵は一軒屋高地のふもとのまがり角から撃ってきたのだ。五分も遅れたら、われわれはちょうどあの位置だったたと思うと、冷や汗がでた。二、三十名の敵が谷づたいに威力偵察にきたのだろう。英印軍も遠いところまで夜間行動をはじめたものだと思った。

その後も夜明けまで歩きつづけた。谷が深くて入れないので、歩きながら取って雑嚢へ入れてきたわずかな野草を、飯盒一つ分を煮て五人でわけて食べた。患者をみながらの行軍というのは、自分の肩の痛みもあり、これほど大変なものかとつくづく思った。

やがてテグノパールから、患者にばかり気をとられていつ渡ったのか気づかぬうちに、シボンの鉄橋を越えた。そしてついに四日以上もついやして、やっと野戦病院についた。

全員を衛生兵にひきつぎ、ひと安心と思ったが、不安はつのる一方だった。見れば、山の中に点々と壁のない屋根だけの小屋が見える。そこには地上に負傷兵と病人がいっぱい転がっているのだ。彼らのほとんどは歩けない者たちで、新しい包帯をしている者はなく、あっちこっちで叫び声と泣き声があがっている。

「水、水をお願いします」

「痛いよう、痛い」

「衛生兵殿、包帯の交換をお願いします」

「傷の蛆を取ってください。痛いっ」

傷口から腐った手足、汗の臭いと大小便の臭いがすさまじい。傷からこぼれ落ちる蛆、肉の中に食いこむ蛆がおびただしい数だ。竹でつくったピンセットがあるのだが、自分で取れる者は少ない。

「となりの戦友が死にました」

衛生兵を呼んでやると、死体を二人で運んでいった。私も右肩の傷を四日間も治療しなかったので、その場で治療をうけた。

やがて食事を衛生兵が配りはじめたが、取りにくる者はいない。米粒がわずかにのぞいた水のような食べ物を、ちかくの兵に配ってやった。もちろん副食もない。塩味だけの飯盒の蓋に一杯で終わりだ。これでは傷病兵の体力回復どころではない。私は患者を踏みつけないように、さらに辺りを見まわった。

傷が化膿して動けない兵隊や、病兵の身体の下には血便が散乱し、手も顔もその地面にすりつけるようにしてうごめいている。もはや死ぬこともできない兵隊は、体のほんの一部がかすかに動くだけで、目を細くあけて、私を見ているようだ。蝿がぎっしりと並んでその目をなめていた。

これは、いったいどういうことだ。命令一下、勇敢に戦った第一線の兵に対する軍の待遇と処置はこれか。

「牟田口の野郎っ、師団長まで更迭して、どこへ隠れていやがる。日露の二〇三高地をいまごろさせて、自分でやってみろっ」

私は、怒りに燃えておもわず口走りながら、水のような食事を配り、自分でもすこしずつ飲んだ。兵隊は軍の上層部をうらんで死んでいった。山本兵団長の姿も見たこともなかった。おそらく横穴にもぐったきりなのだろう。

私は衛生兵にたずねた。

「なんとか、みんなを治療してやれないのか」

「患者が五百人からいるのに、後からあとから増えるいっぽうなんだ。十一名で食事をつくり、穴を掘り、死体を運んで埋葬し、また穴を掘る。われわれには交代もない。病院勤務者のなかにも二、三人病人がいるので、七、八名ではなにもしてやれないんだ」

「このまま、死なせるのかっ」

「包帯も注射液も薬もなくなったんだ」

「ほんとにないのかっ」

「歩ける者には、どんどん後方へ退がってもらっている」

「動けない者は見殺しかっ」

声を落とした衛生兵長は、

「戦いはどうせ負けだ。君も歩けるいまのうちに、早く退がったほうがいいよ」

そう言いのこすと、べつの小屋へ入っていった。

「井坂、痛いよう、井坂、痛いよっ」

戦友の桜井が泣きだした。腰をやられているので横になることができないので、アンペラ壁に寄りかかったまま寝ていたのだ。

彼の左腕は腫れて腐ってきた。包帯は膿でよごれ、蝿と蛆が追っても取っても、湧いてでるようにうごめいていた。ガス壊疽は、私にはなんとも手のほどこしようもない。はやく腕を切断しなければ、死を待つばかりだ。

食糧がないというのに、病舎のまえには野生のマンゴーが鈴なりに黄色く熟していた。だが、だれも落とすことができない。

死ぬ前に戦友たちに食べさせてやろうと、私は左手で棒切れを投げつけてみた。小粒のマンゴーが、バラバラッと落ちた。五名くらいが這ってきてひろいはじめた。

「いいか、分けてやれよ。一人で食ったらぶん殴るぞ」

何度も投げ落とし、動けない者には運んでやった。そのときの嬉しそうな兵隊の顔が忘れられない。私も二個しか食べられなかった。手が痛くなければ木登りして落とし、全員にやれるのに残念だ。

　ある日、便所から帰ったとき、

「いま、肉を売りにきた兵隊が、金がなければ物交でもいいといってたんだ」と一人の患者がいう。

「肉なんか、なんでいまごろ、あるはずがない」

「ほんとに来たんだ。なにもないと言ったら帰って行ったんだ」

　不吉な予感がした。だれか兵隊の肉を、と話そうとしたとき、蒼白な顔をした兵隊が、遠くから大声をだし、

「川に、たおれた兵隊の太股が斬り取られていた！」

　連呼しながら、よろよろ近づいた。

「死んでる兵隊か、生きてる兵隊か」

「わかんないが、死んでいた」

「肉売りの、さっきの兵隊、どっちへ行った！」

「わかんない」

「どこの言葉だ！」

「茨城弁じゃなかった」

　やっぱりそうか、われわれ弓兵団がやるはずがない。全身が怒りでふるえだし、私はしゃにむに小銃を持ってかけだした。べつの病舎をまわったが、病院からはすでに姿を消してい

た。

帰ってみると、桜井が静かになっていた。水筒の水を口に入れてやるのだが、思うように飲む力もなかった。他の兵隊と違い、見取ってやれただけよい方だろう。やがて、帰らぬ人となってしまった。

「桜井、楽になってよかったなあ……。もうこれから二度と苦しむことはないんだからなあ」

私は一人つぶやいた。七月四日の昼ちかく、衛生兵に連絡し桜井を埋葬してもらった。

挺進斬り込み隊の凱歌

野戦病院までに四日間、そして病院で十二日間をすごした私は、戦友桜井上等兵の埋葬をおえた七月四日、退院を決意した。まだ傷口はふさがらないが、しびれの感覚はなくなった。手榴弾の破片は入ったままだが、中隊のみんなとともに死にたかった。歩ける患者は退がらせたし、桜井の最後も見とどけた。

「前線へ行くから、薬をくれないか」

衛生下士官がけげんな顔をした。

「どうしても行くのか、気をつけてな」

一週間分の貴重な薬をわたしてくれた。野戦病院から退院する者は自分一人だった。タムの兵站司令部で糧秣を受領してから、前線に追及するようにと指示があったので、タムまでいったんもどり、歩兵団司令部付の沼宮内大尉に退院と中隊復帰の申告をすませて、夕刻の出発をまった。

私が初年兵時代の一中隊教官だった士官学校出身の沼宮内少尉は、大尉に進級していた。出発の申告にいくと、紅茶を一杯だしてくれた。

「傷はよいのか、しっかりやれよ」

「はい、がんばります。出発します」

もとの教官に会い、自分の立場と所在を認めてもらっただけで、私は勇躍した。大尉に敬礼し、暗い外の道にでる。兵隊のほしいと期待した糧秣は、ここでもむだだった。

米を飯盒の内蓋一杯とグリンピースが蓋一杯、これがいまから何十日かの私の糧秣だと思うと、野草さえも少なくなってきた前線を思い出す。少しでも多く持って帰れば、中隊の戦友にも分けてやれるのに情けない。これから先、どこにも受領するところなどないのだ。

三名ほど追及者があり、彼らと行軍をともにした。前線への道は登りになる。下りてくる患者はあるが、登っていく兵隊はないにひとしかった。シボンの鉄橋をこれで三度渡ったわけである。

シボン鉄橋のひと山向こうの道路には、敵の砲弾が散発的に落下していた。間隙をくぐって前進すると、雨期の雨のため、前にはなにごともなかったところに山くずれがあり、道がふさがれていた。兵隊が五、六名で円匙を使い作業をしている。一晩でおわる作業ではないと見て通過する。

さらに一ヵ所、山くずれがあった。立派な舗装道路をつくりあげる英軍と、わずかな土砂くずれを取りのぞくのに四苦八苦する日本軍とのちがいは、かなり大きなものだと考えさせられた。

道路ばたに少しひろい場所があり、患者の一隊三十名くらいが雨の降るなかで腰をおろして休んでいた。もしや中隊の者がいるかと見まわしたとき、私と故郷を同じくする浅野馨を見つけた。

「どうしたんだ」

「もう、だめだ」

力のない細い声で答えた。

「元気をだして、退がれよ」

「うん」

元気のない返事をあとに通りすぎたが、彼は生きて日本の土を踏むことができた。

戦況は、私が入院中の十数日の間に最悪の事態になっていた。パレル東北方高地の攻防ははげしさを増し、砲撃により大木までがたおれ吹き飛び、壕は兵隊もろとも掘り返され、生き埋めになった者もある。私が歩哨に立ったときに見た三十五門の野砲にちがいないだろう。

昭和十九年六月二十五日の野砲の集中攻撃により、船橋喜一・草地正・米川静一等兵が戦死した。二十七日には、木村宗一・岩崎秀寿一等兵が戦死した。また当日、敵歩兵部隊の襲撃をうけて、片桐喜吉上等兵、菅谷義雄軍曹、檜山優一等兵、益子正己上等兵、野口高吉上等兵が戦死をとげた。二十八日以後には、鯉沼泉・山田由三一等兵も戦死していた（以上は第一中隊だけの戦死者）。

ランゴール付近に進出した部隊はクデクノーに後退し、そこで陣地の守りについた。

一方、六月二十五日、コヒマーインパール道は英印軍に打通され、各師団は戦爆航空機、野砲、戦車の支援をうけた敵の攻撃によって、壊滅的な打撃をうけた。

各戦線ともに食うに糧秣なく、戦うに弾薬の補給なく、傷病兵に医薬品なしというありさまだった。玉砕という名で戦死傷者を陣地に放置して、後衛の戦闘をくり返していた。

この状況を無視し、狂気のごとき突撃前進命令のみを下す第十五軍司令官牟田口中将にたいし、第三十一師団長、第十五師団長、第三十三師団長は激怒し、あるいは不信の念をいだいた。

わが温井連隊においては、前述したように各隊の陣地は砲爆撃により甚大な損害をうけ、さらに交通遮断砲撃をあびていた。温井大佐は長期にわたり同地にとどまることは自滅をまねくだけと考えて、六月二十八日、私が中隊をはなれて十日目に、クデクノーに転進し兵力を集結した。

かくして、パレル攻略は挫折した。パレルには飛行場、兵器廠、弾薬庫、燃料庫、兵舎などがあったので、ことに敵戦爆機の独壇場であった。それでも、将兵はくやし涙を流しながらもがんばったのである。

温井大佐は主力によるパレル攻撃を断念し、挺進斬り込み隊を編成して奇襲攻撃をおこなった。

第一陣として、井上挺進隊（井上佐三大尉以下十三名）が七月一日、クデクノーを出発した。残る隊員とのわかれの言葉をかわし、山を越え谷川を渡り、水中を匍匐前進しつつ敵の厳戒を突破した。

彼らは飛行場の一角に潜入し、破甲爆雷、手榴弾による一人一機必殺を念じ、交互に跳躍突進してみごと奇襲に成功した。その活躍はふせて待つ兵をして、映画を見ている幻想にひたったと述懐させた。

わが一中隊からは川村昇上等兵、磯原和夫兵長ら三名が参加した。戦闘機、偵察機十三機を破壊炎上させた井上挺進隊は、七月四日、全員ぶじに帰還した。

第二陣として、山田挺進隊（山田芳枝准尉以下九名）が第一中隊より編成された。中隊員は最後のはなむけに、なけなしの米で握り飯をつくって励ました。

第一陣の斬り込み隊の進出により警戒は厳重をきわめ、敵の分哨、巡察隊なども増加されたため、山田隊は悪条件の地形をえらんで前進しなければならなかった。

敵の追尾をふりきり、山中に潜伏したり、あるいは水中に体を没して、敵の警戒の目をのがれた。

敵分哨に遭遇したさい、准尉は抜刀し、兵は着剣して急襲、これを全滅させて発砲の余地すらあたえなかった。

た。燃料庫の火災は遠くクデクノーにある部隊からも眺められ、戦友のはなむけの握り飯にこたえ、感状を授与される殊勲をあげた。

山田隊は九日の夕刻、兵舎、兵器庫、燃料庫を爆破炎上させ、十日後、全員ぶじに帰隊し

山田芳枝准尉は連隊戦誌に、つぎのように記した。

昭和十九年七月七日。

第一中隊山田准尉は、敵飛行場施設爆破の命をうけ、海老原軍曹以下八名の兵をもって、日没と同時にクデクノーを出発、途中、敵の小部隊と遭遇し、これを奇襲攻撃、排除しつつ前進したが、敵はさきの井上挺進隊奇襲のあった直後のため、その警戒厳重にして、日中の行動はきわめて困難であるので夜間行動を主とし、日中は草の中あるいは小流窪地を利用前進中、九日には住民一人に出会い、これに逃げられ、その後敵の航空射撃をうけ、また地上警戒も厳重となる。

しかし夜に入り、薄ぐもりの月明かりを利し潜入。まず兵舎、兵器庫、燃料庫と爆破し、帰途、電話線などを切断、十日夜、全員ぶじ帰還した。使用兵器、軽破壊筒・手榴弾。

中隊員からは、軍神山田准尉とあがめられ、絶対の信頼があった。第一中隊の体面と尊厳を維持できたのは、山田准尉を柱とし、広瀬少尉とともに保ったといっても過言ではなかろう。

塹壕はわが墓穴

パレル東北方高地の味方のようすなどつゆ知らずに、七月五日ごろ、私は中隊に復帰しようとテグノパール付近にさしかかった。一日もはやく孤独から開放されたい、生きるも死ぬも中隊員とともにと、ひたすら急いだ。

いまふり返れば不思議な心境であった。おなじ友軍同士でも、他の部隊の兵では安心できない心理状態になっていた。これを現代の人にはどう説明したらよいのだろうか。

テグノパール付近を退がってくる兵隊は、軍人でもなく青年でもなかった。軍衣袴はやぶれて泥にまみれ、軍靴は形がくずれ、飯盒ひとつを腰にさげて杖をついている。髪はのび放題で目は落ちくぼみ、肌は人間の色ではなかった。

あるとき、路傍にたたずむ兵隊に手をかけると、そのままくずれ落ち、すでに息絶えていたのであった。部隊から一人はなれたこの兵隊は、数日後には白骨となって名前も分からなくなるだろう。

山すそに鞍傷を負って放たれた軍馬が一頭、道ばたの草を食べていた。敵機に発見されずに回復させたいものだと、しばらく見ていると、馬のそばを病気の老人のような兵隊が三人、背嚢も銃も持たず帯剣一本、水筒あるいは飯盒だけをぶらさげてよろよろと歩いてきた。モーレの野戦病院までたどりつけるだろうかと心配になった。

突然、その中の一人が、「うおう」と獣のような声を出して、馬をめがけて駆け出した。つづいて、二人も一団となって馬に体当たりするように、剣をぬき最後の力をふりしぼって襲いかかった。恐ろしい形相だった。

日本のため、軍隊とともに戦ってきたあの馬は、最後にみずからの肉体まで捧げて御奉公するのかと、不憫に思い涙で見つめた。兵馬ともに哀れな光景にいたたまれず、私は先を急いだ。

テグノパール付近の谷の横穴に、中隊の連絡係下士官がいた。谷の前後に敵砲弾が炸裂し、だれかが谷で被弾したという声が聞こえてきた。下士官の話によれば、中隊の一部がクデクノー途中の高地にいることがわかり、その夜のうちに私は出発した。

一軒屋高地下をすぎれば、敵砲弾落下のはげしい暴露峠である。三度の峠越えもぶじにくぐりぬけ、五日の夜半、陣地確保中の中隊の一部に追及した。

レータン西方高地のわが中隊陣地は、クデクノーへの道と敵の北方からの進路の交差点で、友軍に残された唯一の退路となった暴露峠に通ずる要衝であった。温井部隊はクデクノーにあり、死守の命令もうなずける。

当時、われわれを悩ましたのは、英印軍ばかりではなかった。雨期の雨は炊事用の薪をぬらし、簡単にはマッチでは火がつかず、黒色火薬や棒火薬を手に入れて、ようやく火を起こした。

身体のよごれと湿気と暑さで皮膚病が発生し、皮膚の吹き出物のうえに一の字の線が浮き出て、そんなところから、だれいうとなく、一文字皮膚病と名がついた。

また、きわめて小さな虫が頭髪の中へ入りこんで刺した。一人前の兵隊が荒れ狂うほどにつらかったので、これを気ちがい虫と呼んだ。

さらにマラリアは四十度からの高熱をだし、草食の胃腸は衰弱し、やがて血便から粘液便となり、赤痢が蔓延した。食糧の欠乏は、死相の顔をおびただしくつくり上げるばかりだった。

このような窮状にたえ、一時も手をやすめず、中隊員は付近の警戒と陣地の補強に専念した。高地下の歩哨の位置にもいくつかの壕を掘り、高地上には立ったままでも隠れるほどの交通壕をめぐらした。

ある日、北方の道路上を警戒していた歩哨から報告がはいり、英印軍一個小隊五十名の進出を早期に発見した。ねらいさだめて待つわれわれ七名は、悲壮な覚悟でこれを迎えた。敵は二列で道路上をこちらに近づいてくる。インド兵の黒い顔が大きくなる。われわれは軽機の発射を合図に、いっせいに射撃を開始し、敵に発砲の余地をあたえぬほど銃弾をあびせて、数人を倒した。

いったん退却した敵は、態勢をととのえるとすぐさま反撃してきた。はげしい撃ち合いの中で、戦死傷者を収容した敵は、ついに後退し、来た道をもどっていった。わずか七名で撃退したわれわれは、自信と誇りを感じ、意を強くしたことはたしかだった。

そのころ、めずらしく届いた牛肉一つかみと籾《もみ》二升に、われわれは歓喜した。籾はさっそく竹筒で白米にした。だが、山岳住民からあつめた籾は、白米にすると悲しいほど少なくなった。

一個小隊の敵を撃退した翌日の昼ごろ、歩哨が、「敵だ」と叫んだ。

高地から歩哨の位置の山すそにかけ下りてみると、後方からやってくる一隊が見える。たしかに日本軍ではない。しかし、英印軍とも異なるところがある。

「少し待ってみろ」

近づいてみると、友軍のインド国民軍だった。彼ら三十名は中隊陣地下でしばらく休憩し、これから昨日敵が出撃した北方へ偵察に出ると言った。

しだいに気心が通じるようになると、彼らは口々に食糧の悪いことをこぼしはじめた。日本軍は白い米を食べ、われわれには籾しかあたえないと不平をいう。籾だって支給があればよいのだが、日本兵にも籾は思うように手に入らない、とは言いたくなかった。

「日本兵は、竹筒や鉄兜でついている。君たちもこうやってついて食べろ」と、手話をまじえて説明した。

休憩中に彼らの排泄した便を見ると、消化されない籾のままなのに驚いた。

「何だこれは、籾のまま出てら、よく食べられたもんだ」

「喉が痛くないのかな」と感心した。

われわれの陣地をあとにして英印軍の偵察に出ていくインド国民軍を見送り、このまま彼らはもどらないのではと不安になった。はたせるかな、彼らはふたたびここを通らず、一個小隊のインド国民軍は英印軍に投降したと、後日、われわれは聞いた。

私は、言語も人種も同一の英印軍が目前にあることを考えて、インド国民軍の兵士たちにはこちらのようすと兵力を秘匿して、歩哨線で彼らを送りだし、わが陣地を気づかれぬようにした。その後の状況からすると、私の予感は的中したようだった。

陣地を確保している隊員の中にも、極度の栄養失調にともない、マラリア、下痢、脚気におかされ、動けなくなる者が出た。彼らは壕の中でうずくまり、苦しんだ。険悪な状況の中で、重要な高地を守る兵士七名は、そのうち三名は動けず、四名で守ることになってしまった。

患者を後方へ退げることができないのだ。後方から傷病兵を迎えにくるなどは、夢の中の話だった。ここでは入った壕をわが墓穴とするほかに、なんの方法もない。この壕が自分の墓と考えると、無性に目の前の土がいとおしくなり、私は壕内の土を手でなでた。

やがて、口をきく力もなくなった戦友にしてやれることといえば、水を少しずつ流しこんでやることだけだった。闇夜に降る雨の音を聞きながら、壕内で銃を抱きしめまどろんでいると、突然、ズダーンという爆発音がひびいた。不覚をとった、敵襲かと銃をかまえたが、それはあわれにも苦しみを断つための手榴弾自決だった。

死人のような動けない身体で、深い塹壕からどうやってはい上がれたのだろう。二十メートルも木立の間をはった跡が、どろどろの土の上に残っていた。

故郷の家族につたえてほしいこともあったろう。戦友にも一言お別れもいいたかったろうに、一人で先に逝くその悲痛な気持はいかなるものか。戦友隊員を負傷させまいと、全精神力で何時間かをついやして壕をはなれ、みずからの生命を断ったのである。

自決は一人では終わらなかった。亡くなった戦友を埋葬しながら、

「楽になって、よかったなあ」

「死んだほうが、よっぽど極楽だろう」

亡き戦友に語りかけ、生きる苦しみに涙した。

クデクノーにたいする敵の反撃は増大し、ついに温井部隊はチャモールに撤退し、ここレータン西方高地が第一線となった。後方からの連絡もなく孤立し、七月二十四日の英印軍の総攻撃まで死守をつづけ、後衛尖兵の任務をまっとうしたのである。

第五章　敗走無常

銃身も焼けつくほどに

太平洋戦争全般の戦況は、刻々と悪化の一途をたどり、六月末、マリアナ沖海戦で連合艦隊は大敗を喫し、ニューギニア方面ではビアク島の守備隊が玉砕し、つづいてサイパン島守備隊が七月七日、全滅した。東條内閣はこれにより総辞職となり、そして小磯内閣が成立した。

インパール作戦は七月五日に中止ときまり、総退却となっていた。われわれ第一線の者は大局の戦況などなにひとつとして知ることもなく、みずからの肉体をもって防戦につとめていたのである。

歩兵の第一線は悲壮だ。軍の前に師団があり、師団の前線に連隊が、連隊の前に出る大隊、そしてそのまた前面にわれわれがいた。少数の戦友とともに、戦いにやぶれ夢も希望もすてて、かろうじて高地を確保死守しているのだ。固守の命令を忠実に実行し、戦闘をつづけている。ただ一日の生命、一時の命をたもつために、草を食べ水を飲んで、飢えをしのいでいたのだ。

七月に入り、犠牲は日をおって激増していった。六月三十日までの調べによれば、第三十三師団の損耗は戦死傷者約七千名、戦病者約五千名に達し、総人員の七十パーセントにのぼった。第一線歩兵部隊のみとすれば、九十パーセントを越えたであろう。

六月下旬前後に、わが部隊から独歩患者として後送された傷病兵は、名ばかりの野戦病院で、道路ばたで、そして渡河のさい渦巻く濁流に流されて、全員が死亡した。

パレル東北方高地で被弾、負傷し後送になった坪井光一伍長が退院し、後日、イラワジ会戦でともに奮闘しつつ、いっしょに日本に帰還できたのはきわめて数少ない例であった。

温井部隊（混成部隊）がクデクノーから撤退するさい、中谷山陣地にいた私たちは中隊に合流し、部隊の後衛となり四度目の暴露峠を通過した。

二十日にいたり、兵団（山本）をはじめ師団の撤退は急を要した。連隊の撤退にさいし、中隊長代理の広瀬義久少尉、そして、ただ一人の小隊長である山田芳枝准尉以下二十数名が、パレル支隊の後衛中隊となり、レータン西方高地とテグノパール付近の高地死守を命じられた。そしてパレル・タム本道正面により防戦することになった。

このとき第三大隊の陣地を突破した英印軍の追撃は急で、連隊本部は頭上の高地を急襲され、かろうじて脱出に成功し、陣地構築中のわれわれの後方へ撤退したため、わが中隊が英印軍と対峙した。

そのころ、われわれは山麓の谷間で、友軍のおきざりにした小銃弾二箱を見つけ、狂喜した。弾入れに二百四十発をつめこみ、背囊に三百、物入れに五、六十発を入れ、各個壕の前に紙箱を切って弾込めが敏速にできるように並べた。

兵器手入れのスピンドル油もなかったが、食用油一缶（五升）を見つけ、後ろ弾入れの器に充塡して軽機、擲弾筒、小銃の手入れをすばやく終わり、軍靴にも保革油がわりにしばらくぶりで油を染みこませた。最前線には食糧もないのに食用油とは、情勢に不似合いの品物だった。いずれにしても、連隊本部か司令部連中の持ち物なのだろう。

連隊本部が襲撃された直後、中隊からも連絡係下士官が本部にいっていたが、わが陣地下の本道を当番兵と二人でいちもくさんに退却してきた。

山田准尉が呼び止めたが止まりそうもないので、われわれも遠ざかる後ろ姿に、

「曹長殿、曹長殿ーっ」と大声で叫んだが、ふり返ることもなく走りさった。やがて准尉は静かな声で、

「もういいから」と隊員たちをとめた。

曹長のように走りさって行くのも、わが身をまもり、命ながらえる一つの方法かもしれないが、残って陣地に散る覚悟のわれわれは、兵の長たる曹長の行動を情けなくあわれに思った。

さきに連隊本部位置の横穴に起居し、当番兵のもっている乾パンを食べてしまうとその兵を中隊に帰し、あらたに乾パンめあてに当番兵を交代させた、との風評がたった下士官だった。恥を知ったのか、中隊へふたたびもどることなく、他中隊へ配属となったのは幸いであ

ったろう。

中隊員二十名は、本道を一望する小高い山すその岩盤に、不眠不休で壕を掘りつづけた。器具も不足で、円匙と十字鍬を交換しながら、やっと腰までの深さになったころ、すでに朝を迎えていた。

やがて山間にこだまするエンジンの音がちかづいてきた。いよいよ戦車かとわれわれは緊張し、赤く充血した目は異様なほどに光った。ここには手榴弾があるだけで、火炎ビンもない。手榴弾を持って飛び下りるには、あまりにも高い絶壁であった。

敵のエンジン音は五、六百メートル前方の山の後ろでとまった。われわれは身を隠し、息をころして待った。すると前方の山すその道路を敵は尖兵もださず、いきなり五十名の小隊が二列になって向かって来た。さらに百メートルの間隔をおき、五十名が同じく二列になって進んでくる。

斥候も尖兵もださないという、あまりにもわれわれをバカにした隊形に、しめたっ、と思ったのは自分だけではなかった。山田准尉は落ちついた声で、

「引きつけろ、分隊長の合図で射撃だぞ」

と命令した。後続の五十名が百メートルの射程に入るまでがまんした。さきに前進した五十名は、われわれの高地真下にちかづいた。

ついに、一発の合図と同時に、われわれは満を持した射撃を開始した。撃って撃って撃ちまくるが、右往左往する敵の目標がありすぎる。小銃の五発ごとの弾込めがもどかしく感じ

るほどだ。ダダダダン、と軽機もけたたましく唸り声をあげている。

ふと気づくと熱い。なんだか小銃を持つ左の手が焼けるようだ。算を乱してあわて逃げまどう敵を尻目に、槓桿が動かない。上から油をかけて、軍靴で蹴り動かし、銃口から油を流しこんだ。

「油をさせっ、銃がだめになるぞっ」

手入れをしながら私は怒鳴った。木被と銃身の間から、ジュジュッと泡が小さく吹きだしている。銃身は焼けつくほど熱かった。連続四十発くらいを撃つと油をそそぎ、ふたたび撃ちつづけた。

友軍が砲弾を避けるため入っていた千五百ミリ排水管に、こんどは英印軍が逃げ場をなくして入った。道路の側溝にとびこんだ敵は、長い列ではいだした。山によじのぼる者、いま来た道を走る者など、敵は銃をかまえることすらできないほどあわてていた。

「いまだ、いまのうち」

上からまる見えだ。

「バカ野郎っ、そのざまあ」

私は心の中でつぶやきながら、このときを逃してなるものかと確実にねらい撃った。バタリ、バタリと敵兵は倒れ、あるいはうずくまる。負傷兵を救うために出てくる英兵をさらに撃つ。排水管の口がこちら向きなので。管口を狙撃して、反対側から飛び出すのを、また撃った。

「戦友隊員の仇討ちだ、いままでの、いままでの……。思い知ったかっ」

味方有利のおもわぬ状勢に、うれし涙が出そうだ。山を登る敵を狙い撃つ。下に着弾すると上に逃げ、上に弾着すると下にとび下りる。どいつもこいつも背中まる出しで、演習の標的のように命中した。

敵にかなりの損害をあたえ、隊員の士気は上がった。各自二百発から三百発は撃ったはずである。われわれの不意討ちに、敵の反撃は一発もなく終わった。いや一発も撃たせないほど、わが方の射撃ははげしく正確に命中した。

われわれの陣地の頂上と、前面の敵の出てきた山の頂上は連山である。油断なく高地を警戒していると、ガスがたちこめる切れ目から、三名の敵影が動くのを発見した。再攻撃があるものと思ったが、迫撃砲の射撃もなく、そのまま夕刻を迎えた。

おそらく多数の損害をだした敵は、その死傷者の収容のために精いっぱいだったのだろう。

弓兵団の意地を

頭上の高地を敵手にゆだねれば、頂上からわれわれは包囲され、本道下の千尋《ちひろ》の谷へ追い落とされてしまう。後衛の任務どころか、一中隊は壊滅となる。撤退の命令がない以上、陣地を確保しなければならない。

道路ぞいの陣地から山頂の防御に移動するため、われわれは現在の陣地を放棄し、迂回して頂上高地を確保した。古い各個壕がいくつかある。充分とはいえなかったが、それぞれ配備についた。そしてさらに陣内壕を掘りすすめた。

昼をすぎたころ、敵方の山からポンポンと迫撃砲の軽い発射音が聞こえた。来たか、と弾道に注意していると、頭上にシュルシュッと風をきる音がして、私は、後ろの低地にとんだ。同時に、ダダーン、ビビュッと爆風と破片のとぶ音と熱風が体の上をわたり、硝煙の臭いが鼻をついた。見ると草と土が黒く焦げた真ん中に、大沢丈夫一等兵が倒れている。

「どうした！」

私は一気にかけよった。そばにいくと大沢の右足と左手がない。ほかにも負傷者が出たようで、武笠衛生兵長がかけまわっている。

「大沢、しっかりしろよ、痛むか」

「だるい……」

一言いっただけである。

大腿部付け根から足が吹っとび、大小二本に割れた白い骨が、ビクッビクッと動くたびに、おびただしい血が流れて来た。左手がなく、肩からの鮮血が赤く軍服を染める。これでは、ただ死を待つばかりである。

迫撃砲弾は頭上をとび、ちかくに落下、炸裂した。私が抱えたところへ衛生兵がきたが、みるみるうちに大沢の唇から血の気がひき、青白い顔になった。残った右手の脈をとると武笠衛生兵長が、

「終わりだっ」

と手をはなし、べつの負傷兵の方へかけよった。

敵の歩兵が陣地に接近しているので、だれも壕から離れられない。私一人で大沢の残った左足をつかみ、草の上を十メートルあまり引きずり下ろした。

せめて遺骨だけはと思い、帯剣をぬいて一本しかない右手を斬りとると、三角巾でつつんだ。遺体を林の中に引き入れて、落ち葉を上にかけると、負傷でさがる酒井一男に遺骨を依頼し、自分の壕に走りこんだ。

迫撃砲は中迫で、それが前後にダダーンと爆発した。砲撃のなかばに敵兵の姿が動きだし、やがて炸裂がやんだときには、すでに陣地真下に進出していた。

「撃てえ！」

われわれはここぞとばかり、軽機、小銃のいっせい射撃をおこなう。こんどは敵も下から応戦してきた。私は手榴弾をつづけざまに四、五発投げおろした。両軍の発射音がはげしくなったが、敵の前進は止まったようだ。敵兵が倒れ動かない。その向こうにいるやつを確実にねらい撃つ。しだいに敵は浮き足だって、茂みに逃げこんだ。

英印軍は高原に散りはじめた。小さな木の陰に隠れふしたのを、一発また一発と狙撃していく。一人でも多く倒してやろうと、かけだす敵兵めがけ射撃する。後方からの海老原分隊の擲弾筒の射撃は、半数が不発だったが、敵中で爆発して威力を発揮した。

やがて生き残りの敵は高原の斜面をかけおり、樹林地帯に消えた。英印軍は死体収容と負傷者救援のためか、時を待たず新手の部隊を出してきた。遠く姿を見せ、各個躍進しつつ周到に前進を開始した。兵力は二百をくだるまい。またもや迫撃砲弾がさきほどよりはげしくなり、敵歩兵は沈黙しているわが陣地の真正面に攻撃接近してきた。

夕暮れを待つわれわれには非情にも高山は明るく、日没までは、まだ長い時間があった。

「急ぐな、引きつけろ」

山田准尉のかわいた声が陣地内にこだまする。草原の敵は何波にもわかれて散開し、兵力がつぎつぎと増加した。迫撃砲弾は前後左右に炸裂したが、直撃弾はなく、壕内で破片をさけ、ひたすらじっと耐えしのんだ。

敵の行動を望見すると、後続の兵が死傷者を収容してひき返していく。必殺の銃弾をあびせるために、あえて射撃をひかえて待った。わずか十数名で、二個中隊もの敵と対峙しているなどとは考えなかった。

「撃てえ！」

号令一下、軽機、小銃で確実にねらい撃つ。こんどは敵も執拗に攻撃接近してきた。とびかう銃弾は、壕近くに、ブスブス、バシッ、シュッシュッと身辺をかすめていく。敵は真下にせまり、私はたてつづけに手榴弾をなげおろした。ズダーンと敵の真ん中に炸裂したが、敵もひるむことなく手榴弾を投げかえしてきて、わが陣内で炸裂した。

激戦数刻ののち、数にものをいわせて突入してきた敵も、われわれの頑強な抵抗にあい、さらに多くの死体を残して姿を消した。この戦闘で磯原和夫兵長が手榴弾をうけ、風見平八上等兵が敵弾により戦死した。

アラカンの中央陣地から見ると、西方の連山は沈む太陽を背に黒々と空に浮かんでいた。ようやくほっと一息つき、カラカラにかわいた咽喉に水を流しこむ。

「明日は、このままではすむまい」

「爆撃か砲撃か、いよいよ命はおしまいか」

小声で戦友とささやいた。

ドロドロ、ドドドーンと遠く北東に聞こえる砲撃の音が、暗い夜空に鳴りわたる。明日の戦いにそなえ、みんな銃器の手入れを無意識のうちにはじめていた。

「兵団司令部や連隊は、どこまで退がったろうか」

「祭師団はチンドウィンまで行ったろうか」

隊員たちは、友軍の撤退がはやく完了することを願った。遅れれば後衛のわれわれは、玉砕するまで防戦しなければならないのである。つまるところ、明日一日の生命だとあきらめた。

「陣地が墓場だと思えばなあ」

「遅かれはやかれ一度は死ぬ、二回死にたくても死なねえから、安心しろっ」

「あばれるだけ、あばれっか」

淡々とした口ぶりで中隊員たちは語りあい、そして歩哨交代の時間がくるまで、みな一時まどろんだ。

昨日は百名の敵と交戦し、全滅させるほどやっつけた。今日は二回にわたり、五百名の敵を撃退し、多数の損害をあたえてやった。パレル付近で多くの犠牲をだした中隊の何倍もの敵を倒すことができて、戦友の仇討ちは成功した。私はここでの戦闘をしばしふり返ってみていた。

ふと、昨日の戦闘以来、これといった食物をとっていないことに気づいた。水筒の水だけを用意し、最後のカビのはえた乾パンを口にした。

やがて東の空がしだいに明るさを増し、敵の出てくる時間がしだいに近づいてくる。雨期のため濃いガスがあたりの山々をつつみ、敵機の爆撃もいまだにない。あれほど熾烈をきわめた砲撃はどうしたのだろうか。ここの戦闘では必要としないためか、不気味な静けさがつづいている。ガスの中から戦車があらわれるのか、敵の迂回攻撃がはじまるのか、われわれの頂上陣地は舗装された本道と支道にかこまれていた。

山田准尉から、一段低い瘤地に二名増員するよう命令をうけ、私はその一員となり、中隊長代理広瀬少尉の陣地壕に入った。

山田准尉以下の十名は前日とおなじ陣地にあったが、すでに弾薬は一戦分を下まわっていた。一人が五、六百発ぐらいをもって山頂に登ったのだが、二度の四時間にわたる激戦でその多くを消耗してしまったのだ。

海老原擲弾筒分隊はわれわれの後方の瘤地下に四名で布陣し、V字路を確保しつつ警戒と援護射撃の任にあたった。

広瀬少尉の山頂陣地は五名になり、私は敵に面した斜面の古い壕に頂上からおりて入った。敵を迎え撃つためにはもってこいだが、下から撃ちあげられ、突入されたら、絶対に退がることのできない場所である。

だからといって、頂上付近に掘りあらためる時間はすでにないのだ。砲撃をうければ、まっさきに、「さよなら」と覚悟をきめた。

陣地下周辺を警戒中、敵は迫撃砲を撃ちはじめた。二度の攻撃をしりぞけられて、われわれを手強いとみたのか、長い間、砲撃はつづけられた。

ついに山田小隊陣地の攻防戦がはじまり、銃声がはげしく入り乱れて、静かな山頂は銃弾が空気をひきさく音につつみこまれた。小隊とわれわれの陣地中間の山麓の死角から、支道を進んできた敵の一隊五十名があらわれ、真下から登りはじめた。頭上の壕の隊員も見て承知だろうと思いながら、いったん身を壕内に沈め、ゆっくりと小銃をだして射撃姿勢になった。

敵の一隊はふせて停止していた。その中央で一人の指揮官が光るサーベルを手にして、私のいる高地と山田小隊陣地を見上げて立っている。距離わずかに、五十メートルぐらいである。

「しめたっ、一発で」

と、すぐさま一発撃ったが倒れない。

「しまった。銃身が磨滅して性能が落ちたのか、それともおれがあわてたのか。将校がふせないうちにはやく、落ちつけ、落ちつけ」と、みずからを叱咤した。

敵の将校は剛勇なのか、みじろぎ一つしないで立ったままだ。私の位置も感づかれたかもしれない。ちかすぎるので槓桿を静かにもどし、薬莢を指でとりだすと、薬室に一発入る小銃弾を確認し、槓桿を押した。

大きくひと呼吸おいて、ねらいをさだめて一発、こんどは手ごたえを感じ凝視した。将校は立った姿勢からじょじょに足を折り、崩折れるように倒れてしまった。

ふせていた敵兵が急に叫びだし、倒れた将校のそばに這いよった。私はすかさず手榴弾の安全栓をぬき、壕の中で靴底に撃ちつけてつづけざまに二発、密集した真ん中めがけて投げおろした。

「ズダッ、ダーン」

二発の轟音があたりを震撼させ、炸裂した場所の草が黒ずんでいる。倒れた兵士のまわりでは、呻き声と泣き声が起こり、ざわめきとなって聞こえてきた。私は敵兵のあまりの大騒ぎにおどろいた。激戦のさなか、日本兵が泣き声を出したのを、私は目にしたことがなかったので、なおさらびっくりした。

前面の敵の進行を阻止しようと射撃をつづけていると、ふと気がついた。いつの間にやんだのか、山田小隊の陣地の銃声がとだえたのか、静かすぎる。友軍の銃声も聞こえないのだ。

壕内から、山頂の広瀬少尉を呼んだが、応答がない。下からは態勢をととのえた敵が、なにか祈りの言葉をあげながら這いあがってきた。私の背中を冷たいものが走りぬけた。

そのとき、小隊陣地の頂上で、タラララッと自動小銃の発射音がした。敵の銃声にふり返って高地を見上げると、ガスの切れ間から、短い自動小銃をかまえた敵兵三名が、こちらを見おろしている。距離はわずか八十メートルしかない。下からの敵はすでに三十メートルにちかづいて、上の敵が走りおりれば絶体絶命だ。

ちょうど山間をぬって、ガスがつぎからつぎへと吹きつけている。陣地付近にガスがかかるのを待って、私は壕から一気に跳躍し、かけ上がっていった。山頂の壕には少尉以下四名の姿はなく、自分の背嚢ひとつがぽつんと私を待っていてくれた。私の心中は怒りで逆上した。

「いくら何でも、あんまりだ。声もかけずに置き去りにするとは。死んでたまるか、文句を一言ぶっつけるまでは」

追撃されたら刺しちがえてやろうと着剣し、背嚢を横に寝て背負い、銃を握りしめ、急坂を一気にかけだした。

ガスが切れて発見されたのか、背後から、ピュー、ヒュッヒュッと銃弾が身体の左側をかすめた。一瞬、頭にさまざまな思いがひらめく、

「一人では死にたくない。これでは犬死にだっ。死んでたまるかっ。おれは一人でやってきたんだぞっ！」

ふもとの海老原擲弾筒分隊が、私一人がかけおりる姿をみて、声ひとつかけず何事かと立ちつくしている。事態は急をようするので大声で叫んだ。

「中隊はおれ一人だけだ。はやく退がれっ、高地は占領されたぞおっ！」

「そうか、わかった。熊谷さーん、撤退だあっ！」

熊谷上等兵は、頂上支道正面に歩哨で立っていた。海老原軍曹が、

「井坂、さきに走れ！」

と言ってくれた。

「おれはいい。みんなはやく！」

残っていた四名と合流し、ひと安心した私はクソ度胸をだした。

地形を利して二、三十メートルおきに四人がかけだし、百メートル前方の山かげを左にお
れる。敵はかけだすたびに撃ってきた。頂上支道からまわられたら万事休すだったが、さい
わいに敵の追撃はなかった。われわれがやっつけていた死傷者の戦場整理に、英印軍が手間
どったのだろうか。最後まで残った私が駆け出し、左に山すそをまわると、海老原分隊が待
っていた。

海老原分隊といっしょに高地をおりると、先の方に山田隊長以下の中隊員が、下り坂の路
上でこちらを向いた。それをみて、私はがまんできずに怒鳴った。

「兵隊一人をおいて退がるとは何だっ！」

山田准尉が事情をさっし、坂道を速足《はやあし》でちかづいてきた。

「臆病野郎は、おれが撃ち殺してやる！」

いままで信頼していた中隊なのに、こんなことはこれまでなかったのにと、悔し涙が出そ

うになった。山田准尉が私の耳もとで、

「井坂、がまんしてくれ、がまんしてな。よかった、よかった……」

と話しかけられ説明をうけ、しかたがない、負け戦さのせいなんだとみずからを慰めた。

山田小隊は、弾薬を撃ちつくしたあとは撤退する、と事前に中隊長代理に連絡し、森のなかを撤退し、道路におりる手はずだったという。

後退しつつしばらくゆくと、左の掌がへんな感じだ、みると細くひとすじの血がにじんでいる。左耳からも血が流れ出ていた。山頂からかけおりるとき、背後から自動小銃で撃たれたさいに弾がかすめたのだろう。

中隊は一列になって歩きだしたが、だれもが黙りこんでいた。前をゆく海老原分隊の塚原英治一等兵の巻脚絆に、小さい丸いものがくっついている。高地からの脱出時に一人ずつ走ったときのだろう。

「なんだ、塚原。お前の左足の後ろを見ろ。デコ弾（自動小銃弾）が食いこんでるぞ」

でかい体でふり返ると、ようやく気づいて、

「痛ててて……」

「自分でとるな、衛生兵にとってもらえ」

前後の者が、心配そうにかけよったが、軽傷に安心したのか小声で笑っていた。

精神も、肉体も、ともに最悪の状態のなかで、山本支隊の後衛として敵の猛追を阻止し、テグノパールにおいて七月二十四日から二十六日の三日間、十九名の中隊兵力で防戦し、部

隊の撤退を容易にすることができたのが不思議に思えてならなかった。

兵隊は山田准尉を信頼し、強固に団結した。だれもが心の中で、弓部隊二百十三連隊の体面と意地を見せてやろうとがんばった。

それにしても敵機の爆撃、砲撃、戦車の進出がなかったのは天運というほかはない。砲撃は日本軍主力の撤退する本道と、シボン鉄橋付近を目標として落下、炸裂していた。

坂道をおりるわれわれは、いつ発砲をうけても即応できるように、一列になってパレル・タム本道上に静かにでた。そこに見たものは、裸にされた日本兵の死体だった。敵の襲撃は高地下でもすでに展開されていたのである。

英印軍は日本軍の戦死者を裸にする。ここでもそれをやっている。かわいそうにと思ったが、どこに陣地をかまえて狙っているか分からない敵にそなえ、われわれは歩をはやめた。

わが軍の各種梱包が、道路右側に列になって置き去りにされ、後方部隊の混乱ぶりが想像できた。火炎放射器、赤十字章入り木箱、皮の器物、それらを一瞥し、四囲に注意しつつ警戒してすすんだ。

私は歩きながら、ふと考えた。連隊にこんな物があるはずがない。これらは師団のか、それとも兵団か。薬品がほしいと思ったが、日本軍のことだ、空の器物も兵器だと持ち歩いていたのかもしれない。しかし、手をふれてみる余裕などわれわれにはなかった。

各種の梱包物の捨ててあるところを通過しようとした時、後方に人の気配を感じ、われわれは銃を向け、引き鉄に指をかけたまま身がまえた。道路に敵影はなかったのに……。

「道路を来たのではない。おそらく谷からだな……」

私は直感した。やがて、五人の兵士が谷の絶壁から這い上がってきた。

「何だっ、友軍だっ」

「どうしたっ」と声をかけると、

「中隊だっ、中隊だーっ」

とかけてきた。ここまでは敵中であるはずだ。

「よく来られたなあ」

歩きながら話がはずんだ。

「中隊だとは思わなかった、崖をあがってみると友軍だったので、道路へ出ていった。ああ、中隊といっしょになれたなんて……」と嘆息した。

「どんなふうにしてここまで来たんだい」

「七月二十四日にレータン西方高地は占領されて、どこもみんな敵ばかりだった。それで深い谷までおりて、あとはずっと歩いて来たんだ」

勝沼軍曹以下、館野盛男上等兵ら四人は元気をとりもどしたようだった。

「道路上の敵を警戒し、崖下から見上げたら、友軍の姿だったので嬉しかったなあ」

「よくここまで、なんともなく来られたなあ。友軍はもういないんだ。われわれ中隊が最後なんだよ」

みんなは五名の隊員とのぶじ再会をよろこんだ。私が勝沼分隊長に、

「佐藤さんは、どうしたんだい……」とたずねると、

「それが巌さんは動けなくなったので、みんなで担いで逃げたんだ。だがやがて虫の息になってしまい、道路はどこも敵ばかりで、深い谷へおりるにも、担いではおりられず、敵に殺されないように崖に置いてきたんだ」

勝沼分隊長は、しだいに涙声になった。

「しかたがないよ」

私は分隊長をなぐさめたが、敵にも友軍にも見つからないところで、一人死んでいく佐藤伍長が哀れでならなかった。はかない一生だと、なんとも言いようもないせつない気持になった。

敗兵の末路哀れ

第一線の歩兵は捨て石と同じだった。死守・固守せよの命令はうけても、撤退せよの命令を持ってくることはまずなかった。レータン西方高地も同様で、友軍の確保陣地さえおぼつかないありさまだった。片道の命令は、お前たちはそこで死ねということであった。

撤退する道ばたには、動けない兵隊が置き去りにされていた。顔にあつまる蠅を追うこともできず、やせた手足は関節ばかりがめだち、雨期の雨にぬれて寒いのか、それともマラリアのためなのか、小刻みにふるえていた。われわれをぼんやりと見送る兵隊たちは、みな丸

腰だった。

　隊員たちは、それぞれ声をかけて、連れて行こうとした。

「いっしょに行くんだ、この後から友軍はこないぞっ」

「戦友殿、手榴弾を一発ください」

　力ない声で言うが、友軍の自決に使わせるほどは持っていなかった。

「この後ろから敵がちかくまで来ているんだ、はやくしろ、立てよっ」

　兵隊たちは、みな同じことを言う。

「戦友が、迎えに来ますから」

「来るのは敵だ。退がるんだっ」

「立って歩けよ」

　彼らの姿をみていると、涙が出る。どうしてわれわれが三日間も敵をおさえているうちに退がらなかったのだろう。一人でも助かるものならと口々に促すのだが、一人として立ってくれる兵隊はいなかった。

　こんどばかりは生きて渡ることはないだろうと思ったシボン鉄橋にちかづくと、一発また一発と散発的な敵の砲弾が炸裂していた。

　鉄橋は山の地形によって死角をなし、なんの損傷もなくぶじだった。橋下の流れはアラカン山系の谷の水をあつめ、濁流は音をたて岩をも流さんばかりの勢いである。

　シボン鉄橋には部隊が集結中で、中隊以外の者にしばらくぶりで合流したが、その兵力はさびしいかぎりである。野戦重砲一門が牽引車とならんであり、鉄橋を爆破する準備中だった（後日、鉄橋爆破は成功しなかったと聞いた）。

退路の方向の山に、白いパラシュートが、緑の木々にぶら下がってみえる。英印軍は、われわれの退路を遮断したという。ただ一本の道路を敵に確保され、部隊の退く道はなくなった。この後どうなるかと考えるのも嫌になる。

これより傷病兵の患者部隊は山越えで南進し、健脚部隊は山中をさらに迂回して、モーレを確保するため急進することになった。第一中隊は広瀬義久少尉、山田芳枝准尉、そして私をふくむ三人の、計五名だけとなった。部隊の総兵力は五十名くらいにみえた。

山中を一列になって、チーク林のなかの背丈ほどの草を踏み分け、右へ左へと方向をかえる。どこを行軍しているのかまったく見当がつかない。

急進によって列の前後は長くなるばかりで、二人、三人とやがて遅れはじめた。健脚部隊とはいっても、なんとか歩ける兵士が選ばれたにすぎず、精神力というか、緊張したなかでの気力だけである。こうなれば歩けなくなったところが最後の場所と、懸命にがんばった。

やがてチークの根本に、一人の兵士が歩行困難になって座っていた。かたわらに同じ部隊の下士官がたっていた。私も立ちどまって心配気に様子をうかがう。

「元気を出せよ、もう少しのがまんだから」

下士官が文句を言った。いたわりの言葉ではない。

「歩けないのかっ！」

「……………」

「どうする、だめなら自爆しろっ」

「……………」

座ったままの兵隊は返事をしなかった。下士官は手榴弾を持ち、

「手榴弾をやるから、やれっ」

「……………」

兵隊はだまって目を閉じ、うつむいたままだった。

「できないのか！」

下士官は思いあまって銃をかまえた。部隊は遠く離れて、さきの山中へ入って行ってしまった。このままだと下士官はほんとうにやりかねない。あまりの見幕に見かねて、

「何をするんだ、そこまでやらなくても」

「このまま置いて行ったら、一人で苦しむばかりだ。かまわずに行ってくれ」

「そのままにしといてやれよ」

他隊のことなので、それ以上のことも言えず、二十メートルばかり離れたとき、「パーン」と鈍い音がした。ふり返り立ちどまっていると、下士官が追ってきた。ほんとうにやったのか、と心中、怒りをおぼえた。

「やってしまったのかっ」

「うん……」

「やるなと言ったのにっ！」

「しかたがないんだ……」

下士官も涙声になった。だれだったか兵隊の氏名も聞かなかったが、戦友に撃たれて死ぬとは情けなかったであろう。自分の中隊員であったら、下士官といえどもただではすまさないが、他隊ゆえに私はがまんした。

怒りと同時に、下士官にたいする説得の足りなさが私にもあったのではないかと後悔した。あの兵隊も患者部隊に入れば助かったろうに、健脚部隊に入ったことが彼の運命を決めてしまったのだ。

本道の南を迂回し山中を歩いた部隊は、やっとモーレに入った。そこは驚くべきことに、道路ばた、木の下、家の中から床下にいたるまで、友軍の死体が散乱していた。動いている兵隊はほとんどなく、死臭があたり一面にたちこめ、鼻をついた。激戦をへたわれわれ兵士でさえ、まさに目をおおうばかりの惨状であった。

ここで休憩となるが、腰をおろす場所がない。付近一帯には血便が散乱し、屍を見ながら立ったまま銃を杖にして休んだ。出発にさいしては、銃床に付着した便を草や木の葉でふきとってから担いだ。

日本軍将兵たちのいたましい姿はここだけにとどまらず、行く先ざきで動かない兵隊が腐った骸《むくろ》となり、あるいはなかば白骨化していた。敗戦にともなう敗兵の末路を見せつけられ、悪寒が背筋を走った。悲惨、無情、神も仏も、わが軍を見すてたのかと思った。

たどり着いたモーレには友軍の死体だけがあり、糧秣はなにひとつ準備されていなかった。ただ、敵が残していった純毛の毛布が、簡易倉庫の天井にとどくほど山積みにされていた。敵の入ってくるのも時間の問題となったいま、ふたたび敵の掌中に帰するのかと思うと、無性にしゃくにさわる。

「毛布をだめにしてやれ」

倉庫内にたまった水の中に毛布の山をつきくずし、何十枚もの毛布の上でやっとわれわれは休憩した。

タムに入っても、兵隊の死体が同じようにつづいた。このまま死体を整理する者もなく、朽ち果てるのにまかせるのかと思うと、感慨無量、悲嘆にくれる。

タムについて、やっと古い米にありついたわれわれは、追撃してくる敵に対峙するため、少しでもはやく体力をつけようと、むさぼるように食った。しかし、飯盒で炊いたせっかくの飯は、喉を通らなかった。

いよいよおれも終わりかと思っていると、隊員たちも騒ぎだした。長い間、ドロドロしたジャングル野草に馴らされたわが身のためだった。三分粥に炊きなおして、やっと胃にいれた二ヵ月ぶりの米の飯も、期待したほどうまいとは感じなかった。どうしたことかと心配したが、たずねてみると、だれもが同じだったのでひと安心した。

七月三十日ごろ、部隊はヤナン渡河点にさしかかった。だが、ここには撤退する数多くの患者が蝟集し、昼間は敵機がアラカンを越えて銃爆撃をくり返し、やがて砲弾も落下するようになると、友軍の混乱はますますひどくなった。

われわれはミンタミ山系に入り、チンドウィン、ユー川支流にそって南下し、ミンタミ河を渡河しようとした。

渡河は、対岸まで張られた鉄線を自力でたぐりながら越えるのである。一回四名ずつが川に入って、鉄線をにぎり交互に手をのばす。

大きな川ではないが、流れははやく水量が多いので、両足が川底からはなれると、鯉のぼりのような格好で流されてしまう。それでも対岸に近づこうと腕をのばす。川のなかほどで進めなくなった隊員が、精魂つきたのか手を放してしまい、あっという間に押し流された。

「助け、……くれえ……」

と絶叫し、水面に二度、姿をあらわしたが、やがて濁流が渦巻く下流に消えてしまった。三途の川を渡らなければ、われわれには生きる望みはなかった。

雨期のため、敵の進出は遅延したかに思われたが、大部隊をもって逐次に包囲体形をととのえつつ、われわれの直後を追尾してきた。

敗走する日本軍は各地で防戦をつづけ、雨期の病魔と飢餓に苦しみつつ行軍した。昼なお暗い谷底の水にジャングルの落葉がくさり、山中はすさまじい臭気となる。

一ヵ月前、この悪路を中隊に追及しようとした補充兵の一隊があった。しかし、中隊に到着したのは二名だけで、あとは途中から引き返し、名前すらわからない兵隊もあった。

奇しき運命のもと

中隊は大隊とともに、八月五日にモーク付近に到着し、敵を迎え撃とうと悲壮な覚悟で前線の高地を確保し、陣地構築に専念した。それが笹山・熊陣地であった。

七月二十日より、モークに集結した患者が後送された。八月二十日までにわが中隊からは十三名が後送されたが、彼らは回復することなく全員が亡くなった。

モークに到着した早々に、「糧秣受領、各隊使役出ろ」の忘れかけていた言葉を耳にした。それを遠いむかしの軍隊用語のように聞いた。天幕を用意し、大隊本部位置で少量ずつの米、塩、野菜、塩干魚を受領すると、敵機に注意しつつ原野の丘をくだり、帰路についた。

そのとき、私はなんだか足がもつれてしまい、思うように歩けなくなった。

「変だ、足がいうことをきかなくなった」

「荷物持ってやるか」

「いいよ、だいじょうぶだ」

重くもない糧秣が背中からのしかかるようだ。前にのめりそうになりながら、ようやく細い流れのある山地の部隊にたどりついた。二本の足で歩けたのはここまでだった。

モークに着いた中隊員は、追及者をあわせて十名である。陣地に七名、後方の三名は炊事に残ったが、そのうち自分ともう一人は腰が立たない。

飯が炊きあがると一人が陣地へ運搬していたが、そのうちの歩ける一名も陣地の配備につき、一日の朝夕二回、十名の炊事は、歩けない二人が受け持つことになった。

両膝をつき、片手でささえて歩けるのなら飯盒をいくつか持てたのだが、両膝、両肘をついては数を持てず、手の先に薪や飯盒を持って、何度も往復してはこんだ。

夏衣の襦袢の袖はやぶれ、軍袴の膝もやぶれた。二人して行ったり来たり這いまわる姿は、まるで赤ん坊そっくりだ。両膝と両肘の皮膚はたちまちすり切れ、血がでて痛い。一晩で薄いかさぶたができるが、翌日、また這いだして炊事をするので、そのため傷を深くしてさらに血を流した。

何という病気だったかいまもわからないが、栄養失調と過労からきたものであろう。軍医の診察も治療もうけられなかった。

陣地では、タバコの煙ほども煙を出すことは許されない。敵の空軍はもちろんのこと、砲撃の目標にもなる。モークから二キロ後方のわれわれも、明け方と薄暮のわずかな時間に炊事を終わらさなければならない。

毎日の薪は枯草と枯枝だが、しだいに近くにはなくなり、三メートル、五メートル、十メートルと遠くなる。いつになったら立って歩けるのかと、じいっと自分の足を見つめる。手足はやせて関節ばかりがめだつ。これがオレの身体かと疑いたくなった。

「おいっ、敵がどこから出て来てもまにあうように、物入れ（ポケット）に入れておくか」

自爆用の手榴弾を一発、肌身はなさず持っていた。小銃には五発弾込めして草の中のトンネル内に立てかけ、ただちに発砲できるように心がけた。

思えば一ヵ月前のパレルの戦闘中にこんな体になったら、自決していたことだろう。いま敵が進出して来たならどうするかと、覚悟を決めなければいられなかった。兵員が少ないので、一兵でも貴重な存在だった。日本人ならば、だれでもよい、一人でも増えてほしかった。

八月中旬をすぎるころ、しだいに回復にむかい、二本足で歩ける喜びをかみしめた。このころから病院を退院した追及者がふえ、いっぽうでは陣地から患者が後送になり、兵隊の入れかえが生じた。

これよりさき、上層部では第三十一師団長が罷免された。七月九日、任をとかれた佐藤中将はビルマ方面軍司令部付となり、ラングーンに赴任した。

牟田口軍司令官は戦闘司令所から後退するにさいし、兵隊の襲撃をおそれ、みずから兵隊の服を着用して後方へ遁走した、と兵隊間につたわった。牟田口司令官はウ号作戦（インパール作戦）を策定し、無謀な攻撃をおしつけておきながら、第一線の視察すらしなかった。

戦後、日本に帰還したのち、牟田口司令官はインパール作戦について事あるごとに語っていたが、軍司令官が兵站線の物資補給のためさがったなど、だれが聞いても疑問に思われることがあった。

各師団長を罷免更迭し、あるいは軍法会議にかけようとしたというが、作戦については「最後の責任をとる」と言ったことはどうなったのだろうか。

われわれの考えとはうらはらに牟田口中将は、ビルマ方面軍司令官河辺中将とともに、八月三十日付で参謀本部付に発令され、ビルマをあとに日本へ帰ってしまった。数万の兵士を犠牲にし、屍のつづく白骨街道を見ておりながら、その重大な責任の所在はいまもって明らかにされていない。

チンドウィン河の付近に残された日本軍将兵は、これからふたたび血みどろの戦闘に入り、終戦までねばり強い戦闘をつづけた。

第十八師団（菊）はフーコン方面で苦戦をつづけており、第五十六師団（龍）は重慶軍の大軍をむかえて激戦を続行していた。わが第十五軍の第三十一師団（烈）、第十五師団（祭）、第三十三師団（弓）も総退却となり、チンドウィン河の線に布陣した。

そうした中で、わが第三十三師団の第二百十四連隊、第二百十五連隊は、遠くトンザン、テイデイムに孤軍奮戦中だった。

第二百十三連隊は温井連隊長が負傷して後送となり、第一大隊長の久保少佐が連隊長代理であった。第一大隊はモーク付近に、第三大隊はモーライク西方に布陣した。第一中隊の七名はモーク北方の高地である笹山に陣地を確保した。モークに第一大隊本部があり、村の寺が本部だった。各隊員は疲労と栄養不足のため、各隊が交代に陣地を確保し、モークの家屋で雨をさけ、短い休養をとった。

わが第一中隊も、雨の中から家屋に入り休養となったが、八月十八日、私は急にマラリアで発熱し、動けなくなって二階に寝ていた。

「爆音っ、飛行機！」

　声と同時に、隊員は家屋から出て退避した。低空を敵戦闘機が来襲し、二十五キロ爆弾を投下した。小さな集落内にズズーン、ドガーン、ドガーンと炸裂し、交互に入れかわり機銃掃射の十字砲火をあびせられたが、私は寝たまま音を聞いていた。

　家屋下の庭に爆弾が投下され、ズズーンと音がした。不発かと思ったが、ドドーンと体が持ち上げられ、爆風と同時に下方から、バシッバシバシッと、破片が竹のアンペラ壁と屋根を突きやぶった。吹きあげられた土塊や木の枝が頭上から落ち、ササーッと土砂がおくれて降ってきた。私の枕もとにならべて立てかけてあった三梃の小銃の銃身が、削ぎとられてなくなっていた。

　銃撃は執拗にくり返され、前後左右から低空で侵入してくるので、私は階下に這いでて、防空壕のあるチンドウィン河岸に転がりこんだ。

「はやくっ、はやく入れ！」

　敵機に発見されるのを恐れて、さきに入ったものが声をかける。私につづいてビルマ人が、「ジャパン、マスター」と駆けこんできた。

「だめだっ、もう入れない！」

　壕内からだれかがどなった。

「入れてやれよ、中へつめろっ」

　小さな横穴にビルマ人もようやく入った。……長時間の銃爆撃も終わったようだ。やがて

隊員たちが家屋にもどって、

「あぶなかったな、井坂、これは」と驚いた。

「なにいってんだ。おれ一人おいて逃げたくせに。見ろ、小銃三梃がお陀仏だ」

大隊本部では数名の負傷者を出し、いよいよ英印軍の進攻が近いと感じた。

第一機関銃中隊長の長谷川大尉が、第一大隊長代理となった。八月下旬、敵が出没をはじめ、戦闘がいよいよ近くなったことが感じられて、心中おだやかではない。はやく体力をつけなければ、と焦った。庭のすみに一本のレモンを見つけて食べてから、急に食欲が出て回復した。中隊に帰ると、退院追及者もあり、人員も増加していた。

だが、帰隊後も足腰は全快せず、陣地には行けなかった。そんなとき、

「功績書類など重要書類の受領のため、一ヵ月の予定をもってラングーン出張を命ず。各中隊一名、一中隊は井坂」

これには私もびっくりして信じられない。隊員もただ唖然とした。この戦況下に重要書類をさげるのならわかるが、第一線へ持ってこいとのことだから、不審に思う。

私はまだ足がふらついている。命令受領の下士官がつづけていう。

「一大隊から浜田伍長以下五名だ、井坂、いけるか」

一瞬、ためらったが、

「はい、だいじょうぶです」

返事をしてから、戦友にすまない気持がした。下士官は、

「井坂と決める。はやく治せよ」

「はい」と返事するほかはない。英印軍の進出直前と知りながら、戦場をあとにすることに、ある後ろめたさを感じた。戦友たちは口々に、

「井坂、むりするなよ」

「いつでもかわってやるから」

斥候のときも、こんなふうに積極的にかわってくれたらなと思う。同年兵に、

「うまくやったな」

と笑って言われて、ようやく素直に喜ぶ気持になれた。出発の命令もないまま日が過ぎ、足の回復の一日もはやいことを祈った。

這いつくばって飯炊き男をやったからか、それとも体の具合がよくないから役立たずとみたのか。おそらく、そのどちらかでこの役をつけたのだろうと思っていた。

テグノパール以来の隊員は少なく、補充要員も到着したので、隊員はかなり入れかわっていた。そのおかげで、こんどは休養ができて、むりをせずにすんだ。

約一ヵ月が経過して出張のことも忘れたころ、大隊本部集合の命令があり、中隊に申告のあと本部に集合した。十月になってからの出発となった。出発まぎわになると、中隊員が集まって、

「帰りにお土産買ってこいよ」

「おれに酒とタバコを忘れないでな」

「なんでもいいから、甘い物をな」

いろいろ注文をうけたが、貴重品袋の中には一銭もないことに気づいて、全員がっかりした。

「なんとかなるから待ってろよ」

なんの方法も浮かばないが、後方にいけば何かの方法もあるだろうと思った。

私が出発した直後の第一大隊は、大隊長代理の長谷川大尉のもとに、第一中隊は池田少尉が指揮をとり、広瀬少尉以下が笹山陣地に七名と、モーク中間分岐路地点（ダトエチョーク・トンビン）に五名の分哨をおいた。のちに、八一五高地（広瀬少尉指揮）に移動した。第四中隊は蟻陣地、第三中隊はタッコン地区に、第二中隊は笹山陣地のとなりの熊陣地を確保して、優勢な敵の進攻にたいし勇戦敢闘した。そして、各陣地とも全滅と奪取をくりかえしつつ、二ヵ月あまりにわたり同地区を確保、英印軍にも多大の損害をあたえた。

だが、わが方も大隊長代理の長谷川大尉が戦死し、後任の大隊長代理である安藤大尉も戦死するという激戦のなかで、将兵のちがいなく各中隊と本部が一体となり、たがいに救援しあって壮烈な白兵戦を展開した。そして、軍隊とは上級将官より中核将校が頑強であれば、想像以上の働きができることをこの戦闘が証明した。

激戦のなかを十月十日、小指の負傷が全治した第一中隊長の鴨志田中尉が、四ヵ月目に退院追及してきた。

十月二十日には、一中隊正面の英印軍との交戦で、中山善兵衛一等兵、村山善治上等兵が戦死し、小貫藤太郎兵長が戦傷（十一月二十日、死亡）した。

十月二十二日、笹山陣地は砲爆撃と迫撃砲の援護のもとに突入してきた英印軍と、はげしい手榴弾戦となり、乱戦中に海老原清伍長、高橋昇一郎兵長、塚原英治一等兵、平山鉄之助・林健蔵・田中喜三郎上等兵、木村彦二軍曹が戦死した。

つづいて二十四日には、石上芳男も斃れた。

十一月三日、八二五高地の激戦は敵機の銃爆撃と砲撃につづいて、地上軍の猛攻撃をうけ、肉と兵器が飛散する壮絶悲惨な戦いが、昼夜のべつなくおこなわれた。

この攻防戦で、歴戦の小隊長広瀬義久少尉が戦死した。おなじ日に阿部永次郎伍長、村沢次男・永井栄・山本薫上等兵が戦死し、その他、戦傷者が続出した。

いくたの作戦に、広瀬小隊をいっときも離れなかった私だったが、もし出張命令がなかったら、笹山・八二五高地でみんなといっしょに戦死していたであろう。

靖国街道をゆく

運命とは不可解なもので、英印軍との戦闘の前に私は鴨志田中隊長と入れかわるように、十月上旬、モークをあとにしてカレワをめざして急いだ。

死刑を宣告された者が無罪放免になったようなものか、あるいはそれ以上だ。全員が死刑のなかから、一人だけ助けられたのも同然だった。

半年ぶりの前線離脱に、天にものぼる気持であった。しかし、背嚢を背に銃を持っての行軍は、すくなからず足腰にこたえた。

戦闘機による銃爆撃は、前線をはなれて遠くなってもかわりがない。敵機の爆撃をうけ、大木の根もとにふせて頭から土砂をかぶり、銃撃されては木のうしろにまわる。

「鬼ごっこみたいだな」とバカにした。

敵の地上軍を気にしなければ、こんなものかと思った。陣地を死守するときの困難さをしみじみ感じながら、チンドウィン河の西岸道路を南下した。しだいに砲声が遠くなるほどに、戦友の安否が気になった。

西に低い山々がつづき、わずかに開けた平地の道路を、今日も傷病兵の群れが助けあいながら歩いている。闇のなかを行軍してゆくと、やがて野戦病院の付近らしく、患者輸送の車を待つ一団が、道路近くに集まっていた。昨夜も来なかったが、今夜は来てくれるのかと待っているのだという。病舎の小屋があるのかと見まわしたが、暗い木立の中にはなにも見えなかった。

足もとを這う二人の患者がいたので、私は声をかけた。

「どうしたんだ」

「状況が悪いので殺される。自動車が来てませんか」

夜露にぬれながら、しばらく這ってきたのか、その兵隊は体をふせたまま苦しそうに、泥にまみれた手で顔をおおって泣いていた。いくら何でもそんなことが、病院で動けない者を殺すなんて、あるわけがないと思った。

しかし、病院を閉鎖する直前に、動けない患者を注射で死なせ、残りの者には手榴弾をくばって、自爆をすすめたというモーレ野戦病院のうわさを聞けば、本当かも知れないと、ぞっとした。それがここでも行なわれているのだろうか。

患者の悲憤の涙、だれにすがることもならず、死ぬ一瞬までひとり煩悶する兵士たち。彼らの胸中を思うと涙がでてくる。第一線同士の傷つき病んだ二人の戦友に、

「きっと迎えがくるよ。自分らは命令で急がなければならないが、至急もどってくるんだよ。力を落とさないでがんばれよな」

力づけたつもりだが、何もしてやれずに別れる弁解だったかも知れない。


雨期も終わりに近かったが、道路にはいまだに水たまりも残っていた。われわれは夜行軍のあとも、つづけて昼間も歩くことにした。道を避けるように両側に休んで寝ている兵隊がいる。彼らは生きている兵隊ではない。永久に眠りつづける若き骸《むくろ》だった。

死骸の状態はそれぞれ異なっていたが、悪臭はおなじで、気分が悪くなる。彼らは背嚢と兵器は持たないが、軍服を着て、頭蓋骨が戦闘帽をかぶり、足の骨が靴をはく。大きな目の穴、小さい鼻の穴、白い歯のならぶ口。そのとなりでは口や目から蛆があふれ出て、地面にうごめいている。この世のものとは思えない光景がしばらくつづく。

息絶えたばかりの苦しそうな顔、憤怒の形相にはさもあろうと思い、眠るがごとき安心し

た顔には、われわれも心がやすまる思いがした。

だが、いったい、これらはどこまで続くのか。やぶれた襦袢の腹から、傷から落ちこぼれる蛆虫。汚れた軍服と対照的な白い蛆が、兵隊の肉を食べていた。われわれは休憩したくとも場所がない、いまさらに驚く死体の数、敗け戦さとはあまりにも悲惨だ。親兄弟が、妻や子が、恋人がこれを見たらどう思うだろう。

これからも果てしなくつづく戦闘に、ふえるであろう亡き数に入る兵士たち。その一人が自分でもあるのだ。

「おれもこの中の一人になるのかよう、悔しいなあ」

銃床をにぎる手がしびれるほどに力が入る。死んだ兵隊も残念だろうが、生きている自分のゆくすえを思うと、無念の涙で狭い道がかすんでしまう。ビルマ鳥が不気味に鳴いて飛んでいった。

ここに斃れている兵隊たちは、パレルから、モーレ、モーク、モーライクから、独自で後退した傷病兵たちだ。五十キロも百キロも歯を食いしばって、杖をつき、生きたい、生きようと最後の一歩まで歩いた、ここがその終点である。

この長い道のりは、靖国の社で家族や戦友に会えると信じて疑わなかった亡き兵隊たちにかわって、生き残りの戦友たちが名づけた『靖国街道』であったのだ。

行軍中に患者輸送の車が野戦病院に向かっていけばよいがと期待したが、その気配すらなかった。途中の山林内の谷の水は、死体と下痢便でいたるところ汚染されていた。

炊事のために灌木を分け入って谷川へおりると、水辺に頭を出したまま腐爛した死体で、水がにごっている。きれいな水をもとめるために、われわれは上流へ、奥へと入って行かなければならなかった。

人気のない場所をえらんで夜露をしのぐ寝ぐらをつくり、戦いの夢さえ見なければ、死んだように眠れた。われわれは何日か同じことをくり返しながら、カレワ渡河点をひたすらめざした。

カレワ渡河点に到着したのは夜であった。整然とした部隊の移動とはことなり、付近はかなり騒々しい。傷病兵や追及者、各種部隊、前送、後送の各種梱包が山となり、なにがどうなっているのか見当がつかない。

後方のムータイクにむかう車が三台入ってきた、さっそく車に進みよった将校が、

「おいっ、緊急の用件でいくのだ、乗せろ」と運転兵にいうと、

「だめだ、軍司令官の命令書以外は乗せることはできねえ」

「なにっ、だめだと」

将校は怒ったが、車両の伍長は平気な顔で、

「われわれは任務があってやってるのだ」

その中尉はあきらめて去っていった。

「こまったな、将校でさえだめでは」

「軍司令官の命令書なんて、だれが持ってんのかよ」

兵隊ならば持っているのが不思議なことである。軍司令官の牟田口中将は、撤退のための命令書など、ほんとうに発行しているのだろうか。

「渡河したら、むこう岸に車があればよいが」

「いちど話してみろ、だめでもともとだ」

私は下士官の運転兵に、思いきって話してみた。

「じつは弓部隊なんだが」

「茨城か」

「そうだ、茨城だ」

「そうか、じゃあ、すぐ乗ってくれっ、出発する」

これには、われわれ一同おどろいた。命令書も行く先も関係ない。荷台に乗ったまま門橋で渡河し、車は走りだした。軍司令官の命令書の件は、どうも口からの出まかせらしい。小さい木箱が一個、荷台にあっただけで、乗車したのは渡河してからも、われわれ五名だけだった。

「空で帰るのはもったいねえな。患者を乗せてやればいいのに」

「ほんとだ、患者隊はまだあそこで待ってんのかな」

しばらくして、爆音が聞こえてきて、急に大きくなった。

「飛行機！」

大声をあげて運転席の屋根をたたき、木の下に車をつっこませると草むらの中へかけこんだ。やはり英軍機だ、ドンパーン、ダダダダーッと撃ちこまれた。兵隊間ではこれを「街道荒らし」と呼んでいた。

途中、何回となく撃たれるが、やっとムータイクの村に到着した。輸送隊の下士官が、

「自分たちはここまでだ。二日ほどでイエウへ行く車が出るから、話しておくよ」

「助かった、どうもありがとう」

「では、待っててくれ」と言い残して、大きなチーク林のかげに見えなくなった。輸送隊の下士官たちは、茨城県出身の郷土部隊だったのだ。

ムータイクで、われわれは米を受領することができた。そしてまさかと思った粉味噌も少し受けとった。ここは以前、司令部のあった場所で、糧秣や弾薬がかなり集積されていて余裕があったようだった。

飯盒一つにつき四合で、一人一日あると思ったところ、一食で平らげてしまった。日中は炊事ができないので、夕方早々に支度にかかる。自生の里芋の茎を粉味噌汁へ入れ、たちまち飯盒は空になり、また炊事する。夜食も食べて、三日分の飯盒飯一升二合を一日で平らげてしまった。だれもが己れの胃袋に驚嘆した。

二日目も同様で、身体がだいじょうぶだろうか、と心配になるほど飯が入る。

「いいかげんにしないと、死んじまうぞ」

「食い上げになったらたいへんだ。やめとくか」

そう言いながらも、動かす手をとめられなかった。猛烈な食欲にあきれはてた。

ムータイクで二昼夜ほど休養すると、約束どおり乗車の連絡があって、車上の人となる。前線からは遠くなったが、街道荒らしの敵機だけは油断ができない。

このあたりは山林が少なくなった草原なので、爆音が聞こえると、すかさず車の屋根をたたいて道路から退避した。

何度目かの攻撃のさい、後続車は発見が遅れたのか、敵機が真後ろからおそいかかるのに、道路上を走っていた。ほどなく気づいたのか、運転席から二人が飛び出した。

ドンパーンと、低空から発射されたと同時に、車は火の手をあげる。みるまに木造の荷台は焼け落ちて残骸となり、走っているときの面影はなくなった。われわれを乗せた運転兵は、発見のはやい歩兵に喜んでいた。

イエウに到着した後、車両部隊とわかれ、夜を待って汽車に乗ることになった。しかし、薪を焚いて走る列車は、敵機のよい目標となる。撃ってくれと言わんばかりに、火の粉を吹き上げて走る。敵機の銃爆撃をうけ、破壊された機関車が沿線につぎつぎに見られた。そんな危険な鉄道の駅で、ビルマの女は商売熱心で働き者だった。

「マスター、オコワ、オコワー（赤飯）、バナナー」

「バナナー、マスター、マンゴー」

われわれはまだ金を手に入れていない。山から出てきたばかりの兵隊だ。まだラングーンまでは遠いから、少しぐらいの金は持っていなければと思い、じっと我慢した。

天と地の隔たり

夜明け前に、サガインに着いた。列車は引き込み線に姿をかくすため、鉄道関係者がいそがしそうに作業にとりかかった。渡河は夜になるというので、日中は待機となった。

その間、浜田伍長と兵一人が脚気で入院したが、まもなく亡くなったと知らせをうけた。残ったわれわれ三人も心配になり、足をさすったり叩いたりした。急に白米を多量に食べたためだろうか。野菜不足の影響があったのか、腰の上から腹まで腫れだしてしまった。

サガインの町を見ると平穏で、椰子も高く長い葉をたらしている。森の木々も緑が濃く、風もゆったりと心地よい。平和な暮らしがうらやましかった。

インパールの前線に追及するさい、日本語の上手な少年と約束したとおり、ぶじで帰ってきたのだから訪ねてみようと同行の二人とともに、街はずれの小さな家をさがした。掘っ立て小屋の前で、

「サニユ、モ・サニユ」と呼びかけると、少年がとび出してきた。

「モ・サニユ、ぶじで帰ってきたよ」

言葉をかけると、目をまるくした。

「インパールから、よく死なないで……、ゴ・サンニュ」

少年に泣き出されてしまい、私も思わずほろりとする。

「モ・サニュが、ポンギジョン（お寺）へお参りしてくれたから帰れた。ありがとう」

「毎日、心配していました。僕のお母さんもたいへん喜ぶでしょう。バザーにおりますから、会ってください」

「インパールで日本の兵隊さんが、たくさん死んだり、怪我をしたりしたと聞きました。ゴ・サンニュが、死なないようお祈りしました」

「ありがとう。日本軍はかならず最後には勝つ。勝たなければビルマ独立ができなくなるから、がんばらなければな」

「はい、そうです」

話をするほど弟のように感じるので、ラングーンまで通訳がわりに連れて行きたくなった。

「ラングーンまでいっしょに行かないか」

「僕は行きたいのですが、母が心配するでしょう」

「また、サガインにもどってくるのだから、お母さんによく話してみたら」

われわれ三名は少年に案内されて、軍装のままでバザーへ入っていった。かんたんな野天の売り場は、人々でにぎやかだ。平和な活気あふれる市場をなつかしく眺めながら歩いていると、突然、

「何部隊の兵隊か！」と一喝された。見ると憲兵だ。内心、またはじめたな、この野郎と思い、返す言葉に力が入った。

「弓部隊だ！」

「何をしてるのか」

「見るとおり、バザーへ来た」

「これからどこへ行くのか」

「ラングーンへ出張命令でいく途中だ」

下士官の憲兵は、わかったと言うと、立ち去った。

まわりのビルマ人たちは、憲兵にわれわれが怒られていると思ったようだ。町の者は憲兵の権力をよく承知しているので、何事もなくすんだので安心したのか、ニコニコしながら歩きはじめた。

よごれた軍装ではあるが、ととのった装具と磨きあげた兵器に敬意をあらわしたようだ。相手の出方しだいではと思ったが、われわれの荒い言葉におじ気づいたようだった。

「あれが母です」

娘と母が小さな台の後ろに立って、われわれを見た。少年が駆けだして先にいき、なにか母親に話しかけた。私も後からちかづいて売店の台の前に立って、

「アメー、サガイン、ピヤン、ラービー、ジーズデンバーデー（お母さん、サガインに来ました。ありがとう）」

少年の母は、じっとこちらを見つめて涙さえ浮かべて、

「ジャパンマスター、カウネー、ミャージガウネー（よかった、大変よかった）」と祝福してくれた。

母親が少ない売り物の中から、丸いジャンナカー（砂糖菓子）を手に持って差しだした。貧しい店の品物なのに気の毒とは思ったが、好意に甘んじていただいた。

娘は恥ずかしいのか一言も話をしなかったが、われわれの囲りに集まったビルマ人に、さかんに説明しているらしい。私は少年に、ラングーン行きをたずねさせた。

「お母さんはたいへん心配しています。かわいそうだから行けません」

「どうしてもだめか」

「ラングーンは、たいへん遠いです。大きくなったら僕も行けるでしょう」

「そうか、これからもボンチャーレ（爆弾）には気をつけてな、お母さんを大切に」

「はい、さようなら。ゴ・サンニュ」

昼の静けさとくらべ、夜の渡河点はどこから出てくるのか、兵隊と車両でごったがえしていた。門橋に乗り移ったとき、独立工兵の下士官が、

「インパールから来たのか」と話しかけてきた。

「うん、そうだ」

「いま友軍はどこまで来てるんだい」

「モーライク付近でがんばっている」

「何部隊なんだ」

「弓だ」

「なにっ、弓っ。出身地は」

「茨城だ」

「そーか茨城か、どこまで行くんだい」

「マンダレーからラングーンまでなんだが」

「明日、マンダレーまで車で送ってやる。隊の宿舎へ泊まれよ」

兵站宿舎へもいかずに工兵隊の宿舎へ泊まり、ドラム缶の風呂につかることができた。われわれ三人のために赤飯をつくってくれて、副食もいろいろと出してくれた。あるところには何でもあるものだと、これには驚いた。

「ひどかったな、インパールは」

「うん、みんな死んだよ」と箸を置き、しばらく話がつづいた。

「明日は汁粉餅をつくってやるから、ゆっくり寝てくれよ」

「すまないなあ」

工兵隊員と、いまも戦闘中にちがいない戦友とに向けた言葉だった。

翌日は夜を待って、工兵隊の車に便乗し、サガインをあとに、舗装の並木道をマンダレーへ突っ走った。ビルマ第二の都市も戦争のため暗く、各部隊の日本軍が移動するほかは、町のにぎやかさはなかった。

弓部隊の連絡所をたずねると、梱包はすべてメイクテーラにあることを知った。ふたたびメイクテーラ便の車を見つけて出発したが、この間も安全な運行ではなく、いくどか敵機にねらわれ、そのつどパゴダの中や大木の下に退避しつつ、昼夜ぶっとおしで走って、メイクテーラに到着した。

メイクテーラには、各隊ごとに宿舎があり、瀟洒な洋風の瓦屋根の住宅に分宿していた。中隊では三浦耕造、上野春吉の両軍曹が、功績と人事係として勤務していた。

「大変だったな、ひどかったろう」

二人とも、ねぎらいの言葉をかけてくれた。だが、同じ中隊員でありながら、一方では前線で自決までしいられ、後方では立派な建物で一人一室をあたえられ、遊びが日課のようすである。天と地ほどの差に、複雑な気持になった。

郊外のせいか、静かな平和な町に見えた。この町も四ヵ月あまりの後、イラワジ河をパガン付近で渡河し、怒濤のごとく押しよせる英印軍の攻撃により、占領されることになるのだった（ここには中隊はもちろん、連隊の遺骨、各種梱包、各個人の軍隊手牒、郵便貯金通帳、千人針をはじめ、遺書、遺髪にいたるまでがあり、敵の攻撃下に炎につつまれた）。

「今夜はゆっくり寝ろよ」

その夜はベッドへ寝かされた。布団と毛布の上に横になったが、なぜか背中が熱くて眠れない。迷惑をかけてはと、そっと家の外に出た、ひんやりとした外気が、なんとも心地よい。軒下のコンクリートの上に横になると、すぐに眠ってしまった。やがて、あたりが騒々しいと思ったが気にもせず、目をつむったままにしていると、

「いた、いた、ここだ」

「いたのかっ」

やっと眠りについたというのに、なんの騒ぎかと思う。

「何かあったのですか」と訊《き》くと、

「あったどころか、いやあー、心配した」

「なんのことですか」

「いやあ、じつはな、インパールでひどい目にあったから、逃亡したと思ったんだ」

「そうですか、ベッドの上では背中がほてって、どうしても眠れなかったので」

「なるほどなあ、そうだったのか」

乞食のように着のみ着のままで、六ヵ月間も山野の土の上や、壕の中で暮らした体は、完全に野性の動物のようになっていた。

紅蓮の炎たつ

各隊の重要梱包のなかには将校行李もあり、全部で二十数個になった。心配した人員も、退院者が追及するというので十名にふえ、心強くなった。到着して三日目、マンダレー経由でイエウに向かった。

退院者は、金銭を取得する術をこころえている。十名の人員で五十名の申請を兵站に出して糧秣を受領し、必要な米、塩、副食をのぞいた残りをビルマ人に売却した。

俸給以上の金をつくり、すべて団体の経理としたが、おかげで前線への土産の資金ともなり、マンダレーでは中華料理に舌つづみをうった。ふたたびイラワジを渡河し、梱包を列車に積みこむため、サガインで夜を待つことになった。

駅中央のトタン葺き九尺二間の小屋に梱包をはこび入れ、そこで昼食をすませた。若い兵五名はイラワジ河へ飯盒を洗いにいき、あとに五名が残った。周囲の大樹の下ならすずしいのだが、重要梱包なので離れられない。暑さをがまんして日かげで休んでいた。

軍の列車が機関車をはなして三本入っていた。荷下ろし作業をはじめるのか、ビルマ兵補や車両、ビルマ人の二頭引き牛車五十台が列をなしてやってきた。

とつぜん、対空監視の警報もないまま、上空に爆音がとどろいた。

「飛行機っ、飛行機！」

怒鳴るよりはやく、敵機はマンゴー林と椰子の木の上を、低空で進入してきた。双発の爆撃機十二機編隊が上空を黒い翼でおおったかと思うと、胴体から、バラバラッと爆弾が落下した。風をきり、ビュー、ヒュッヒュウと不気味な音が鳴りやまない。正面の三機の爆弾は、正確にわれわれの位置に落下してくる。

「角度はここだっ、命中だぞっ、ふせろ！」

この間、数秒だ。ドカドカ、ドカンドカン、ダダーンと猛烈な音が耳をつんざいた。熱風が砂をけちらし、破片の飛ぶ音がまじる。埃が周囲にたちこめ、ひろい構内が見えなくなってしまった。

爆風が前後左右から叩きつけるようにくる中で、私の背中に大きな物が乗っかった。土煙と硝煙で頭上も見えない、顔が焼けるように熱い。煙のなかでなにが燃えるのか、赤くぼんやりと火が見える。

敵機が去り、土煙がしだいに消えてきた。背中に小屋の屋根がそっくり落ちていて、起き上がれない。前にいる伏せた姿勢の兵隊の足を引っぱった。

「おいっ、手をかせ。起きろ」

返事がないので身体をのばして確かめると、爆弾の破片が頭を貫通したのか、血が吹き出していた。後ろへあわてて足で合図した。

「山田が即死だ、はやく起きて手をかせっ」

私の足のそばで身をふせていたはずの川本上等兵も、返事がない。力まかせに、むりやり屋根を背中で押し上げながら体をまわして、

「どうした！」

彼の体にバックリと穴があいている。内臓がなくなるほど肉が飛ばされ、おびただしい血が砂上に流れている。それを見て思わず自分の体をさすったが、どうやらかすり傷ひとつない。

屋根から抜けだしたころには、あたりがよく見えるようになった。

横転したトラックが十メートルほど前方で燃え、そばを二頭引きの牛車が走りまわっている。一頭の牛が横木をつけたまま狂ったように駆けぬけ、その後を追うようにビルマ人が走ってきた。

「マスター、アメレー、マスター」

と泣き叫ぶ。大事な牛が倒れ、彼自身も傷つきあわれだ。二十メートルさきの防空壕は、直撃弾をうけて十五名が即死したという。イラワジ河から飯盒をさげてもどってきた若い兵隊も、血を流している。

「どこをやられた、ほかの者はどうした」

「一人死にました」

報告した兵隊はふるえている。小屋の中のあとの二人は軽傷だった。周囲は助けを呼ぶ声もかさなり、ものものしい雰囲気となる。

「戦友殿、戦友殿っ」

第一線の負傷者は声を出さないが、後方にいる兵隊はやかましい。

「止血して、待ってろ!」

三角巾を使用して頭、腕、足としばって歩いた。

やがて兵站のトラック二台が走り込んできて、負傷者をつぎつぎに押し上げて乗せていく。同行した三名の死体も運んで乗せ、軽傷者をつきそわせて背嚢を車に投げ入れた。ビルマ人も多数が傷をうけ、あたりにうろうろしている。

「ビルマ人も病院で手当してやれ」

「全部は乗れない。後からまた来るはずだ」

「痛いっ、痛いよう……」

負傷した日本兵が泣いている。

「ビルマ人の前でみっともないぞ、しっかりしろっ」

それを見て、私は思わず声を大きくした。

トラックが入れかわりに到着する。爆死者と負傷者をかついで乗せ、ひとまず犠牲者の整理をおわった。

ひと息ついて気がついてみると、五百メートル上流の燃料集積所にも命中したのか、紅蓮の炎が、ゴーッと百メートルもの火柱となって上がっている。さらに上空を、黒煙が何百メートルもモクモクと盛り上がる。

ドカンドカンと音がするたびに、沖天にドラム缶が舞い上がった。

駅の構内にあらたな兵隊があらわれ、列車の扉を開け、死んだ日本馬を太いロープでイラワジ河まで引き出す作戦がおこなわれた。多数の日本馬は一頭も残らなかったらしい。爆撃機は破片弾と通常爆弾を併用したようだ。

十名の同行兵は、半数の五名に減ってしまった。生き残ったなかには軽傷者二名がいたが、いっしょにイエウに到着できた。第一線の緊迫した戦況のため、梱包は現在地に申し送り、われわれの出張の任務はここで終了した。

イエウからカレワへ向けて、梱包のない追及は気が楽だった。カレワからは砲声のする方へ向かって、ひたすらチンドウィン河にそって北上をつづけた。われわれはふたたび戦場へ、一歩また一歩、心を引き締めてちかづいていった。

小隊長逝きて

十月三十日、温井連隊長はビルマ方面軍司令部付に転出した。河原右内大佐が、その後任として発令された。

十一月上旬、われわれはモークにたどり着いた。しかし、復帰すべき第一中隊は、すでに記したとおり、私が留守にしていたわずか二十余日の間に、全滅にひとしい状況となり、生き残っていた二名の兵士は、二中隊に配属されていた。

長い間、生死をともにした広瀬少尉をはじめ、懐かしい戦友たちの姿はそこにはなかった。中隊が壊滅した八二五高地の戦闘のようすを、生き残った阿部房雄軍曹が、のちにつぎのように記している。

——われわれは攻撃予定地の八二五高地を見つけ、高地に向かった。途中、敵の敷設した地雷にでくわしたが、敵中を突破し、高地山麓の中隊に追及することができた。中隊長以下はすでに陣地を構築して、われわれを待っていた。このとき中隊は、後方からの追及者をふくめ、二十名以上の兵力となった。ひさしぶりに乾パンを二日分として二袋、雷魚の干物、清酒、弾薬を受領する。

中隊長以下十三、四名は、大隊本部に連携して山麓に布陣し、広瀬少尉と私（阿部）たち七名は、八二五高地攻撃に向かった。高地は片側は断崖で、反対側はなだらかな斜面であり、稜線の少ない峰だった。

　出撃する前、一同は酒をくみかわしたが、広瀬少尉は飲まなかった。

「攻撃前に酒を飲むと、負傷したときに出血がひどいから」

　と私のかけ盒に入れてくれた。疲労している私への思いやりであったのだろうか。酒を無心でグイグイ飲むと、陣地の山々がぐるぐるまわった。

　夕暮れを待って薄暮攻撃にうつり、敵に察知されないように接近する。「突撃！」の声を合図に、たけりくるう動物の声さながらに、五、六十発の撃ち合いで、敵はあっけなく退いてしまった。

　われわれはただちに壕を掘って、陣地を構築し、交代で歩哨につきながら休んだ。

　翌日、はやくも敵四機が来襲した。銃爆撃のあとは迫撃砲による砲撃がつづき、さらに歩兵部隊による攻撃をうけた。われわれは一名の戦死者を出したが、隊員はよくがんばって陣地を守りぬいた。

　黎明を期し、広瀬少尉以下の四名は、敵の背後をつくべく斜面を下った。だが、沢に入ったころ敵に察知され、迫撃砲の猛射をうけ、白兵戦がしばらくの間つづくのがわかった。広瀬少尉以下の帰陣を待ったが、一人も帰って来なかった。いま思い出すと、立派な玉砕であった。

　しばらくして敵は、高地にわが軍なしと見てか、ピューッという口笛を合図に、突撃してきた。およそ三十名くらいの敵である。

もはやこれまでと観念し、全部の手榴弾の安全栓をぬいて敵を待った。敵は油断して集団で頂上にのぼってきた。

「それっ」と、二人で手榴弾を夢中で投げた。もうもうたる土煙りのなかに、敵兵のたおれるのが見うけられた。敵はまもなく撤退し、わが陣地は敵の鮮血に染まった。

その日の午後だったか、大隊本部が猛烈な砲爆撃をうけ、あいついでわが陣地にも敵六機が来襲し、爆撃と機銃の乱射をあびて一名が戦死した。

私は土砂にうまったが、さいわい右手と頭が地上に出ていたので、這い上がることができた。しかし、爆風で背中をうたれたためか、しばらくのあいだは呼吸が苦しかった。すでに夕刻となり、二度、三度と小銃を探したが見あたらない。土砂にうまってしまったらしい。やむなく陣地をあとに、隊長に報告すべく中隊陣地に向かった。

だが中隊も、兵一名をのぞいて、隊長以下、鮮血に染まって倒れていた。隊長は、「広瀬少尉はどうした。あとを頼む」と一言だけであった。夜になり、隊長以下の負傷者の後送と、戦死者の遺体収容につとめた。

第一中隊は兵力二名となり、第二中隊に配属の命をうけ、われら二名は悲惨な姿で清水准尉の指揮下に入った。小銃をやっと見つけだしたが、床尾板の木部が半分しかないという銃であった。

やがて八二五高地の日も暮れ、墨を流したようなまっ暗な夜がおとずれた。戦闘によって新しい土が盛り上がり、硫黄のにおいと、火薬のにおいがあたりに充満していた。この付近の地質なのか、硫黄岩があたかも死をまぬがれたわれわれを恨むがごとく、ところどころ青白く光っていた。

以上のように、英印軍の爆撃、砲撃、地上攻撃の連携と圧倒的な兵力にたいし、わが一中隊はわずか五名あるいは七名の兵力で一高地を死守しつづけた。そして、ときには進んで突撃をおこなった。しかし、味方陣地の高地間は、やがて敵に自由な行動をゆるさざるをえなかった。

ビルマ方面軍中のわれわれの競争相手は、「菊」第十八師団だった。菊に負けるな、笑われるな、がんばれと励ましあい、「弓」第三十三師団二百十三連隊の歩兵としての最後と名誉を重んじた中隊員たちであった。

モークの戦闘も、その一つのあらわれであったろう。もはや、出張で用意した土産物もむなしい品となった。笑顔でうけとるべき戦友は、姿を消していた。

戦後、私がビルマをおとずれたとき、通訳のビルマ人がつぎのように説明した。

「ビルマでは、いまでもゲリラ戦で、一年間に四千人から五千人の兵隊が戦死しています。それは昔の日本軍と同じように、すくない人数でもぜったい逃げないで、最後まで戦うからです。ビルマ軍は日本兵の勇気を鑑《かがみ》として教育をしております。ビルマの人々の間では、日本兵は一人でイギリス兵千人を相手に戦ったと、いい伝えられております」

私は昭和十七年以来、エナンジョン警備、アラカン踏破、カラダンの激戦、モール空挺部隊討伐、インパール作戦、パレル撤退の後衛と、いつも広瀬小隊にあって、はなれることがなかった。生死をともにしてきた広瀬少尉は、体格のよい野武士ふうの人だった。あるとき、「井坂っ、将校弁当箱では腹がへってだめだ、飯盒背負うから見つけてくれよ」と頼まれ、私は苦労のすえ見つけ出したことがあった。

私は斥候、尖兵小隊と、広瀬少尉とともに出たけれども、一言も愚痴を聞いたことがなかった。広瀬少尉は将校でありながら、兵隊とはざっくばらんに、友だちのように接することができる人であった。

私は命令でラングーンに出張していなかったら、おそらく少尉とともに、八二五高地付近の戦いで戦死したにちがいないと思う。

長い戦闘間、励まし慰めあってきた小隊の戦友たちも、ここモークに来てみんな死んでしまった。アラカン山頂で、カラダン山中でのことが思い出され、胸が熱くなる。

長途の行軍間に、いつかは帰れるであろう故郷をしのび、小隊仲間でいちばん歌われたのは、「誰か故郷を思わざる」だった。

英印軍が進出中のチンドウィン河を、工兵隊の舟艇により東岸にわたり、われわれはモーク、モーライクから脱出することになった。暗い夜空にかすむ戦友の眠る山々を、ふり返りつつ離れていった。

翌朝まで行軍は休むことなく、黙々とつづいた。無人のわが軍の陣地にたいし、夜明けとともに猛砲撃が開始され、敗走するわれわれのところまで振動がつたわってくる。昼は山に入って身を隠し、夜をまって草原をゆく。

チンドウィン河ぞいを退がるとき、私は尖兵となって部隊の前方を進んだ。砲声は退路にあたる南方からも聞こえているので、後退する進行方向も油断はできない。

河岸の砂地と山林の接点の道を、前方と両側方を警戒しつつ進んでいく。私のほかにもう一人兵隊がついたが、さきに敵に発見されたら、われわれが犠牲となって本隊を救うことになるのだ。本隊との距離が接近するのは、ぜったいに避けなければならない。

敵に不意にとびかかられても対応できるように、銃に着剣してすすんだ。やがて、前方に砲口が見えた。二門が、わが方に向けられている、距離わずか三百メートルである。あの位置に友軍の砲があるはずがない。私が前日、通過したばかりなのだ。

とっさに手で、「山に入れ」と本隊に合図を送る。ふりかえると、いっせいに私の手が部隊を押し退げているかのように、前から順になびくように林の中に隠れた。音を立てないで二人で本隊にかけもどり、

「敵野砲二門、わが方に砲口を向けて待つ」と報告した。部隊は隠密裡に山中を迂回してことなきをえた。

平野に出れば食糧があるものと思っていたが、友軍の撤退が何ヵ月間もつづいたためか、

小さな集落にはなにもなく、わずかな竹の子ばかりをとって食いつないだ。

インドー付近からさらに百五十キロあまりの撤退は苦しかった。夜は強行軍をおこない、夜明け前には壕を掘って敵にそなえ、夕方になるとふたたび出発した。これを数日間くり返した。

モニワ北方で鉄道沿線に壕を掘ったとき、ふいに平地での防御に不安を感じた。守るに有利なジャングルや、けわしい山地の条件があってさえ、爆撃と砲撃の援護をうけた敵の地上軍に攻撃突破され、敗れた。これからは平地だ。乾期のビルマは道路を必要としないので、戦車もジープもいたるところ、自由自在に行動するだろう。いったい、どうしたらこれと戦えるだろうか。

われわれはブタリンをへて、モニワ付近に十二月中旬ごろ到着した。この約二百キロの連続行軍では、危険な舗装道路をさけて、灌木や草原地帯を急進したので、兵隊は極度に体力を消耗した。

十二月のある日、部隊は夜明け前に停止した。中隊は壕を掘って歩哨を立て、私をふくむ三名は部隊西方一キロへ駐止斥候に出された。

小さな村に潜伏すること一時間あまりで、任務を終わり、中隊にもどって来た。すると、歩哨の姿勢が不自然なので、注意して接近したが、身動きひとつしない。木に寄りかかり眠っていたのだ。私は小銃をそっと抜きとり、

「こら、何だ、これはっ」

大声は出せないので、小さく一喝した。

「疲かれているのはお前ばかりじゃない。おれが敵だったら、中隊はいまごろ全滅だ。気をつけろ」

注意はしたが、殴る気はしなかった。不眠不休の戦闘間にも、だれも居眠りはしなかったのに、とぼしい食糧でモーライクから二百キロを歩きつづけ、そのあいだ炊事、壕掘り、歩哨のくり返しばかりなので、敵から離脱した安心感が油断の原因かと思えた。

モニワ付近で稲葉見習士官をむかえ、一中隊はやっと二十三名になった。

わが中隊は、モニワ東南方二十キロのタメンガン、ナシャーン、マジョークの線にとどまり、敵情捜索と阻止の任務があたえられた。われわれはナシャーンの村に入り、寺院に陣地を構築した。

遠き落日燃ゆ

第一大隊は大隊長久保正雄少佐が復帰し、イラワジ河畔へ撤退する前に一戦まじえるべく、各隊は陣地を確保することになった。十二月下旬、中隊は稲葉少尉を長として連隊直轄となり、連隊の右側衛隊の任務をおびて、モニワ東南方二十キロの六一四高地にむけ、ナシャーンをあとにした。

部隊は舗装道路を東に横断し、荒涼とした砂れきの広野を行軍する。乾期のため体じゅう埃にまみれ、日中の暑さに汗を流しながら、タメンガンに着いた。ここはみすぼらしい家ばかりがめだち、宿営用に入った寺もかなり痛んでいた。

われわれは昭和二十年の元旦を、ここタメンガンでささやかに祝った。敗退後も英印軍の大部隊がじりじりと接近しつつある状況下では、はなやいだ正月気分など程遠いものだった。戦争には寸時の安息もない。だが、背中にいつも重くのしかかる背嚢をおろし、軽装でおこなう捜索斥候は、休養と同じに感じられた。われわれ捜索隊の数名は、まずタメンガンから北方へ向かい、ノアコイ村に到着した。

村長の家に入ると、たいへん協力的な態度で、お茶でもてなし、つぎの村までの牛車と人夫を出してくれた。つぎの村では申し送りで話をすすめ、われわれが昼食をとっていると、モー（菓子）やビルマの副食を提供してくれた。その間に牛車と人夫の準備ができて、第三の村へ向かっていった。

するとここでも、牛車一台と人夫がでて、第四の村に入った。ところが注意して様子をうかがうと、村人はそわそわして落ちつかない。私は片言のビルマ語でたずねた。

「イングリ、ラーメラ、ムラーブラ（イギリス人は来たか、こないか）」

「イングリソレジャ、ネッセー、ラーメー、トワビー（イギリス兵が二十名来て、帰った）」

「ムネーガ、ラーメー（昨日、来た）」

私はさらに数人にたずねて、昨日、英軍が二十名ほど村にきたことを確認して帰隊した。英軍は、いつもビルマ人集落に入ると、

「われわれ英軍に協力するように、日本兵のいるところを知らせろ。隠したら村を焼く」と威嚇した。

乾期でもあり、それでなくとも燃えやすい竹と葉でできた家なので、住民は日英両軍の間でおろおろするのは当然であろう。

三日後、ふたたびわれわれは稲葉少尉とともに、五名でノアコイ方面に斥候に出ていったが、先日の協力的な態度は手のひらをかえしたように、一変していた。二つ目の村では話しかけても、村人は逃げ腰になり、三つ目の村からは、日本兵を見ると隠れるようになった。

昼間のことでもあり、われわれは全神経を集中して警戒したが、着任して日の浅い少尉は、さほど気になるようではなかった。四つ目の村に入っていくと、住民はわれわれを見て逃げだした。数人で追いかけて、一人の男をむりやり捕えて問いただすと、

「ネータイ、ネータイ、イングリソレジャ、ラーメー（毎日毎日、イギリス兵が来る）」

そしてさらに、今日もくる時間だと太陽を指さした。私は稲葉少尉に話しかけてみた。

「これ以上さきへは行けないようです。密告されないうちに帰りましょう」

「その方がいいようだな」

われわれはやってきた道を引き返すことにした。まだ見えぬ敵は、確実に日一日と近づいているのがわかった。

一月の半ば、われわれは敵の接近にそなえて、あらかじめ陣地偵察をしておいたタメンガン村の二キロ東南方に移動した。

集落内の細い道を通りぬけ、草原に向かってだらだら坂をゆっくりと歩いてゆく。足もとの土はかたく、乾ききっており、日中の日ざしがやけに暑かった。

汗をふきつつ、軍靴の傷みを気づかいながら進む三十名たらずの日本兵の顔は、どれも現地ビルマ人と大差ないほど黒く焼けていた。

タメンガン村から少しはなれた目的地は、荒漠たる平原で樹木すらない。ここに新しく陣地を構築するという。敵方の北から西にかけて、遠く森と砂糖椰子が見え、その先の山はかすんでいる。あのあたりはすでに、敵の本拠地となっているのだろうと眺めてみた。

反転して北から東、南へ見渡せば、地平線まで平原がつづき、なに一つとして遮蔽物がない。ここで敵機と戦車の攻撃をうければ、玉砕のほかはあるまい、と各自、覚悟をかためた。地隙は百メートル置きくらいにあるが、迷路のように入りくんでいて、あまり役には立ちそうになかった。

「だめだな、こんどは」

「広すぎらあ。これじゃあ、敵はどこからでも入ってくるぞ」

「空から来たらまる見えだなあ」

「どうしようもねえ。深く掘るしかないな」

各個壕を掘り急ぐのだが、十時鍬も円匙もはね返すほど地面はかたく乾いている。二昼夜近くをようして、やっと掘り上げることができた。平原地帯には水は皆無なので、いざというときのために、村から水瓶一杯を運びこんでおいた。今夜はやっと休めるかと、全員で壕の外へ大の字になって手足を伸ばした。

「ああ、星があったんだなあ」

北斗七星がくっきりと光り、反射側の地平線上空には、南十字星が大きく全容をあらわしている。

「夜は静かだなあ。二十四時間、夜ならいいのに」

「明るくなれば敵さんが出てくるのか。いまごろどの辺りまで来ているのかなあ」

戦争がなければ、内地で家族とともに星を眺めていたのだろうに、戦いは生命のある限りつづくのだと、あきらめなければならなかった。

歩哨交代までのしばらくの間、疲れと睡眠不足の体を横たえ、深い眠りに入る。やがて乾期の夜の寒さに目を覚ましたが、チクリチクリと体を動かすたびに傷みだした。

「何だいこれは、痛えな」

「ダニではねえのか」

「変だよ、急に傷みだすんなんて」

だれもが同じだったのか、大騒ぎになった。夜が明けて調べると、あたり一面に生えている枯草の透明な細い小さな棘が、無数に身体に刺さっていた。

陣地は約百数十メートル四方でひろくはないが、周囲には十メートルくらいの深さの地隙が、西と北側にあった。北方の敵正面と南後方に、草で偽装したなかに歩哨が立った。

陣内は円形に壕が掘られ、軽機・擲弾筒は陣地北側に配備されていた。五号無線のアンテナは、南西側の細い木を利用して張られ、通信電報班がその近くの地隙に入った。北東の地隙の中央に小さな丘がひとつあり、これには郡司永雄ほか一名が布陣した。

一月二十五日、稲葉少尉が捜索斥候に出ていった。北西のタメンガンから北方のノアコイ方向へ出かけたらしい。昼食をすませ少し過ぎたころ、タメンガン村の青年一人が陣地内に入ってきた。

「ミーベイ、ミーベイ（焼き落花生）」

北歩哨がとめずに陣地内にとおすとは、これはまずいことだと思った。青年が帰ってまもなく、私と小倉喜八郎兵長が複哨で北に出た。われわれが立哨中に稲葉少尉の斥候がもどってきた。

「立哨中異状なし、ご苦労さまでした」

「敵が近い」

言い残すと、少尉は陣地内へ急いだ。

敵襲となれば、正面の責任は重大となる。丘陵の草の動きも見のがすまい、地隙の底までも見てやろうと、左右、前方にくまなく目をそそいだ。

突然、パパパンパーンと、反対側の南歩哨の方角で、銃声が起こった。

「敵襲だっ、小倉！」

とっさに私はかけ出し、身をかがめて陣内に向かった。敵兵が太陽を背にして、二人、三人と現われた。

「くそっ、野郎!」

　私は自分の壕にとび込んだ。午後の太陽がギラギラと容赦なく照りつける、暑いさなかの戦闘となった。射撃をしながら、ちらっと先ほどのビルマ青年が頭に浮かんだ。

「やっぱり村人が案内したんだ。南歩哨の発見の遅れはたしかだ。やられたなっ」

　何もかもあとの祭りだ。すでに敵は南歩哨の位置から、軽機、自動小銃を撃ちながら突入してきた。敵の姿がまぢかになり、「オオー」というかけ声とともに、空中に黒い手榴弾が投げられた。

　敵の先頭の十五、六名が地隙に走りこむと、あらたな敵が姿をあらわす。前面のわが隊員も必死に防戦しているが、私もここぞとばかりに激しく撃ちつづけた。敵の手榴弾があたりで炸裂するが、こちらも擲弾筒を撃ちこんだ。彼我の猛烈な撃ちあいに、どちらの銃声かわからなくなる。

　ダダダーッと猛射をつづけていた十一年式軽機が、大事なときにバッタリと止まってしまった。

「はやく直せっ、ボロクソ軽機!」

　みかねた私は、つい怒鳴りつけた。前方の壕から隊員が一人とび出し、右に走り出した。

「あぶない!」と、夢中で援護射撃をする。

　後からあとから敵は波のように押し寄せ、ついに前面の友軍の壕を突破した。南の一線はやぶられ、残るは北の一線だけとなる。急にガーガーガーと無線機が音をたてた。いまこのとき何をやってる、目標になるばかりではないか、とますます気持をいらだたせた。

「これでもかっ、これでもか！」

罵声をあげて引き鉄をひいていると、十五メートル前方から投げられた手榴弾が、私の左手前で炸裂し、飯田五郎一等兵がやられた。

そのとき、やっと友軍の軽機がなおったのか、ダダダダーッと心強い射撃を再開してくれた。立ち上がって突入してきた敵の一隊は、軽機の猛射に押され、かけ足で右方の地隙に移動し、見えなくなった。

敵の軽迫撃砲弾が私の頭上を越えて炸裂したとき、あらたな銃声が通信班のあたりで起こった。地形と灌木のかげになり、こちらからは見えない。戦闘中に音を立てたので見つかったなと思った。ふいに、だれかの叫び声が聞こえた。

このとき、通信班・電報班は敵に突入され、手榴弾攻撃をうけたあと、白兵戦になっていた。中島伍長は銃剣で刺されながらも組討ちとなり、敵兵の耳を食いちぎると、英兵は悲鳴を上げて逃げだしていったという。

木村軍曹は、電報班の綿引三郎上等兵が重傷でたおれた地隙のなかで、立撃ちで応戦射撃をおこなった。

「一人やった！」

と、彼がさけんだ直後、みずからも頭部を撃ちぬかれ、稲葉少尉のかたわらにもんどりうって倒れこんだ。

上竹軍曹と佐藤上等兵が軽機で応射し、敵の突撃はようやく終わりをつげた。

しかし、敵はわが陣地の攻撃をあきらめたわけではないようで、迫撃砲の射撃はその後もつづいた。陽が傾いても退がらず、遠くで火を燃やしているのが見えた。戦死傷者の収容にだいぶ時間がかかるらしい。戦友の壕へ行ってみたいが、まだ姿をだすことができず、もどかしい。

シュッ、パーン。シュッ、パーンと西方からときおり、迫撃砲弾が頭上すれすれに飛来し、背後の地隙に炸裂した。方向は正確だが、距離がくるっていたので、被害はなかった。

太陽を背にして攻撃する敵に、私は感心した。午後三時から四時間あまりも過ぎて、やっと敵は引き揚げた。夜暗を待ったが、長くもあり短くも感じられ、落日が地平線に赤々と大きく沈むのを見て、なんとなく日の丸が地の果てに消えていくのではと感じた。

生存兵が通信班と中隊員の壕へ走った。私は南の土屋徳次上等兵の壕へゆき、上から顔をたしかめた。手榴弾の硝煙と土でよごれていたが、眠ったような童顔に、いっそうの悲哀をさそわれる。さきほどまで元気だったのに、両脇をかかえて壕に入り手を放したら、ゴタゴタッとくず折れた。

私は彼の遺骨をえるため、壕のちかくにきた稲葉少尉に言った。

「日本刀を貸して下さい」

しかし、脂肪ですべってなかなかうまくいかない。

「早く、おれの壕からビルマ刀を持って来てくれ」

土屋自身の三角巾で指をつつみ、あとは弾入れから残弾と手榴弾をぬきとり、心の中で別れをかわしつつ、亡骸を用意の円匙で壕ふかく埋めた。

飯田一等兵は、私の壕から十メートルのところで戦死していた。下野信照・篠山智一一等兵も壕からはなれず、最後まで持ち場でふんばって斃れた。

通信班では横須賀上等兵が軽傷、中島伍長、小池上等兵が重傷、渡引一等兵は瀕死の重傷を負い、その後まもなく亡くなった。電報班の綿引上等兵は重傷をうけ、厚田伍長一人だけが無傷だった。

中隊では五名の戦死者を出し、上竹軍曹、大藤友造上等兵の二人が負傷した。北東の独立壕にいた二名は姿がなく、声をかけてみたが応答がなかった。中隊が全滅したものと思ったらしい。

各自手分けして埋葬を終わった。配属通信班・電報班とあわせ、総員二十九名中、歩行が可能な者は十八名となった。戦死者の小銃も使用して天幕で担架をつくり、六一四高地脱出の準備を完了した。

予定の通信連絡が午後三時だったので、戦闘中に無線をかわすことになった。このときは午後六時を期して撤退せよの命令がとどいていたが、混線にくわえ、通信・電報班の戦死傷が多発し、混乱して中隊への報告がおくれ、稲葉少尉の撤退論と山田准尉の死守論の一時的な論争がみられた。

後日わかったことだが、連隊はじめ各部隊は、イラワジ河西北岸の前面まで撤退し、われわれ一中隊だけがはるか敵中にとり残されていたのだった。

一九八一年、私はこのタメンガンと六一四高地をおとずれ慰霊巡拝をおこなった。法要中、当時をしのび、新たな涙でひたすら戦死者の冥福を祈った。

あの戦闘を知る村民の生存者は数少ないが、彼らの話によると、われわれが撤退した翌朝、敵機が来襲して猛爆撃をおこなったという。

よく見ると、そのとき集まってきた住民の中に、あのとき落花生を持ってきたとおぼしき男性がいた。

「チノ、ナーレデラ（おれが分かるか）」といったら、

「ナームネーブー（知らない）」という。

当然だ、覚えているはずもなかろう。

通訳をかいしての話によると、英軍は日本兵のいる場所を教えろ、協力しなければ村を焼くといわれ、仕方がなかったのだという。

敵中脱出

中隊は五名の戦死者と二名の負傷者を出し、通信班では一名の戦死と三名の重傷者、そして一名の軽傷者を出した。このため全員で担架をかつぎ、稲葉少尉は無線機を背負ったまま

尖兵をかね、地隙を迂回して、モニワ街道の舗装路を横断した。

大小の道路はいたるところ、敵車両、戦車の通過した跡があり、ナシャーン付近もすでに敵中であることを知った。道路をさけて原野を歩くため、われわれは想像以上の苦労をした。山田准尉らは二人で重傷者の担架を運んでいるが、発熱で四十度の高熱を出した飛田米蔵兵長が、涙を流しながらも我慢してかついでいた。

このままでは遅々として進まず、そうかといって付近のビルマ人に頼むこともできない。住民はすべて英軍に協力していることはあきらかだ。

われわれは比較的平坦な草原と、畑をえらんで歩きつづけた。ふと前方を見ると、明かりが見える。敵か、住民か、中隊はいったんその場で停止して、私ともう一人で偵察することにした。直進するのを避けて、中隊のいる方向とは異なる方角から近づいた。ぽつりと一棟だけの小屋の土間で、ビルマ青年が一人で夜の冷気に焚き火をしている。着剣のままで中へ入り、

「背嚢を運ぶこと、逃げたら撃ち殺す。終わったら金を支払うから」

と言って同行させ、私の背嚢を負わせた。私は担架に横たわる三人の重傷者のなかで、元気そうな綿引上等兵を背負うことにした。後ろ弾入れにまたがらせ、背負って両足を持った。綿引は両足に負傷しているが、やむをえない。

「顔を横から前へ出すくらいにしてくれな」

「うん、すまねえなあ」

綿引上等兵が、しんみりと言う。

「心配すんな、すまねえなんて……」

負傷した大腿部の個所を避けるようにして背負う。歩きはじめると、しだいに腰に帯革が強く食いこんで痛くなった。腰には帯剣、前後弾入れ（小銃弾二百発）、雑嚢、水筒、手榴弾四発がつってあり、さらにその上に人間一人がくわわったのだ。痛むのも無理はない。隊列の後尾についていくのがやっとだった。

二組の担架の八人もたいへんだ。担架の上は負傷兵の背嚢のほかに、小銃八梃を乗せている。背嚢の上をかつぐと、前の二人は体が後ろに倒れるから、歩きにくい。

重傷の小池上等兵が傷口が痛むのだろう、ところかまわず唸り声を出すので、危険である。敵がどこにいるか分からない状況なのだ。

「敵中だ、がまんしろっ」

「ううー、痛い、ううー」

「声を出させるな」

私の背中の綿引上等兵も、傷ついた足を折り曲げたまま黙っている。痛みに耐えているのかと思って声をかける。

「だいじょうぶ、何ともない」と、はっきり返答した。

「そうか……」

何ともないことはないだろう。私にすこしでも迷惑をかけまいと、歯をくいしばって耐えているのだ。

道路にそって三十メートルぐらい離れて、シャボテンと灌木に囲まれた畑の中を歩いていた。しばらくすると、牛車の音が聞こえてきた。われわれの歩いてきた方角の道路をすすんでくる、このままではほどなく追いつかれそうだ。

ビルマ人にでも発見されては一大事なので、少し畑の奥へ入り、担架をおろして、小銃を手に着剣して伏せた。敵に察知されたら一戦まじえるほかはないだろう。

綿引上等兵は置き去りにされた場合を考え、自決を覚悟して手榴弾をつかんでいた、とあとで述懐した。

細い月が西に傾いていた。しだいに近づきつつある足音で敵と判断した。まもなく英印軍の姿をはっきりととらえた。夜間は行動しない敵が移動するとは、友軍の第一線はまだ遠いのだろうか。敵兵は約一個中隊二百名くらいかとみえる。伏せた位置から道路を凝視した。

「あっ」

われわれは目を皿のようにした。なんと二台の牛車に白衣をきた白人看護婦が、二名ずつ四名乗っているのが見えた。

「キャッ、キャーッ」

甲高い声を出して、兵隊と談笑しながら、ピクニックにでも出かけている様子だ。彼女らは、前後を護衛されて行軍している。われわれは発見されることなく、敵は通過していった。

息づまる一瞬だったが、

「負傷者がいなければよかったな」

「襲撃して看護婦だけ捕虜にできたのに」

と、冗談とも本気ともとれる言葉を交わした。

夜どおし荒地と作物のない畑を歩き、朝がちかくなった。できるかぎり村から遠ざかり、畑中の灌木と草むらの中にもぐりこんで、担架を下ろした。

六一四高地に布陣する以前から、中隊で可愛がっていた犬が、いまだについて来ていた。ビルマ人といっしょなら戦いに巻き込まれず、食物にもこまらないですむものを、途中でいくら追っても逃げなかったのだ。

われわれは水筒の水も補給できず、食事はもちろんとれない。空腹と渇きに耐えて、このままじっと日暮れまで待つほかはない。

ビルマ人の男が一人、軍靴の跡を見つけたのか、うつむいて畑の中をこちらに向かってくる。犬が耳を立て、吠えようとした。

「気づかれたら、密告されるぞ」

「かわいそうだが、早く殺せっ」

私はビルマ人が向かってくる方に這いながら、雑嚢からナイフを出して、戦友の足もとに投げた。声をたてさせずに頸動脈を斬り裂いたようだ。虎の模様の大型犬の〝トラ〟は絶命した。

「ビルマ人はぜったいに逃がすな」

「だいじょうぶ、静かにしてくれ」

私は小銃の安全装置をはずした。逃げたら撃つしかない。ビルマ人の男は顔も上げず、われわれのひそむ藪の直前まできた。私は身をのりだし、銃口をむけ威圧をあたえて、

「オーアコー、ムラーブ、ダンナペイテ、ミャンミャン、ラーメ（おい貴様、来ないと銃で撃つ。早く、早く来い）」

突然あらわれた日本兵を見て、彼は立ちすくんだまま動けない。男に考える余裕もあたえず、

「ミャン、ミャン、フィーツ（早く早く、こらっ）」と手で来るようにと命令した。男はいそいで藪の中に入ってきた。

「殺したほうがいい」

「殺さないで、夕方、出発するときしばれれば」

と意見が分かれた。われわれの人数と装備、そして負傷者の担架も知られた。男に私が言い聞かせた。

「お前の名前は。村はどこだ。日本軍はまた来る。日本とビルマは兄弟だ。お前を殺さないから、英兵に話すな。分かったか」

あやしいビルマ語だったが、聞く方が真剣なのと、殺気をおびた空気を察して通じたようだ。

「ハウデハウデ、イングリ、ゴームピョウネ、ケサムシブー（そうだそうだ。イギリス兵には

話さない、大丈夫です）」

どうやら分かったようだ。これでこのビルマ人も藪の中で夕刻までともにいることになった。

夕暮れが近くなると、森にかこまれ砂糖椰子の立ちならんだ村から、子供たちの遊び声が、ひろい畑を越えて聞こえてくる。戦渦の通りすぎた村人は幸せだなあと思う。内地で遊びさわぐ子供の声とおなじだ。

その声も暗くなるとともにやみ、静かな夜となった。

長い一日がすぎ、われわれは行軍の準備をととのえた。簡単にビルマ人をしばり、「あとでほどいて帰れ」とやさしくさとした。

今夜こそ友軍までと、歯を食いしばり、綿引上等兵を背にして、二つの担架の後につづいて懸命に歩いた。夜が明けないうちに、友軍のところならどこでもいいから早く到着したかった。しかし、敵状も不明のまま、無情にもまた朝がきた。

あたりには樹木が多くなってきた。村がちかいのではないだろうか。朝靄のなか、前方に森が見えた、敵の存在を確認しつつ、警戒しながら足下と前方を交互に見て進んだ。

「友軍だあ」

中隊の尖兵の怒鳴る声がした。つづいて、

「友軍の歩哨だ、二大隊だあ」

私はその場で棒立ちになったまま、一歩も足が動かない。そしてゆっくりと、背中の綿引上等兵に聞こえるだけの声で言った。

「よかったなあ。二大隊だとよ……」

わが連隊の正面に帰れるとは、奇跡としか思えなかった。しばらくして、後ろを見ると、苦力《クーリー》のビルマ青年がいない。われわれが喜んでいるスキに、逃亡したのだ。

「逃げたぞっ、ビルマ人が！」

いま来た方角を見たが、すでに姿はなかった。飯盒も、背嚢も、天幕、外被、米、塩、私物のいっさいを持ち去られていた。だが、兵器だけはすべて健在だったから、追いかけるのはあきらめた。

まもなく、ナベ付近で一大隊に復帰できた。稲葉少尉が帰隊報告をすると、大隊長から、

「寡兵をもって負傷者を帯同し、敵中にもかかわらず沈着よく脱出した」

という言葉があった。これまでの苦労の甲斐がみとめられたと、隊員は喜び、気力をとりもどした。

六一四高地から三日間の脱出行が終わりをつげ、私は背中の戦友をおろして軽くなったが、帯革のあたった腰の部分がすり切れて血がにじみ、しばらくのあいだ汗がしみて痛かった。

一大隊への合流復帰は、一月二十八日であった。

第六章　イラワジの流れ

夜襲恐れるあまり

モニワ付近のタメンガン村東南二キロの六一四高地を撤退し、第一大隊主力に追及したわが中隊は、南下中の敵第二十インド師団を阻止、防戦すべく、イラワジ河畔に向かって転進した。

一月二十九日、サメイコン周辺の、イラワジ河とチンドウィン河の合流地点の中洲に、われわれは配備された。第一中隊は、その後、追及者もあり、稲葉少尉、山田少尉以下の二十名になった。

いたるところに進出した敵は優勢をきわめ、日一日と緊張の度がくわわる。この平野部で戦車、砲、飛行機を有する敵にたいし、どうしたら有利な戦いが展開できるのだろうか。いよいよ中洲が最後の地となるのか。前にも後ろにも大河をひかえ、これがまさに背水の陣であろうと観念した。

中洲に転進後まもなく、白昼、山田少尉を長として、私もふくめた五名で捜索斥候に出発した。遮蔽物の少ない原野を灌木から草木の陰へと前進した。

われわれの頭上には遠く近く敵機の爆音がやまず、砲声は北に南に絶え間なくつづいていた。

われわれ五名は村々を避けて進んだが、敵中にだいぶ入ったことが感じられた。どこで敵と遭遇してもおかしくない状況のなかで、草むらで停止するたびに、方角と敵状を検討した。それぞれ着剣、弾込めしてすばやく移動し、八方に全神経を集中した。

見とおしのよい開豁地に出たとき、足もとに青、黄、紫の電話線を束ねたものが、地上に横たわっていた。

「よしっ、ぶった切れ」

短剣で切るのだが、容易には切断できない。器具さえあれば簡単なものを、斥候が任務のため用意はしていなかった。あたりを油断なく警戒しながら、どうにか一ヵ所は切ることができた。

「あと一ヵ所、ぶった切れ」

「よいしょ、よいしょ、よいしょ」

みなで電話線の束をかかえながら、小声で音頭をとって引っぱった。

「敵のやつら、モシモシやりながら、くっついてくるかな」

「うふっ」

切りとられた敵の電話線はずいぶん重い。二人がかりでかかえて、はなれた藪のなかに捨てて出発しようとしたとき、電話線にそって点検してきた敵五名が、灌木の間にあらわれた。
さきほどの冗談が本物になったわけだ。射殺しようと銃を構えつつ見ると、敵兵は全員、銃を負皮で肩につっており、すぐには反撃できない。とっさに、これは捕虜にできると直感した。

「撃つな」

山田少尉が射撃をとめ、手で離れるように指示したとき、敵が気づいて目と目があった。

「ワァ」と声を出し、敵兵同士がぶっつかりあい、やって来たほうへ一目散に逃げ出し、見えなくなった。われわれもその場から、二十分ほど早足で遠ざかる。

「惜しかったな、やつら倒せたのに」

「よほどあわてたんだなあ、野郎ら」

山田少尉は兵隊の不満をさっしたのか、

「任務がちがう」

一言、強くいっただけで、ほかにはなにも説明はしなかった。ふだんの少尉だったら、すかさず射殺するか、捕虜にしたであろう。このときは、よほど重要任務が課せられていたものと解した。

その後、夜半すぎまで偵察をつづけ帰隊したが、内容と地名は確認していない。ナベ北方から西方の敵中ふかく入ったようだ。

二月中旬ごろ稲葉少尉は、各中隊から三名を選び、十五名をもって師団直轄斬り込み隊を編成した。それぞれナベ川を渡河出撃し、一中隊は山田少尉が指揮をとった。

その後、斬り込み隊は各大隊の各中隊からも編成され、ナベ川を渡河して毎夜出撃した。

ある日、下士官を長とした五名の斬り込み隊が一中隊からも出ることになり、それに同年兵の飛田米蔵兵長もくわわった。

「気をつけてな」と一言いって送り出したが、黒く日焼けした顔は緊張し、にこりともしなかった。

残るわれわれも帰るまで心配して待ったが、夜明け前に全員がぶじに帰隊した。斬り込み隊員のなかに、両手を縛られたインド兵の曹長と兵の二名がまじっていた。捕虜の曹長はなかなか屈強そうな体格で、ふてぶてしい態度に油断できない下士官とみた。

「飛田、うまくやったな。どうやって捕まえたんだ」

このときの彼は、笑顔で白い歯を見せた。

「ジープでやって来たから、飛びだして捕まえたんだ。抵抗はしなかったよ」

「ジープはどうしたんだ」

「ぶっこわしてきた」

「もったいねえ、運転ができればなあ、惜しかったな。何かいいもの（食物）なかったのか」

「なにも持っていやがんねえ。拳銃だけおれが持ってる、これだ」

飛田兵長は雑嚢からとり出して見せてくれた。

「いやあ、でかい拳銃だな、これは」

その後、捕虜は大隊に後送されたが、途中で曹長のほうが逃走したことを耳にした。やはりやったか、心配したとおりだ。後方の兵隊はたるんでいると思った。斬り込み隊の命がけの戦果も、むだになった。

幾日もおかず、私にも下士官を長とする斬り込み隊出動の命令がでた。擲弾筒手一名、小銃四名の五名で、夜を待って出発準備をととのえ、軽装となる。出発まぎわになると、おのずと気持がひきしまる。これまで出撃した戦友の心が察しられた。

「行ってくるぞっ」

挨拶すると、二、三年兵の分隊員がこたえてくれた。

「井坂兵長殿、ご苦労さまです」

「うん、心配すんな。あとも気をつけてな」

帰るところがなくなったら大変だ。中隊の安全を願う言葉を残して陣地を後にする。ほどなく行くと補充兵が一人で、草の中に歩哨に立っていた。

「敵は近くまで来てるんだ。居眠りするなよ」と、注意をうながして月夜の原野を急いだ。

われわれは迂回して敵陣に入っていくので、道程はかなりありそうだ。たびたび空を仰いで方角をたしかめる。半月が青白く光る星のきれいな夜だ。敵に接触するころは、ちょうど月が沈み、暗くなるだろうと判断した。帰途を考え、方角と地形を確認しておこうと、ときおり後方をふり返り、めぼしいものを見定めた。

斬り込み隊は各師団、各隊ごとに連夜、無数に出されており、英印軍は戦々恐々たるありさまで、夜の警戒もしだいに厳重になった。

したがって斬り込み隊においても、戦死傷者が出るようになり、二人やられた、三名の犠牲を出したと、戦果とともに損害も伝わってきていた。

私もせめて負傷しても、中隊まで歩いて帰れる程度であってほしいと願った。黙って歩く戦友も内心それぞれに、これから起こる斬り込みの情景と方法を、交互に想起しているに違いない。

日中の強烈な日ざしで熱せられた地面と川の水面から、乾期の夜の冷気で靄が発生し、あたりの平地に白くたなびいている。

隊員はやがて、南から西に方向をかえて進んでいった。小さい川は水量が少なく、渡渉は容易であった。二つ目の川は水量は多かったが、坑木を打ち込んで雑木でせき止められたところを見つけた。ここはナベ川のようだった。雑木の上を歩くと、中央の堰のうえの水面に、丸木舟が横づけされてある。あふれた水が滝となり、一メートルくらい下に白く光って流れ落ちていた。

その後、川はなく二、三時間の時がすぎた。月も沈み、星空だけになった暗い畑のなかを急いだ。

前方に森がもり上がって見えてきた。われわれは静かに停止した。上竹軍曹が、

「あの村のようだ、偵察してみる」

「おれも行くか」

「多数だと発見されるから、一人のほうがいい」

上竹軍曹のいうのも当を得ている。

「気をつけて」

「うん、おれが発見されて撃たれたら、擲弾筒を撃ちこめ。

軍曹は真っ暗な原野に音もたてず入っていった。村まで三百メートルくらいあるだろうか。

待つ時間がやけに長く感じられた。

実際に敵がいるだろうか。もし目的地でなかったら、ふたたび先へ潜行しなければならない。これ以上、前進時間をついやせば、途中で夜が明けてしまい、帰途は危険である。発見されて不意討ちされまいか、と気づかっていたところに、軍曹がもどって来た。

「おいっ、いたぞ、敵の歩哨が。五人で近づいたら完全に発見されたよ」

「歩哨が立っているところは、どのあたり」

「それが、右も左も間隔をせまくして立っていて、警戒は厳重だぞ」

上竹軍曹は、ちょっと考えてから、

「よし、同士討ちさせるか、擲弾筒用意」

筒手が照準をきめ、弾薬手が横にならんだ。

「距離三百、つづいて三発だ。撃ちこめっ」

小声で指示が出るやいなや、軽い音をたてて発射された。ダーン、ダーン、ダーンと森の中央で炸裂した。

小銃がまっ先に、つづいてものすごい軽機の銃声が、ダダダダッダダダダッ、パパパンパパンと入り乱れた。銃声は森の左右から、それぞれ中央に向き合って撃っている。弾丸は村の森から一発もこちらに飛んでこない。曳光弾も見えない。完全なる英印軍の同士討ちだ。軽機も十梃を越えている賑やかさだ。

「うまくいったな」

「五人でいったって、たいしたことはできなかったよ」

味方同士の撃ち合いは短い時間だろうと思っていたが、ますます激しさを増すばかりで、そうとうな兵力だ。われわれは軽機や自動小銃音が高鳴るのを、二十分ほども唖然として聞き入っていた。

「いつまでやってんだ、バカ野郎」

「そうとう死んだぞ、あれではな」

やがて機関銃の曳光弾が、ツーツツツーと幾筋も森の外に流れはじめた。

「危ない、離れろっ、気がついたぞ」

「それっ、急げ」

遠くのほうで、ポン、ポン、ポンと音がした。

「ほらっ、迫撃砲だ」

敵はダーン、ダーンダーンと森の周囲を、かたっぱしから狂ったように撃ちはじめた。そして、しだいにその距離を延伸した。われわれのところにも着弾が近づいてきた。それと同時にわれわれも帰路についた。

持ちかえる戦果は、なにもない。同士討ちの状況を部隊のお偉方に見てもらいたいが、そうもいかないのが残念だ。私たちが四キロも離れるまで、敵は迫撃砲も機銃も休むことなく撃ちつづけていた。

「弾薬のある国はちがうな。野っ原へ撃ってんだから」

「やつらは夜が明けるまでは恐ろしいんだよ」

「闇夜で見えねえから、なおさらだ」

「よく照明弾を上げなかったなあ」

「勝ち戦さとみて、用意しねえのか」

帰りはポツリ、ポツリと話がでた。

往路に越えた川の地形をたしかめながら近づいてゆくと、先頭がハッと立ち止まった。

「何だ、あれは……」

夜目にもピカピカ光る長いものが見える。

「気をつけろ、一度に近づくな」

あたりに目をくばり、一人ごとに距離をとる。

「変だな、さっきは舟の中に何もなかったのに」

「魚だ、でっかいぞっ」

「なに、魚かあ」

どうして魚が舟の中にいるのか見当もつかない。あたりには、ビルマ人もだれもいない。

「ああ分かった。魚が自分で飛び込んだんだよ、これは」

「まだ生きているやつもあらあ」

「どうやって持っていこう」

「木の棒を鰓《えら》から口へ通したらいいんだ」

柳の木に似た枝を切りとり、四尾ほど通して二人で肩にかついだ。でかいのは七十センチもある。天の恵みだが、ここはビルマ人が魚を獲るための堰かも知れなかった。

「うまくいくときは、何もかもうまくいくもんだ」

「斬り込み隊が魚をかついで帰隊したなんて、聞いたことあっか」

「俺らが初めてだな」

昼夜にわたる出撃の疲れで、持ち帰るのも楽ではないが、大切な土産だ。やがて、中隊も近いだろうと思ったとき、放し飼いの牛がすぐ右横で、われわれに驚きガサガサと歩き出した。同時に小銃の発射音がして、バシッと足もと近くに銃弾がつきささった。

「誰か！」

友軍の歩哨の声がした。

「この野郎っ、誰《すい》何《か》だあー」

「撃ってから誰何《すいか》して、何だっ。こっちは斬り込みに出てるんだぞ」

「友軍を殺したらどうすんだ、貴様あっ」

みんなでさんざん怒鳴りつけたが、殴られないだけよかったろう。

敵の追撃と包囲をうけ、退却の連続で心身ともに疲れ、恐怖心で心細く一人で立っていたためだろう。体験の浅い補充兵にあやうく殺されるところだった。

上竹軍曹が報告に出向き、残ったわれわれは明るくなるまで、敵が攻撃して来ないうちに寝ようと、草むらの下へ潜りこみ、ごろりと横になった。疲れはてて、なんでもいい、ただ眠りたかった。

仏の慈悲に似て

稲葉少尉は、師団直轄の別編成の斬り込み隊で活躍していた。その後、一中隊は山田少尉以下十六名の兵力をもって、イラワジ河とチンドウィン河の合流地帯を、移動行軍した。

夜の暗闇も東から明るくなり、敵機の危機を避けるために急いだ。先方に集落の森が見えたとき、軽機ごと射手の兵隊がいなくなった。中隊には唯一の軽機だったので、早急に三名が捜索にもどった。

幸いにほどなく発見し、追及してきたので、隊員には笑みが浮かんだ。畑には豆をつくったあとなのか、平べったい粒の豆が蔓にとりのこされていた。

敵機の爆音が近づいたので、われわれは森にかこまれた寺院の庭に走り込んだ。ホッと一

息つき、歩哨が立ち、遅い朝食の準備にとりかかっていると、寺の中からポンジー(僧侶)が出てきて、

「ジャパン、ソレジャ、ヘンシーデラー、セイレー、シーデラー(日本の兵隊さん、おかずあるか、タバコあるか)」と好意的な言葉をつかう。

「ムシーブー(ない)」と返事をして、飯盒炊事をしているうちに、村人があとからぞろぞろと集まってきた。

するど先ほどの僧侶が早口で、日本兵が副食とタバコがないから、早くつくって持ってくるようにと指示した。ビルマ人のなかから、住居の方へ走り去る者がいた。

米飯ができあがったころ、二人、三人と、どんぶりのような器に、ビルマの辛い副食を持参して、

「サーメラー、マスター(だんな、食べるか)」と出してくれた。車座になり食事をはじめると、老若男女、全部で周りをとりかこみ、めいめいに話しかけてきた。

「ジャパンマスター、バーマヘン、ガウネラー(日本のだんな、ビルマのおかずよいか)」

「バーマヘン、チャイデー、ガウネー(ビルマのおかず、好きだ)」

私が答えると、持ってきた婦人が喜んで、自慢げにとなりの者と高調子に話しだした。

「せっかく好意でつくってくれたんだ、残さず食べろ。少しなら大丈夫だ、食べてみろ」

辛いものに慣れない兵が、「はあっ、はあっ、はあ」と口を開けたまま、水筒のある方に駆け出した。周りからいっせいに笑い声が起きた。ビルマ人の一人が私に寄ってきて、辛い

かとたずねるので、思いきり赤い唐辛子の副食を飯にかけて、食べて見せ、「ミャージガウネー、ケサムシブー（たいへんうまい。心配ない）」と言うと、おかずを持って来た婦人なのか、横に座って、「バーマヘン、ミャージサウバー、マスター（ビルマのおかず、たくさん食べて）」と話しかけてきて喜んだ。

なんと純真な人たちなのだろうと思う。仏教に明け暮れる人たちは、困った者を救い助けることは、やがて自分たちにその徳が巡りきて、仏の慈しみを得られるのだと、信じて疑わない人々だった。

あとからまた副食がとどき、飯がよけいに入る。腹をさすり、腕に力が入ったと礼をいう。「トメーサ、ミャージサウビー、ジーズデンバーデー（御飯たくさん食べた、ありがとう）」

われわれは心からあいさつした。

二人の男が急ぎ足で、ビルマセイレ（タバコ）を持って来てくれた。田舎づくりのタバコで、トウモロコシの皮でつつんであり、太くて長いやつだ。

「ちょうど何かのようだ」

だれかがへんな格好に持つと、ビルマ人たちも分かったらしく、男たちが主に笑いだした。口いっぱいにほお張って吸うと、火の粉が落ちはじめた。しばらくタバコもなかったから、兵隊たちの喜びようは大変なものである。

やがて出発準備をするころに、僧侶が寺のなかから、

「モー、サーバー（菓子食べなさい）」と出してくれた。托鉢で村民が差し出したもので、やわらかくて甘いビルマ菓子に舌つづみをうった。

村人が好意を持ってくれるほど、ここから敵を押し返し、優勢になれるならよいのだが、それは今のわれわれには不可能なことだ。

この村のビルマ人も、敵が近づけば日本軍に背を向ける、そうしたこともそう遠いことではないだろう。そして、この中洲から日本軍が姿を消した後、彼らは、われわれをどう物語るのかと想像する。嬉々として協力してくれた村人にたいして、紙幣もあたえる物とてない中隊は、なにひとつ謝礼することはできなかった。

夕刻、この村を出発したわれわれは、豆の収穫を終わった畑を横切り、闇の中を行軍した。夜半もだいぶ過ぎたのか、明け方ちかくの空気を肌で感じたころ、森の頂きに椰子のそびえる村が近づいた。これがこんどの行軍の突撃目標の村だという。

村の入口をさけ、大きく背後へまわった。村の中は寝静まっていて物音もなく、まだ犬も気づかないようだ。われわれは匍匐前進で近づいていった。周囲の垣根は刺だらけのサボテンと、山野にある棘草の木を寄せ、何年もの間つみかさねて作ったものだ。

私は着剣して、垣根まで五十メートルほど接近したとき、咳が出そうになった。音をたてて敵に察知されたら大変なので、畑の土を手で掘り、穴の中に頭ごと入れて小さく咳をした。

われわれは、ここには敵なしとみた。静かに垣根を越え、すばやく散開して住居に近づいた。中のビルマ人を呼び起こして聞くと、

「イングリ、ムラーブ（イギリス人は来ない）」と言う。

突撃しないですみ、ホッとすると、いっぺんに眠気と疲れが出た。明け方までの時間は貴重なので、歩哨が立ち、残りの者はしばしまどろんだ。

明くる日の早朝、敵機の飛来しない八時までにさらに前進して、あらたな集落に入った。小さな寺院の庭の一角に陣地を構築し、歩哨は木に登って厳戒態勢をとった。

二月上旬以来、モニワ付近から追尾してきた第二十インド師団と第八十インド旅団が、イラワジ河を突破しようと、中洲やナベ河畔に殺到し、各大隊正面とも本格的な戦闘に入ろうとしていた。この状況下で中洲のビルマ人たちは、案外逃避もせずに村の中に住んでいた。

私と他の二名が潜伏斥候となり、先の村に日中出ると、住民が家にいた。

「オー、アコー（おい兄弟）」と声をかけると、

「オッ、マスター」

「ジャパン、バーマ、アコニー（日本とビルマは兄弟だ）」

「ハウデー、ハウデー。ラペチャオ、タウバー（そうだ、そうだ。お茶飲みなさい）」

「ジーズデンバーデー（ありがとう）」

「マスター、ミーベー、サウメラー（焼き落花生を食べないか）」

「サウメー（食べる）」

焼き落花生は兵隊のだれもが好物だった。食べては飲み、飲んでは食べ、笊《ざる》にお代わりをすると、住民たちは、たくさん食べる牛と同じ、と言って喜んでいる。

「日本軍は最後には勝つ。イギリス兵がきたらはやく知らせろ。兄弟なんだから」と腕をまくり、ビルマ人の男の腕とくらべ、

「ズルベ、ズルベ（同じ、同じ）」と肌の色を強調して帰隊した。第一線にあるのを忘れる半日だった。

中隊に帰るわれわれの上空を、敵の観測機が、プルンプルンとゆっくり飛んでいた。

この飛行機は名前のとおり、攻撃してくることはないが、砲撃や戦闘中も上空から観測し、陣地や友軍の位置を正確にとらえる不気味な存在である。これが出てくるのは、敵の本格的な攻撃の前ぶれであった。

鬼神をも哭かしめ

午前八時をすぎると、かならず敵が出てくる。日本軍とは正反対だ。われわれの西方二キロ地点には、近藤隊（第六中隊）が陣地を構築していた。

「敵が北方から出て来た！」

木の上から歩哨が叫んだ。陣地前の藪越しに見ると、北方から砂ぼこりを上げて疾走する大型・小型のジープや戦車など、二十数両が南に向かい、やがて低地に姿が隠れた。エンジン音がかすかに聞こえてくる。われわれの方へ向かっているのだろうか。

わが一中隊には、小銃のほかに軽機が一梃、擲弾筒一があり、あとは手榴弾である。友軍

の野砲の掩護など、とうてい望むことさえむりだ。心中穏やかでない。

やがて銃砲声が激しく鳴りだした。迫撃砲が、ズダーンズダーンと炸裂し、その間隙に、ダダダッ、パパンとけたたましく機銃の音が入りまじって聞こえてきた。

敵はわれわれが目標ではなく、前面の友軍が攻撃されていることを知った。安心と不安が入れかわり、突破されたらつぎはここへなだれ込んでくるだろうと覚悟した。銃声が聞こえるうちは、友軍が健在の証拠なのだ。

どんな戦闘になったのだろうか。兵器はわれわれと同じであり、苦戦であるのは当然だ。無線も有線もないのだから、戦況すら知ることもできず、情けない。

「ずいぶんやられているようだ」

「がんばれるかな、あの敵に……」

質量ともに優勢な装備と兵力にくわえ、ビルマ中央に進出し追撃の立場にある英印軍は、士気旺盛なものがある。

「野郎らは歩かなくてすむ、いいなあ」

「車で出勤、車で帰隊か」

「あいつらは斬り込みをされるので、十キロ以上も第一線から退がるためだよ」

「おかげで夜の斬り込みが遠くなるばかりだ」

ダーン、ダーンと、にぶい発射音が響いてくる。

「また迫《はく》を撃った。長い戦闘だな」

すでに陽は高いところにあった。昼飯どきなのに、夢中で見ていたので腹がすくどころではない。

「いまのうちに食べるか、腹がへっては戦さになんねえ」

「友軍は昼抜きでやってるのになあ」

「交代で食べたほうがいい、早く」

昼食ももどかしく、ふたたび陣地端から直視する。銃声がまばらになったと感じられたとき、突然、ドンパーン、ドンパーンと、強烈な発射音がこだました。

「戦車砲だぞ！」

戦車砲だけがしばらくつづき、やがて、あたりは静かになった。

何時だろうか。まだ午後二時か三時ごろだろう、陽はまだ高い、友軍は全滅か、まだがんばっているのか。敵は、ふたたび戦闘を続行する気だろうか。われわれはひたすら友軍の健在を祈った。

やがてエンジン音とともに、一両、二両と姿をあらわした自動車が、右へ一列に走り出し、北方めざして砂塵をたてて引きあげてゆく。

「よくがんばったらしい。今日は終わりだな」

「明日は敵のやつ、交代するんだろう」

「友軍は掩蓋陣地に横穴でもつくったのかな。こっちもいまから壕を補強するか」

「昼食できました！」

「そうだ、交通壕だって、もっと完全なものにしなければだめだ」

わが陣地の周囲を見ても、障害物や利用できるような地形はない。戦車と歩兵の攻撃、そして空から爆撃されたらどうすればいいのか、夜も眠れず考えつづける。

「陣地にいるより、斬り込みに出たほうがよっぽど気がらくだな」

「陣地より、ゲリラ戦のほうが敵をやっつけることができるんじゃねえのか」

「しかし、ビルマ人に密告されたら、それも成功しないだろうよ」

兵隊にはそれなりの考えがあった。

いつしか眠りにつき、朝となる。そして同時に気持が張りつめてくる。

午前八時は敵の出撃時間である。全員が敵方向を見まもるうちに、前日と同様に、北から南へ斜めに車両が驀進し、低地に入り見えなくなった。

まもなく爆音がして、ピカッ、ピカッと前方の空に機体が反射して光る。敵機の任務は、まさしく地上軍への協力であった。

「今日は爆撃か、ひどい戦さになるな」

「持ちこたえられるかなあ。こんどの歩兵は新手だろう」

上空に二つ胴のロッキードが数機、くっきりは見えるまでに近づいた。

「おっ、何だあれは。落下傘に黒い物がつってある」

「あっ、また落とした。ドラム缶の半切れだ」

「油だあれは、あれではひどいぞ」

落下するたびに、地上からは火炎と煙が勢いよく立ちのぼった。友軍陣地はいったいどうなったろうか。

敵機の攻撃が終わると同時に、迫撃砲の一斉攻撃がつづいた。ふたたび、けたたましい銃声と手榴弾の炸裂音がひびき、友軍の銃声も入りみだれて聞こえてきたが、そのうちに散発的な銃声になった。

「友軍は、もうだめだな」

「こっちは油断するなっ」

友軍の生死を案じ、警戒を強めているとき、前方の山林縁を歩いてくる二つの人影を発見した。

「だれかくるぞ」

友軍の方向からだ。友軍にまずまちがいない。集落突端の木陰から走り出して迎えた。

「どうしたっ、何中隊だ！」

「二大隊の六中隊だ」

「陣地はどうした！」

「落とされた油が、燃えながら塹壕へ入ってきて、中にいられないんだ」

陣地内に入り、腰をおろさせた。

「戦車と歩兵が出てきて、掩蓋の上に戦車が乗り、歩兵が壕内に手榴弾を投げ込んできた」

「そうか、ひどかったな。ほかの者はどうした」

「どうなったか、散りぢりで分からない」

「脱出するとき、よく撃たれなかったな」

二日間の激戦のため服がやぶれ、泥と血がべっとりとついていた。一人は銃を持っていたが、もう一人の負傷兵は丸腰だった。

「ここは一大隊の一中隊だ」

「治療して休んでからいけよ」

六中隊の生き残った二人は、やがて、後方に退がっていった。これまでの戦闘が、二大隊六中隊であることをこのときはじめて知った。われわれに救援命令が出るかと思ったが、それはなかった。

六中隊は散りぢりになったというが、友軍陣地ではまだ戦闘がつづいていた。迫撃砲の炸裂音とともに、ふたたび彼我両軍の銃声が起こる。激戦というより、まさに鬼神も哭《な》く戦いである。

あれほどの新戦術で攻撃され、それでもなお陣地でがんばりつづける六中隊の兵士に、われわれは感動した。一時もはやく、友軍のために太陽が沈んでくれないかと、恨めしく感じた。

銃声がやみ、戦車の砲撃がひとしきりつづいたあと、戦闘は終了した。午後三時ごろになると、前日と同じく敵は車両をつらねて、砂ぼこりを高く上げて帰っていった。

「ああ、今日も一日終わったか」

戦闘を見つめるだけとはいえ、肩や手に力を入れどおしの一日だった。この日の戦闘を最後に、敵の積極的な猛攻はやんだ。

わが軍は英印軍に完全に制空権をにぎられ、上空から陣地や部隊の移動、配置を発見されて、後方の物資、弾薬庫まで破壊された。

それにひきかえ、わが方は第一線の斥候が夜間に偵察するにすぎず、徒歩での行動で敵の移動陣地を知る以外に方法はなかった。

圧倒的な戦力をほこる敵の攻撃のまえに、われわれは砲の掩護もなく、ただ肉弾と強固な精神力のみで戦闘をしいられた。まさに大人と子供の戦いである。

ビルマ人に化けて

わが中隊は、現在地ポサードー村から南西に移動し、三、四十戸ほどの村に到着した。

そこの西の突端にわれわれは陣地をあらたに構築し、掩蓋横穴まで掘ったが、二線のない第一線壕であった。延長距離にして五十メートルほどの交通壕を掘った中に、十数名が配備についた。

しかし、この陣地は村の一部分にすぎず、北、東、南までが見とおしのきかないものだった。そこで、村民に接触して宣撫し、ひろい範囲からの英印軍の侵入の通報に役立てようとした。

村長の家の庭に入っていくと、身長ぐらいの高さに落花生が山とつまれ、十二、三の山を数えた。朝にひろげて、夕方に寄せて山につむ。雨のない乾期だから、充分に干し上がるのだろう。村長以下、村の男が出てきたが、女と子供が少なく感じられた。男たちは収穫した農産物があるので、逃げ出さずにいるのかも知れない。

昭和二十年二月の中旬、私はナベ河対岸の偵察を命じられ、二名で行くことになった。夜間では敵情のくわしい確認は困難であり、昼間行動では空、地から発見される状況である。私は小隊長の許可をとり、村長と交渉してビルマ人に化けることにした。

ロンジー、ワイシャツ、ターバン用布、吊袋（シャンバック）を借り、越中褌一本になって着がえる。素足では焼けた地上は自信がないので、サンダルも用意した。最後に頭にターバンを巻き、吊袋を肩から下げると、すっかりビルマ人になった。

村長も、にこにこと上機嫌で、私が、

「ルージー、ジャパンビルマ、イングリ、チーメ、ケサムシブラー（村長、日本のビルマ人はイギリス人が見て心配ないか）」と聞くと、

「イングリ、チーメ、ナームネーブー（イギリス人が見ても分からない）」といい、家族の者も、

「ガウネ、ガウネ（よい、よい）」と喜んでいる。

まんざらお世辞ばかりでもなさそうだ。陣地にもどって、吊袋へ手榴弾二発をしのばせた。

村には北と南に入口があったが、陣地と反対の南から遠回りして、ナベ河に出た。両岸は

洲になっているが、中ほどは満々と水をたたえていた。

二人いっしょに対岸を見ないことを打ち合わせ、砂地に生えた枯れ草の上をゆっくりと北に向かって歩いた。サンダルに焼けた砂が入るが、我慢して歩きつづける。対岸の村の子供が岸近くの木陰で、二、三人で遊んでいる。

「敵はいないな。子供がのんびりしている」

軍隊特有の喧噪も、人声も聞こえてこない。ビルマ人だけの世界だ。

「ビルマ人に化けると、戦争知らずだな」と戦友がいう。

「うん、それもそうだが、うまくいかねえよ。だいいち越中褌をしているようでは、だめだな」

外見以外では言葉がまだまだだ。万一、敵と遭遇したら手榴弾を一発投げつけ、一発は最後の自決用としておいた。これは当時の兵隊の常識であった。

最終目的の村が手前の河岸にあるはずだが、まだ見えない。

北に行くほどナベ河は水量を増し、両岸までいっぱいに水をたたえて深そうだ。対岸にまた集落が見えてきた。対岸は村が多く、樹木も多いようだ。

川にそってしだいに東（右）へ曲がって歩くと、小さな集落とマンゴー林があらわれた。近づくと、手前の家の前に犬がいる。

「敵がいたら、吠えられてはまずいな」

「引きかえしたら、なおまずい」

「手前の一軒家に入っちまえ。行くか」

無言で近づいたが、犬が見ても吠えない。どうやらビルマ人と思ったのか、犬でさえこれならと、自信たっぷりに土間に入った。

「オー、アコー（おい君）」

声をかけると、男がじっとわれわれを見た。やっと分かったのか、すっとん狂な返事をした。

「オッ、バーレー。ジャパンマスター（おっ、なんだ。日本のだんな）」

どこの村人かと、ちょっと考えたらしい。見おぼえのない者に声をかけられ、面くらったようだ。

「マスター、タイマ、タイマー（だんな、かけて、かけて）」

われわれに腰を床におろせと、手ですすめ、

「ラペチャオ、タウメラー、マスター（お茶をのむか、だんな）」

「タウメー（飲む）」と言うと、熱い茶と簡単な食べ物をさし出した。

「タウバー、マスター（飲みなさい、だんな）」

油断はしないで、相手が飲んでから口をつけた。暑さで喉も乾いたので、飲みながら聞く。

「デ、ヨワ、イングリ、ムラーブラー（この村にイギリス人は来ないか）」

「ムシ、ムシー、マスター（こない、こない）」

「この村にはいないようだ」

「対岸のほうも分かるだろうから、たずねて見るか」

「ホーマヨワ、イングリ、シーデラ、ムシーブラ（向こうの村にイギリス、いるか、いないか）

「ムシーブ、ホー、ナペカヨワ、シーデーレ（いない、ずっと遠い村にいるそうだ）」

手を上げ、身ぶりをくわえて説明した。われわれの観察でも敵状なしだ。午後の日ざしもいくぶんやわらいだ。対岸の椰子が長い葉を伸ばし、美しい。

帰路は川岸から離れて歩いた。しかし、注意はたえず対岸にとどめ、油断はしなかった。

「ビルマ人の服装も大いに役にたつな。犬さえ吠えなかったじゃないか」

「いくらかビルマ人の匂いがしたのかな」

「付近の地形を見ながら帰るとするか」

途中、変わったこともなく、中隊陣地ちかくまで来た。深さ一メートル半ぐらいの水無川が、本流の西に向かってつづいている。この地隙の中に入ったら、立派な壕の代わりになるだろうと見た。ほどなく中隊に帰着し、

「偵察地に敵状なし」と報告した。

糧なくも誇りあり

村の青年と一人の少年が、毎日、陣地近くに遊びにきた。青年の頭がとんがって見えたので、われわれは「トンガリ」と日本名をつけた。少年は十二、三歳で、すばしこい子供だっ

たので、隊員たちが可愛がっていた。

二人とも炊事を手伝ってくれるので、食事もいっしょにすることがあった。野菜や鶏などの買いつけにもつごうがよかった。

われわれには少ない兵力での昼夜歩哨の交代、見とおしのきかない村の反対側までの動哨もあった。さらに陣地の配置にもつかねばならず、休む時間が不足する。

この状態の中で、トンガリの情報は集落内はもちろん、付近の村々からの情報を入手するにも役立った。おたがいに日を重ねるうちに、おのずと情がかよいあう。

二月のある日、歩哨が敵を発見した。サボテン藪を前に静かに壕に入り、軽機、小銃を照準して待った。

ナベ河を渡河した敵はどこに出てくるのか。前方二百メートルの水無川の地隙だろう、とわれわれは判断した。

やがて予測どおり、英印軍五十名が、地隙づたいに動いてきた。

「マスター」

私を呼ぶ声に横を見ると、トンガリと少年がわれわれの壕に入っている。ほかのビルマ人が、敵と反対方向の畑を逃げていく姿が見える。

「トンガリ、ミャン、ミャン、トワッ（早く、早く、早くいけ）」と小声でいうが、逃げようとしない。あべこべに、

「マスター、リベボン、ベーバー、リベボン、ベーバー（だんな、手榴弾くれ、手榴弾くれ）」

と請求する。

「ムカンブー、カレー、ズズ、ミャン、ミャン、トワッ(だめだ、子供といっしょに早くいけ)」

それでもまだ手榴弾をくれと言う。使い方も知らないのに渡すことはできない。

先頭の五、六名の敵が、地隙から出てきた。いっせいに、ダダダダッ、パパーンと狙撃する。二名がその場に倒れ、他は慌てふためいて地隙の中に隠れた。

敵が襲ってきたのを幸いに、こんどはどうだと射撃しながら、

「トンガリ、マーラガトワビ、ガウネラー、ミャンミャン、トワッ(死んでしまってもいいのか、早く行け)」

少年にもつづけて怒鳴った。

「ダンナペイテ、ピーピーラーケ、デーネーヤー、ラーケ(戦いが終わったら、夜ここへ来い)」

二人は、やっと壕から飛びだし、村に入って逃げた。これでよしと気持が落ちついた。

五十名の敵兵力にはおどろかないが、砲撃、爆撃、戦車の出現などを心配した。敵も激しく地隙から撃ってきた。前の藪と、後ろの樹木に、ブスッ、バシッバシッと銃弾がつき刺さる。

「がんばれよ」

五十メートルの横一線の壕内で十六名が奮戦した。負傷者を救援した敵が、ふたたび激し

く撃ってきた。ここにいる十六名だけが頼りだ。あとはだれも頼れない。歯をくいしばって、命のあるかぎり撃ちつづける、敵の撤退する午後三時までは、とだれもが思う。

　やがて敵は射撃をやめた。一時間くらいでやめるとは早すぎる。水無川の低地を歩いて村の後方へまわりはしないか、別の一隊が包囲するのを待っているのではと、ますます警戒を厳重にした。

　やっと夕暮れになった。真っ赤な太陽が川の向こうの大地に沈んでいく。夜になり生気を取りもどしたころに、トンガリと少年が陣地にかけ込んできた。

「マスター、イングリ、トワビー、ガウネ、ガウネー（だんな、イギリス人は行ってしまった。よかった、よかった）」

　拳をふり上げ、勝った勝ったと二人で踊りだした。トンガリも喜んで涙を流している。少年も無邪気に喜んでいたが、だいぶ恐ろしかったのか寄ってきて、

「マスター、ゴ・サンニュ」と私に抱きついた。

　やはり子供だ。逃げ出すときに敵弾が飛んできて、驚いたのだろう。体がふるえていた。

「イングリ、ムカンブー（イギリス人悪い）」と、二人は知り合ったときから言っていた。

　英印軍の駐留時か、撤退のときに、何か心よく思わぬことがあったのではないだろうか。それとも、私の宣伝の効きすぎだろうか。

　ビルマに来てからというもの、私はどこでも、自分のことをゴ・サンニュと名乗っていた。そして、日本人とビルマ人は兄弟だ、肌の色も同じだといって腕を見せてくらべさせ、イギ

リス人はわれわれと色がちがうと主張した。日本軍はビルマ独立のために戦っているのだと言い聞かせ、事実、私もその信念で戦っていた。

わが連隊正面の頑強な抵抗と勇戦にあい、敵はイラワジ河の突破を断念した。第二十インド師団は騎兵一個連隊、砲兵一個中隊を残し、ミンム方面に転用され、ミンム付近よりイラワジ河を渡って橋頭堡を築いた。

また、遠く南方ニャング付近では、英印第四軍団の第七インド師団、第十七インド師団ならびに第二百五十五戦車旅団が、二月十五日、イラワジ河を渡河して進撃を開始した。そして、われわれのいる中洲のみが敵中に突出、包囲されつつあった。

ある日、陣地の上空に飛来した敵機が、伝単を投下した。

内容は、硫黄島が米軍により占領されたことがくわしく記してあり、米兵が日本の子供を抱きかかえた写真がそえられていた。

そして、――あなたたち兵隊は軍閥に騙され死ぬことはない。この伝単を持って投降すれば優遇する。楽しい給養が待っています。英軍の献立はライスカレー、サラダ、肉料理。日本の献立は胡麻塩、梅干し――と書かれてあった。

「なにを寝言いいやがる。胡麻塩と梅干しがどこにある」

「おれたちは塩だけなんだぞ」

「少しひろっておくか、尻ふきに使えるぞ」

ひろってはみたが、投降するとき持って来いというのが気にさわる。戦死したとき、自分の体から出てきたら、末代までの笑い者になると考え、いちど使用してから焼きすてた。

一中隊から、南東のメマドーの大隊本部へ連絡のため、下士官・兵各一名が行くことになった。私はその一人となり、下士官は上竹軍曹だった。

村長から、ふたたび村人の服を借りて、牛車一台も依頼した。小銃を布でつつんで牛車の上におき、帯剣と弾入れはアンペラ下の桟につり下げた。ビルマ人ひとりが手綱を持ち、敵機の飛びかう真昼の道を、「ハイッ、ノアー」とかけ声をかけて走りだす。

砲撃と爆撃は南に北に、ドロドロドドドーンとやむことなく聞こえていた。

戦線は混沌たる情勢にあり、われわれはもちろんのこと、小隊長や中隊長ですら、現況をつかんではいなかった。牛車の上の私には、このたびの連絡事項さえしらされていない。ただ襲撃をうけたときの処置さえ分かればよいのだった。

目的地のメマドーを目前にして、敵の戦闘機が低空で村の上空に進入した。牛車のままで入っていったが、友軍の姿は一人も見えず、隠れていて、歩哨も立っていないのには驚いた。敵とは十キロも離れていないというのに、本部というところは呑気すぎると感じた。

軍曹が連絡を終わると、すぐに帰路についた。ふたたび牛車を第一線陣地に向かって走らせたが、半ばまでもどったころ、ドドーンという爆発音にふり返ると、はるか遠くで火炎が噴き上がっていた。

かなり大きな町であろうと眺めたが、おそらくミンギャン方面であったろう。

三月の上旬になると、敵の爆撃は四方で、砲撃は三方向に展開し、イラワジ河における決戦もいよいよ最後のときがきたかと感じられた。

このころ、私は夜間斥候の命令をうけた。

月もなく暗い夜に、三名で陣地をあとにした。約八キロほど先の村が最終目的地で、その間に二つの村があり、そのようすも偵察しなければならない。

やがて最初の村に近づき、息を殺して偵察したが、異状はない。すぐさまつぎの集落に向かった。道路をさけて、草原と畑の中を進んで接近していった。

ここも物音ひとつなく、住民は熟睡中のようだ。敵がいるとすれば、歩哨の立つのはあのあたりだろうと接近したが、なんの兆候もない。われわれは最終の村へと急いだ。

時間をずらして遅く出発したため、夜も三更となった。冷たい手に小銃を堅くにぎりしめ、軍靴の音をたてないよう細心の注意をはらった。遠くの村の中に、チカッチカッと真夜中なのに灯火らしい小さい光が見える。

「こんどは敵がいるかも知れない」

「注意しろよ」

「おいきた」

斥候は小人数がよい。動作もはやく、気があう古兵ばかりが選ばれたので、いちいち声を出す必要がない。静かに着剣して徐々に近づいていった。

村はずれの入口付近の家の中から、光がもれている。敵が分哨、歩哨を出しているとすれば、おそらくその手前にいるはずだ。姿勢を低くして一歩一歩と前へ出て、膝をつき、空をすかして敵影をさがした。

室内にはビルマ人の男が一人起きていた。合図をして進みながら、高い床下と家のまわりを確かめ、正面をはずして横から姿を見せずに声をかけた。

「オー、アコー（おい、君）」

突然、姿のない声に驚いた男が、

「バレ（なんだ）」

低い声で返事した。

「イングリ、デ、ヨワ、シーデラ（イギリス人はここの村にいるか）」

「トワビー、ムシーブー（帰って、いない）」

「ヨワ、チーメ、イングリ、シーデ、ダンナペイテ、ガウネラー（村を見て、イギリス人がいたら銃で撃つ、よいか）」

「ガウネー、ムシーブー、トワビー（かまわない。帰って、いない）」

他の二人は、すでに家の後方にまわり、村の中を警戒していた。私は男の前に姿を見せ、着剣のまま正面に立った。くわしく聞くと、

「きょう二名の英軍が来て、すぐに帰った。イギリス兵はこの先の村に五百名いる」と男はふるえながら答えた。

英軍が昼に村に入り、その晩、日本兵が着剣してとつぜん現われては、恐怖におののくの

は無理はない。

偵察の任務はこれまでだ。先の村に五百名の敵がいるとわかり、勇躍して陣地にもどって報告した。われわれの正面の敵も、攻勢に出る準備中かと感じられた。

第七章　退路を守る

銃口は敵の背に

昭和二十年三月十三日、急遽、キャウセ付近への転進命令があり、わが中隊はイラワジ河を東に渡河した。

マンダレーを守備する「祭」第十五師団が、敵に包囲されて苦戦におちいり、この脱出撤退を援護するためだった。各中隊は合同し、カドウより自動車輸送で出発した。頑強に守りとおした中洲も、放棄のやむなきにいたった。

自動車から見るマンダレー街道には、退却する友軍の姿はあったが、前線に向かう兵隊は、われわれ以外にはまったくなかった。

夜明け前に道路端の草むらの中に入った。通過部隊が入ったあとなので、トンネルのようになっていた。そこで私は大型ナイフと磁石をひろった。六一四高地を脱出するさい、ビルマ人に私物を持ち去られ、不自由していたのでありがたかった。

付近一帯はひろい平野がつづき、早朝から、敵の観測機がゆっくりと旋回をはじめていた。

炊事も思うにまかせず、舗装路付近の壕もないところでは、このうえない危機感をいだいた。

三月中旬、わが山田小隊および第一機関銃の一個小隊(重機一)は部隊とはなれ、キャウセ北方ビリン地区の新任務につくため、夜を待って出発した。マンダレー〜ラングーン鉄道にそって、北方のマンダレーに向かって進んだ。

山田芳枝少尉の言動からは、だいぶ急をようするものとみえた。祭師団の撤退路を確保するため、陣地を構築しなければならないが、その位置を選定するための急行軍である。途中、白くみえる水田は、乾期で固く乾いていて、どこでも通行は容易であった。

私は漠然と思っていた。一個師団の友軍を敗走させた敵にたいし、わずか二十数名で追撃あるいは迂回してくるのを迎え撃ち、なおかつ友軍の退路を確保できるのだろうか。その前に、敵の大部隊に圧殺されてしまうのではなかろうか。考えながら行くうちに、幅が五十メートルほどの川にでた。左方向に鉄橋がみえる。

「この鉄橋付近は陣地にいいな」

「ああ、ここか」

だれか一人だけ納得した返事をしたが、小隊は先に進み、鉄橋を越える。対岸はますます広い水田と畑がひろがり、夜が明けてみると、はるか前方には、村々の森や椰子が林立していて、かなり大きな集落のようだ。

水田の地隙に入り、われわれは停止した。ここは農業用水路であろうか。日中でもあり、敵情を偵察しなければ、これ以上の前進は無理だろうと思った。山田少尉もおなじ判断なのか、この先への前進をあきらめたようだ。一個分隊が右のマンゴー林の丘に偽装して歩哨を立て、のこりの兵は地隙に入った。

われわれは、深さ一メートル半ほどのくぼ地の中で昼食を終えると、キャウセで受領したばかりの軍袴（ズボン）に着がえた。しかし、新しい軍袴は冬もので、厚地の裏があり、カミソリで裏地を斬りとらなければ、南方では使用できない代物である。

陽も高くなり、遮蔽物のない乾いた田はしだいに暑さをました。われわれのいる水田の真ったただ中の低地は、地形上、防御進退に自信の持てないところである。私は空挺部隊掃討作戦の池田小隊の犠牲を思い出した。はやく服装をととのえるように若年兵をうながした。

昭和十九年三月、ラングーンで支給されて以来の軍袴だった。その後、インパール作戦をへて一年にもなる。ところどころ薄くなって破れて修理したあとと、全体が泥でかためたような状態にくわえて、シラミの巣になっていた。

脱ぎすてた軍袴を見ると、シラミが右往左往して逃げまどい、縫い目や織り目につらなって一本の白い糸になり、卵が鈴なりに光っていた。

巻脚絆をまき、背嚢の整理をおわり、帯革を腰にしめたとき、突然、パパーンと銃声がした。

「来たか、それっ」

小銃の安全栓をはずしながら、地隙の中をかがんで進み、草の間から敵情を見た。

マンゴー林の友軍歩哨を発見した敵は、地隙にいるわれわれに気づかず、側面をさらけ出して、伏せた姿勢で射撃を行なっていた。

歩哨と分隊員は、最初の銃声のときにすばやく動くのを見たが、いままでは配置についたのか、ここからは見えない。しかし、やられた様子もないので安心した。

「低くしろ」

若年兵たちに小声でいう。すこしでも接近してやろうと前進するが、地隙が浅くなるので、片手、片膝をつきながら進んだ。

「合図でだぞ」と小隊長の指示をまった。装備や装具はいち早く身につけることが第一と、いまさらのように思う。先頭になるとは気持のよいものだ。

小隊長の合図の一発と同時に、ババババーンと一斉射撃をおこなった。予期しない側面からの攻撃に、敵兵の何名かは立ち上がらなかった。残兵があわてて逃走する。跳ね上がり、転がりながら一目散に隠れた。

昼間の戦闘では、不用意に姿を出せば別の敵からの攻撃も懸念されるので、戦果の確認はできなかった。

あたりは静かになったが、小隊は敵の再攻撃にそなえて、地隙の中から監視した。

「位置を暴露したから、こんどはくるぞ」

「鉄橋のところだったらな」と私が言うと、となりで、

「うん、あそこか」と二、三人がうなずいたが、何度も言うことはひかえた。

歴戦の山田少尉のことだ、まかせておけばいいのだ、信頼しようと口をつぐんだ。敵が出

て来ないうちに、日が暮れないものかと話していると、

「敵の車両だ！」と歩哨の声がした。

戦友たちの眼光が鋭く光った。敵は一キロ前方の集落北端（左方）から、わが方の南西にせまってきた。先頭はすでに四、五百メートルに接近したが、敵車両の後尾は蜿蜒とつづいている。乾いた農道を走るためか、土ぼこりが濛々と中天まで舞い上がり、前方の集落の森が見えかくれする。

敵の大型・小型のトラックは幌つきである。ジープが砲を牽引し、戦車も数両まじっている。

「さっきのお返しにしては、大げさだな」

「こんどこそだめか」

「終わりだ、終わり」

私は黙って小銃を握りしめた。行軍している敵歩兵など、一人もいない。これまで祭師団をバカにしたが、目前の敵をみて、無理もないことだと思った。

だが、いかに敵は優勢とはいえ、敵前三、四百メートルにきて、なおトラックに乗車のままで攻撃してくるとは変だ。さては、目標はわれわれではないなと感じたころ、敵の先頭は急に方向を変え、三百メートルほど離れたところを南東に向けて移動していった。

やがて先頭は見えなくなったが、後続車はつぎつぎと側面をわれわれに見せ、ゆうゆうと横一線になって砂塵を上げて疾走する。

最後尾の車両がわれわれの前から姿を消したのは、先頭が行ってから二十分くらいであったろう。戦車は八両だけだったが、全車両二百を数えた。砂塵が消えて、ほっとしたが、並列する友軍が攻撃をうけ、突破されなければよいがと心配になる。

稲葉小隊は、どのあたりに布陣するだろうか。われわれも、一日も早く陣地を持たなければと気持があせる。

やがて、敵機も鳴りをひそめた。日没とともに出発準備をととのえ、朝来た道をもどりはじめた。

鉄橋をわたると東へ折れ、川を前にして停止した。私が今朝、ここならばといった位置だった。小隊長と重機の下士官たちで、ここに陣地を決定した。サウジイ河鉄橋東の陣地である。

鉄橋東側の近くに地隙があり、この中を飯盒炊事の場所とした。その台上が重機陣地、そこからさらに東の川岸台上に並列した小隊陣地が決められた。夜を徹して、われわれは各個壕を掘りあげた。

乾期のビルマの土は固かったが、六一四高地の固さを思えば、問題ではない。小枝と草で偽装して、私は最右翼東端の壕に入った。灌木が一本あり、その根本ちかくに山田少尉が入った。

少尉は、さらに陣地より五十メートル東に、偽装陣地をつくることを命令した。夜の作業を急いで完成した。ここには際立つマンゴー林があったので、われわれの陣地としなかった。

川の水は乾期のため、川床の中央を流れ、対岸には藪と灌木があり、見とおしが悪くて不都合だったが、敵もまた邪魔になったろう。

左（西）の鉄橋から、前方のマンダレー方面に線路が延びており、線路ぞいには高さ二メートルくらいの土手になっている。

大隊本部は後方ビリン地区の村にあり、ここから四キロ以上の道程である。わが小隊との連絡係として、斉藤清治軍曹と兵二人がいた。

この本部には、糧末を受領するため、一度行ったことがあったが、本部は第一線陣地から、四キロ離れたにすぎないのに、壕一つ掘るでもなく、のん気なようすを見て驚いた。昼をあざむく月光の明るさのなかを、夜半、敵の出撃はないものと、自分たちも気楽に水田を横ぎりながら帰隊した。

三月十七日の夜、斉藤軍曹、木村幸一郎上等兵、大聖寺春雄一等兵の三人が、小隊陣地への連絡を終わり、帰途についたとたん、ダーン、パパンと銃声がした。

「やられたのでは、それっ」

小隊でも陣地から応援に出発すると、まもなく木村が駆けもどってきた。

報告によると、水田を歩行中、英印軍の待ち伏せ攻撃をうけ、大聖寺一等兵戦死、斉藤軍曹重傷とのことだった。斉藤軍曹を助け出して草むらに担ぎ入れ、天幕でおおってローソクの灯で手当したが、出血多量でまもなく絶命した。

敵の斥候は後方との中間連絡道に出没するようになった。戦死した二人の後任には、本部勤務の川西丈夫伍長が岡田守二上等兵とともに任務についた。

おなじ十七日の昼間、後方で敵機が急降下爆撃するのを陣地から見た。そこには連隊本部があり、そのときは旗護兵も戦死するほどの犠牲を出し、軍旗も危険にさらされたのだという。

わが小隊は、昼間は暑いなか、各自の壕に入り、じっと待機している。夜になると、待ちかねるように炊事、兵器の手入れをおこなう。歩哨は陣地左右に二名、立哨は壕の上に一人が座る。控えの兵をくわえると、一時間に四名となり、一晩のうちに三回も順番がまわってくるので、連日わずかな睡眠の日がつづいた。

陣地を構築してから五日後の朝、英軍の斥候三名が鉄道線路の土手下に歩いてきて、対岸の土手に停止した。われわれは静かに小銃を草の間から出し、彼らに銃口を向けた。ここからは少しはなれるが、重機は敵の真正面で、距離はおよそ五、六十メートルである。運の悪い兵隊だ、敵はこちらに背を向け土手に伏せて、線路の反対方面を偵察している。運の悪い兵隊だ、死ぬ一瞬前なのに、と思ったとたん、

「ダダダダッ」

機関銃弾が手前にいた二名の敵兵に命中した。突き抜けるたびに、肢体が小さく動いた。体がすくんだのか、すばやく立ち上がれずに伏せたままの一名が、やっと逃げだした。重機は、ダダダダッ、と追射したが、よほど運のいいやつらしく、線路を越えて姿が消えた。

その後しばらくは、斥候の後方から部隊が来るものと待ちかまえていたが、めずらしく来

ない。おそらく逃げた一名も途中で倒れ、報告できなかったのだろう。

夕方になり川をわたって調べると、二名とも白人兵で、重機の太い弾丸が蜂の巣のような穴をあけていた。持物をさがしたがなにもなく、新しい皮靴と純毛の靴下を、だれかが持ち帰った。途中の畑に小さなトマトの実を発見し、つみとって戦闘帽に入れてもどった。

川の深さは膝上ぐらいで、敵の渡河攻撃も容易だろうと、心配になった。

持ち帰ったトマトは、今日のなによりの戦果である。あとから、また畑にいく者が川をわたっていった。トマトはナイフで切り、唐辛子とまぜて塩でもみ副食としたが、炎暑の中で、食欲をそそるこのうえない御馳走だった。

ここに来てからは、一日が長い。友軍の祭師団の脱出が完了するのが待ちどおしい。

「祭はまだ脱出できないでいるのかなあ」

「ここまで敵が来ているのに、包囲されたままなのかよ」

祭師団の脱出完了までは、われわれはここを死守しなければならない。自分の身を考えると、双方とも無関係ではすまされない。目前を敵の部隊が縦横に移動しているのだから、こちらも心中おだやかでない。

予感的中す

ある朝、陽が昇り明るくなったころ、敵が進出してくるのではと、いつものように対岸正面と陣地右翼（東方）を厳戒していた。

するとと陣地右方に、特徴ある鍋型鉄兜がチラッと見えた。やがて白い顔と緑の服がつぎつぎと現われた。小声で壕から壕へ伝えて、敵をにらみつける。

敵は、わが陣地右手の偽装陣地をめがけ、草の上を這っていたが、ふいに五、六名が立ち上がって、自動小銃を乱射しながら駆けこんできた。そのあとにつづいて七、八名が、さらに三段がまえに小銃、自動小銃を乱射しつつ、十名ほどが散開して突っ込んできた。

われわれは、先ほどから川を後ろに向きを変えていて、このときとばかりに一斉射撃を浴びせた。眼鏡装着の新式銃を私一人が渡されたので、試し撃ちとばかり意気ごんで狙撃をはじめたが、突入してくる目前の敵には、眼鏡は必要どころか、かえってじゃまになる。いそいではずして壕の中に放り投げ、ふたたび撃ちまくった。

敵は全員白人兵で、偽装陣地を目標に攻撃をかけ、三方から射撃をくわえていた。最後までわれわれの陣地には気づかず、命中弾をうけた敵はあわてふためくように倒れた。

ほどなく敵は退却した。

「これで第一回は終わったな、今日はまだ早いから、また来るかな」

「偽装陣地を攻撃してくれたから助かった」

「あれがなかったら、もっと接近戦になったぞ。どうした、新式銃は」

「何だ、こんなもの。眼鏡で狙ったって、昼寝してる兎じゃあるまいし、戦さになんねえ。そのぶん弾丸を持ったほうがいい」

「そうか、壊して捨てっちまえっ」

「こんな眼鏡は兵隊いじめだ、壊してやる」

役にも立たない物を、苦労してかついで行軍したのがバカらしくなる。

意表をついた反撃により敵は退がったが、これで陣地の位置は敵に察知されたわけだ。これまでの敵の戦法なら、つぎには爆撃と砲撃があり、それでもこちらががんばると、戦車があらわれる。

「こんどは来るな、明日あたりか」

「いよいよ来るか」

私は弾入れを開け、五発ごとにまとめて小銃弾を並べなおし、整理して気分転換とした。

この状況下に、二日おきくらいに川西伍長が夜間連絡にきた。いつも単独行動なので危ないと話しかけると、一人の方が早いからという。かならず二名で行け、と大隊本部からは注意されていたようだ。危険このうえないことを承知での行動なのだろうかと思う。

翌日、陣地右翼東南方で敵機の銃爆撃があり、爆煙が森の上に吹き上げ、ドドーンと炸裂音が響きわたった。ピカッ、ピカリと、乱舞するたびに敵機が光る。爆撃がすむと、こんどは銃撃を開始した。ここからはそう遠くはない二キロぐらいの地点とみた。

「あの付近に友軍がいたんだな、何中隊がやられているんだろう」

「このつぎはここだぞっ」

陣地壕内でうける銃爆撃は、何回体験しても慣れるということはなく、嫌なものだ。

後日分かったのだが、このとき銃爆撃をうけたのは稲葉小隊であった。そしてそのさいに、突っ込んで来た敵機にたいし、小銃と軽機で立ち向かって、一機をみごとに撃墜したという。いつも飛行機にたいしては無抵抗の日本軍であったし、対空火器を持たないと知り、英軍飛行士は頭からバカにして、低空から銃撃してきたにちがいない。それにしても、なかなか思いきったことをやったものだと感心した。

「頭の上に落ちてくるのではと胆を冷やした」と笑いながら稲葉隊の兵士が語ってくれた。

三月二十四日、真昼の太陽が、さえぎるものもない壕の上に、容赦なく照りつけていた。ドードーというにぶいエンジン音が、壕内のわれわれの耳に伝わってきた。敵車両か、敵戦車か、対岸の藪がどうしてもじゃまをする。エンジン音はやがて、ググーンと力強い音になった。

全員、日中は壕に入ったまま離れず、じっと中にいた。目だけを草の間から出して、音のする方を見つめている。

やがて、五十メートル側方の偽装陣地正面対岸の藪の切れ目に、戦車一両が姿を見せた。長い椰子の葉を車体に取りつけたべつの一両が、その横に並んだ。先頭車の合図で、さらに右に左にと、計四両のM3型戦車が全容をあらわした。

われわれは息を殺して凝視していた。渡河してくる気か、それとも戦車砲で撃ってくるのか。

敵戦車は動きが止まると同時に、機関銃を発射した。

「ダダダダダダッ」

歩兵のもつ機銃とちがい、すさまじい連続射撃だ。弾道が高いとマンゴーの樹木に、低い弾着は川岸の土砂をはねとばす。バシバシッ、バシッと枝と葉がとびちり、空中に舞う。やがて四両がいっせいに撃ち出した。

偽装陣地前の土に、ブスブスッと音をたてて突きささり、土塊が川に転がり落ちる。戦車砲は上向きのままだから、発射しないようだ。

敵の歩兵がこの間に渡河し、われわれを包囲するかもしれない。前に攻撃してきた東方と、さらに後方も警戒しなければ、と油断なく身がまえた。戦車内には充分な弾薬がつみこんであるのか、いっこうに射撃をやめない。川は浅いので、越えてくる可能性もある。

以前、私は黄色火薬をつめた布団爆雷を小隊長が持っていると、だれかに聞いたことがある。ここまで生き長らえてきたんだ、死んだ戦友を思えば長生きすぎた。同じ死ぬなら、いっそのこと戦車一台を吹っ飛ばして、刺し違えてやろうと覚悟を決めた。よし、おれが目にもの見せてやる。

「小隊長殿っ。布団爆雷、井坂に貸してください」

小声で近くの壕へ話しかけた。

「いや、あわてるな、まだだ」

山田少尉は渡してくれない。決心して高ぶった気持が、ふたたび不安に落ちこんだ。いざその時では間にあわないのだ。天蓋が締まっていては手榴弾も使いようがない。爆雷だってゆっくりと雷管をつけるくらいの余裕はほしい。布団爆雷以外には、破甲爆雷、火炎瓶など一つとしてなく、戦う武器のない兵隊ほどつらく悔しいものはない。小銃弾の一発も撃たず、壕の中にじっとひそんでいた。

突然、射撃の最中に、ビッピーと戦車の合図があった。前進するのか、砲を撃つ気か、われわれはいっせいに目をそそいだ。後尾一両が後退して動き出した。さらに、ビッピーと合図があり、また一両退がった。

合図があるごとに、四両すべてが灌木と藪の向こうに隠れた。まもなく、ドードードーとエンジン音をたてて、遠ざかっていった。

「まだ油断はできないぞ、渡河してくるかもしれん」

「歩兵があらわれないのは変だ、どこかに来ているはずだ」

「どっちから来る気だ、野郎っ」

遮蔽物のない地形にある壕は敵の意表をつき、偽装陣地は二度も敵をだましとおした。われわれもがまん強かった。必要以外には壕から出ることもなく、夜も、昼も、戦闘のさいにも敵に姿をみせず、偽装は毎日新しく交換し、努力したかいがあった。

ただ、敵歩兵の所在を確かめたかった。陣地壕での焦燥は夕方ちかくまでつづいた。

今日も太陽がやっと西にかたむき、夜まであと二時間ほどと思ったとき、ゴーゴー、ドードーという音響が急速に接近してきた。

「来たな、敵部隊が」

お互いが目でうなずきあい、固唾をのんだ。エンジン音がつぎつぎと停止し、藪と灌木の後方で、ガヤガヤ、ワイワイと車から降りた敵兵たちの高調子の話し声とともに、陣地構築をはじめた。

夜になってもめずらしく工事をやめない。およそ川から百メートルぐらい後方の地点だろう。

友軍野砲の五、六発も援護射撃してくれたなら、思いきり敵中に突入し、攪乱してやれるだろうに、敵を目前にして打つ手がない。

「明朝になったら、敵は砲爆撃の後に総攻撃に出てくることはたしかだ」

「こんどこそ年貢の納めどきがきたか」

「今晩のうちに撤退命令がなければ、全滅だ」

退路は平坦な水田地帯がひろがり、日中の撤退はおそらく死をまぬがれない。満月にちかい月が煌々と冴えわたり、付近を青白い風景に浮き出させた。

それにしても、ビルマの月の明るいことよ。陣地構築中は出撃して来ないだろうが、敵の壕掘りは楽々と進んでしまうことだろう。

明日の一日、いや一時が生死を決するであろう。今宵だけの命だ。夢を見る眠りに入れないまでは、せめて故郷を思い出し、最後の別れとしよう。家族の一人ひとりの顔、村の風景、山や川で幼児のころ遊んだことなど、つぎからつぎへと脳裏をかすめ、消えてはまた浮かぶ。故郷の思い出を胸に明日は死ぬのだ。

壕の中では、だれも一睡もしない。考えることはみな同じだろう。ただ、弱音をはくことを控えているだけだ。

敵の壕掘りも夜半には終了したのか、やがて対岸の喧騒が静かになった。ふと私は、撤退命令を持った川西伍長が、こちらに向かってくる予感がした。そんなうま過ぎることが、と思ってみても、まちがいなくこちらに向かってくる気がしてならない。

おもわず、となりの壕に声をかけた。

「おい、今夜中にかならず撤退命令がくるぞ」

「何で、ほんとにか……」

「うん、ほんとうだ。おれの勘に狂いはない」

そのとなりの壕にも聞こえたのか、

「来なかったら終わりだな」

「だいじょうぶだ、来る。心配すんな」

山田少尉にも聞こえていたと思うが、なんとも言わず、怒りもしなかった。

大隊からの連絡と、敵の気配を逃すまいと耳をすまして待った。夜もふけ、夜露の落ちる音も聞こえるほどに静かだった。

やがて、音はしないが、人の気配がした。敵か、川西伍長か、静かに着剣して銃を壕の上に出し、剣先を草の中に入れて月光の反射をふせぎ、匍匐して前に出た。

まだ姿は見えない。敵ならひと突きにと緊張する。隊員に合図もしないで出てしまった。

どうでもいい、やるだけだ。近いなと思ったとき、十メートルくらい前方の闇の中で、

「一中隊……」と、川西伍長の声がした。

「ここだ……」

敵に聞こえてはまずい。這いながら近づき、

「おい、ここだ……」

「一中隊か」

ようやく頭が見えた。

「敵が来てるからな」

「うん、わかった」

「撤退命令だな」

「そうだ、小隊長は」

「こっちだ。敵の大部隊が前で見てるからな」

川西伍長に念を押し、小隊長の壕を教えた。私は自分の壕にもどってから、

「おい、撤退命令だぞ」

だれもが歓喜し、つぎつぎに伝えられた。小隊長に撤退命令を伝達し終わった川西伍長は、

「ああ、よかった。本部では一中隊は全滅したかも知れないといってたんだ」

「なんだい、また一人で来たのか」

「うん、そうだ。稲葉小隊へもいって来た」

「あぶないよ、こんな月の明るいのに」

「一人の方がよっぽど早いからな」

敵が夜も出没する四キロの道程を、単身で来るなど、無謀すぎる。あきれたり、度胸がいいのかと感心もした。

機関銃小隊へも連絡を終わり、それぞれの壕で静かに背嚢を負う。防音に気をくばり、草と木陰を利用して所定の位置に集合すると、全員そろって一列に水田を退がる。

三月二十六日の夜、十日間にわたり守りとおした陣地を、われわれは危機一髪のところではなれた。

傷者は置き去れ

第十五師団（祭）は、マンダレー市街に立てこもり、王城を中心に包囲され、敵の激しい攻撃にさらされていた。その熾烈な砲爆撃下の三月二十一日ごろ、ミンゲ東方から脱出に成功したのだった。

だが、脱出後の撤退路を確保すべく、われわれはビリン地区の各陣地を死守しなければならなかった。

後方のミンギャン陣地は激戦のすえ突破され、さらにその南方のメイクテーラは、三月一日、二日の戦闘で、英第四軍団機械化兵団の戦車をふくむ二千両の部隊に完全に占領された。

周辺では三月二十五日から二十七日ごろまで、連日、夜襲を決行したが、五十三師団戦闘司令所まで砲撃される戦況におちいり、撤退を開始した。

北西のミンムからは、イラワジ河を渡河した第二十インド師団が進撃中であり、わが正面の第二英師団は、ガズンからイラワジ河を越えてわれわれと戦闘中で、ますますその追撃は激しさをくわえてきた。

夜半に前陣地を後退したわが小隊と機関銃小隊は、約四キロ後方の標高百メートルの高地前面の平地に到着し、休むひまなく、月の光のもとで陣地構築にとりかかった。

すぐ後ろのパゴダ高地には、第四中隊が陣地を確保していた。その山麓から前面のわれわれまでは、およそ五百メートルほどの草原の湿地帯である。

小隊は、眼前の道路の縁に、一線に壕を掘った。後方は幅四、五メートルの川で、満々と水をたたえた、乾期にしてはめずらしい小川だった。陣地の正面には乾いた水田が一望にひらけ、その二分の一は見とおすことができた。われわれが前陣地から歩いてきた水田である。

壕の周辺には短い草以外はなにものも遮蔽物はなく、前面に進出してくる敵を迎えるには、あまりにも頼りない地形である。パゴダ高地の友軍がうらやましい。

しかし、位置を指示された以上、不平不満は許されない。兵隊はただ黙々と、各個壕を一センチでも深く掘ろうと、手を休めることはなかった。掘りだした土は、発見されないように後ろの川に投げ入れた。背嚢を隠すのに、さらに壕底をひろげる。

早くしないと夜があける。横穴まで完成しないうちに、草と小枝で壕の上をおおった。

「おい、どうだ、見てくれ」

「だいじょうぶだ。それなら発見されない」

「そうか、そっちも入ってみろ。少しまずいな、敵機にわかるぞ。偽装をなおせよ」

壕は道端に五メートル間隔にならんだ。

「敵が歩いてくる道に陣地があるとは、お釈迦様でも気がつくめえ」

「手をのばして敵の足をつかめるな」

「水は手ですくって飲めるし、たいしたもんだ」

慰めに強がりを言いながら、それぞれの胸のうちで最良の陣地と言い聞かせていたのだろう。

日の出とともに、地獄がやってきた。日本軍全体が夜は極楽、昼地獄と思うようにならざるをえなかった。私は頭にも草で偽装をほどこし、壕に入って敵の方向をにらんでいた。二昼夜一睡もできずにいる疲弊しきった私の右背後から、太陽がしだいに高くなってきた。

ふと見ると、白いシャツにロンジー姿のビルマ人が一人、三百メートル前方の水田を、わが陣地につかず離れず、左の方へゆっくりした速度で歩いていく。

「あやしいぞ、あのビルマ人」

戦場のまっただ中でもあり、この近くには村はなかったはずだ。

「敵のスパイか斥候だ、気をつけろ」

陣内は、刻一刻と緊張の度をくわえた。

目前の道路のはるか右手のほうで、三名の英兵の姿が見えた。本隊はその後方に見えないが、おそらく斥候であろう。銃を後ろに負皮を肩にして、赤いトマトを帽子からとりだして食べながら、右翼の重機陣地に接近した。斥候であろうに前も左右も警戒していない。これで任務がはたせるのかと驚いた。

私はそっと照準し、彼らの近づくのを待った。

とたんに、ダダダダーと重機が射撃した。あわてた敵は道路の向こう側に飛び込んだ。一人の敵兵もたおれない。まったく命中しないとはどうしたことだ、まずいことになった。

敵は少人数ながら、勇敢にも道路の向こうから、手榴弾を投げこんできた。こちらからも応じて、道路をはさんで手榴弾戦となった。

ほどなく灌木の枝葉の間から、有線の丸い器具を背中に負った英兵が、斥候のへばりついた付近をめがけて、駆けこむのが見えた。有線で連絡して砲撃にでるな、と懸念したとおり、何分もおかずに、迫撃砲を発射してきた。

ズダーンと、初弾は重機陣地のはるか後方に炸裂した。二弾、三弾と、弾着は一発ごとに近づいた。これは危険だ、有線で指示して距離を修正している。何発目かに重機付近が騒がしくなり、命中したらしかった。

われわれ小隊陣地から、後方にいる擲弾筒分隊に、援護射撃と負傷者を後送するため伝令が走った。

しばらくして、背後からポンと発射音がひびき、右前方の英軍斥候のいる地点に炸裂した。

つづけて三発ほど、われわれの頭上を越えて擲弾筒が発射されたあとは、静かになった。敵は去ったようだ、命中したのかも知れない。

敵はこの程度の攻撃で終わるはずはない。本格的な攻撃を再開してくるものと、われわれは待機した。

前夜の敵兵力がいるはずだ。どこからくるのか。もしかしたら、背後のパゴダ高地へ向かうのではないだろうか。高地を占領されたら、わが小隊は袋のネズミとなる。友軍もがんばってくれるだろうと期待するが、心配になって、ときどきふり返ってみる。

「山に敵がのぼりはじめた」

「なにっ、山にか」

小隊員は壕ふかく身を隠し、いっせいに高地をふりあおいだ。東方のゆるやかな稜線を一列にのぼる敵影が、頂きに向かって動いているのが見える。

「四中隊、気がついたかな。発見しただろうか」

全員、下で気をもむが、連絡するにもなんら方法がない。敵は大小の岩肌の突起部に見え隠れして、徐々に頂上のパゴダめざして接近していく。まだか、まだかと見るわれわれも心おだやかではない。

突然、ダダダダー、パパンパン、ダダダダーと、四中隊の射撃が高い空にこだました。先頭の英兵が山頂近くからころがるように逃走し、岩かげからつぎつぎと退がる。やがて態勢をととのえた英軍も、不利な位置から撃ち出した。双方の発射音が山頂付近で激しくなる。

わが軍は各隊とも通信機も待たず、連携する手段がない。それぞれが独立した陣地でがんばる以外、なんの方法もないのだ。わが軍は時代遅れもはなはだしい戦いをつづけていた。山頂の撃ち合いがやみ、英兵が頂上付近からはなれていった。そして、われわれの予想どおり、砲撃にかわった。シューッと空気を引き裂く音をたてて、小隊陣地の真上を砲弾が飛び、パゴダ高地に炸裂して、砂塵をまきあげる。われわれは四中隊の陣地に命中しないよう祈ったが、砲撃はしだいに正確に着弾してきた。

やがて中腹まで退がっていた敵兵が、ふたたび岩かげを利用して、上へ上へと進みはじめた。そのとき、ババーンとパゴダに命中弾があり、一部がくずれ落ちた。これが砲撃の最終弾だった。

接近した敵兵が、頂上に向かって、いっせいに自動小銃を撃ちだし、後続の兵が蟻の行列のように登りつづける。

銃声がとだえると、パゴダ高地の頂上付近に英兵が立っていた。友軍は兵力も少なかったのか、それとも損害が大きかったのか、高地は完全に占拠された。

山頂からわれわれの陣地は、眼下に睥睨されることになった。前後と右から包囲され、西方が残ったが、敵がその気になれば、われわれは完全に袋のネズミになってしまう。

いまはこのまま持久し、敵の出方を待つしかない。まだ太陽は高く、夜でなければ壕からは動けない。

「ああ、夜が待ちどおしい」

われわれの心が安まるのは、夜だけだ。いま砲撃と戦車の蹂躙をうけないのは、天運というほかはない。

夜になると撤退命令がきた。壕を出た小隊員二十名は、月明かりの青白い闇のなかを、脱出の準備をする。全員が着剣し、防音に気をつけながら尖兵と後衛を出し、間隔をおいて一列で突破することになった。

このとき、敵の襲撃で倒れた者は、そのまま置き去りにしていくと決した。

パゴダ高地の山麓付近で敵に発見されたが、射撃は一回で終わった。焼け落ちた村を右に見て、西から迂回する。しんがりになった私は、黙々と走る小隊員の後ろ姿を見ながら進んだ。

ときおり、銃剣がキラリキラリと月光に反射していた。やがて東に進路をとり、シャン高原の山すそに近づいて、ぶじに本隊に復帰した。

月も落ちて暗くなったなかで、四中隊と合流し、かなりの戦死傷者の出たことを知った。となり村の井坂弥太郎上等兵を気づかい、安否をたずねると、

「ああ、元気だよ。耳を少し爆風でやられたけどね」

「弥太ちゃん、弥太ちゃん」

私が呼んでも分からないらしく、他の兵隊が、

「ここだ、こっちだよ」と案内してくれた。

普段の会話では聞こえないらしく、大声を出した。

「弥太ちゃん、あぶなかったなあ」

「うん、あぶなかった。聞こえなくなって、まいった」

「だんだん聞こえるようになるよ、元気でな」

わずかの時間だったが、おたがいのぶじを確かめあった。

第八章　究極の地へ

山河は故国にあらず

第十五師団（祭）は三月末、キャウセ付近に撤退した。われわれ二百十三連隊は任務を完遂し、三月二十九日、ビリン東方山麓に集結をおえると、シャン高原の西麓付近を南下することになった。

日中は敵機が跳梁し、行動不可能なので、分散して山中に退避し、夜間に強行軍の撤退となった。

平野部では、昼夜をとわず、砲声と銃撃音が絶え間なくつづき、後退する南下にも、すでに砲声が轟いていた。ビルマの東方のシャン高原以外は、英印軍の勢力圏内に入りつつあった。

これからどこで敵を阻止するのだろうか、陣地を確保するのはどこなのか、と兵は考える。月もない闇のなかを、連日、行軍がつづく。

ある日、進行方向の前面に銃声が起こり、先頭が敵と遭遇したらしい。すわ、戦闘かと身がまえたが、部隊は停止することなく、「警戒を厳重にせよ」との伝達があり、銃弾が飛来する中を身をかがめたまま駆けぬけた。

家々の燃え上がる集落内に入ると、顔まで熱い。丸太柱の太いのが、黒い煙につつまれていた。家と椰子の木を焼かれたビルマ人たちも、またあわれだった。

撤退中の四月一日ごろ、ナンカン付近で延時大隊長が着任した。だれが大隊長になろうと、部隊の強弱には関係なく、兵隊はただこれまでの経験をつちかい、みずからの持つ兵器によって戦闘する以外にない。

ときすでに、ラングーン〜マンダレー間の鉄道、道路および平原の各主要路は、敵の手中に帰したようだ。

われわれはビルマ平地の隅に追いやられ、シャン高原山麓のナカンギー、ルンギア、ヤカンギー、ゴニワ、ヨゾンへと行軍する。

日中は敵が出ると緊張し、夜は行軍をおこない、また昼は山中へ入り、身を隠すというくり返しがつづいた。

わが第一大隊は、師団後衛であることを知り、隊員たちは任務の重要さと危険の大きさを感じた。

部隊はさらにタンドウ、アレガン、マジョークをめざして撤退した。このころ昼間砲撃をうけたのち、散発的な敵の攻撃があった。

行軍途上の山中では壕もなく、不安な日々を送った。敵の大部隊は付近一帯を制圧し、砲声は遠く南に轟いていた。

われわれがマジョーク西方の高地を確保しているとき、高地下西方から二人の負傷した日本兵が、血に染まってたどり着いた。私は中隊の歩哨が立つ山麓に駆けおりてむかえた。

「どうしたんだ、何部隊だ」

「勇（第二師団）だ」

「なに勇か、まだ中の方（ラングーン～マンダレー街道方面）に勇がいたのか」

「部隊は散々にやられてしまい散りぢりだ。どうにも刃が立たない」

「ひどかったな、ここは弓部隊だ、安心しろよ」

医務室を教え、治療するようにすすめた。平地で、しかも機械化部隊の英印軍にたいして、肉弾だけで立ちむかったところで、戦さにはとうていなるまい。こんなことをつづけても兵力を消耗するだけだ、とわれわれは思っていた。

ヨゾンからマジョーク間は敵中と同じで、道路はいたるところ英印軍の車両と、戦車の軌道の跡が残り、すでに南へと進撃中であることを実証していた。

われわれはその後、バヤンガス、インマピンを通過した。つぎの決戦場はシャン高原のどこなのだろうか。とにかく敵中に落伍したら最後だ、だれもが気を張りつめて歩いた。カローー入口にちかづいたころ、ひさしぶりに日中の広い道路を敵機に注意して登りはじめた。

やがてどこから観測しているのか、一発、また一発と、加農砲弾がいま通過したばかりの路上に炸裂した。遠距離からの敵砲弾には、われわれは動ずることなく、運を天にまかせて、ひたすらシャン高原への行軍をつづけた。

カローに入ると、敵の砲弾も射程外になり、危惧していた敵機に襲われることもなかった。部隊は大休止となり、わが小隊は道路左側の上方にあるバラックの一軒屋に入った。空き屋なのかだれも住人はいない。

この日、夕方前に、われわれには糧秣の支給があった。この前、一ヵ月分の米と塩をうけとったのは、何年前のことだったろう。各自がつくった布製の空袋は、どの袋も満杯になった。背嚢の外へも縛りつけた。

カローには貨物廠があったので、物資がかなり残っていたらしい。

「他の中隊で食用油を見つけたそうだ。おれも見つけてくるから……」と、とび出していった小隊員がいた。

兵器の手入れをする者、炊事の準備と、あわただしく動きまわる。薄暮になって玉葱の支給をうけ、さっきの兵隊が油を見つけてきたので、夕食には天ぷらが出来あがった。屋内で小隊そろって車座になり、食事する味はまた格別だ。

「うまいなあ」

無理もない、十三ヵ月ぶりのあぶらものの副食だ。

「後方兵站のやつらは戦さもしないで、こんなものを毎日食べていたんだろう」

前線とのちがいを、あまりにも見せつけられたようだ。このとき、喜んで食べた天ぷらのために、あとでつらい行軍をすることになろうとは、思いもよらなかった。食用油と思ったのは、じつは傘油（ジューネ油）だったのだ。

食後三十分もたったころから、みんなは腹痛と下痢をつぎつぎと起こしはじめた。

「こんなうまいものを食べて腹が痛いんなら、食べることねえ。みんな食べんな。おれが食ってやる」と、一人の軍曹が嫌味をいう。

だが、十分もすぎると軍曹も、こそこそ裏の方へ野糞をたれに出ていった。苦労をともにした兵隊の腹痛をいたわりもしないで、よくこんな者が軍曹になれたものだと思った。

「兵隊をこきおろして、ムシャムシャ食べるからだ」と言っているうちに、私も腹が痛くなり、ついには、中隊全員がピーピーになってしまった。

夜半、部隊から出発準備の号令がつたわったが、行軍どころか、腹をかかえて寝ていたい。中隊全員がこのしまつなので、一中隊のみが残され、二時間後に出発、追及するようにとの命令が出た。

「やれやれ、助かった」

「早くしないと後で苦労するし、敵の追撃をうけるぞ」

「そう言ったって、いまこの重い背嚢を背負ったら、ふらふらで歩けねえ」

隊員は心の中であせった。幸いに二、三回も排便すると、だれもが落ち着いてきたようだ。

傘油（ジューネ油）はスピンドル油の代用として銃の手入れに使用したが、そのあと表面をナイフで削ると、皮のようにくるくるとむけた。

「なるほど、これでは胃腸もたまったもんじゃねえ」

「いやあ、ひどいもんだな」

「誰だ、あんな油を見つけて持って来たのは」

油をさがしに走りまわった兵隊は、後々まで災難だった。

「うまいと言ったのは誰だっ」と私は言ってやった。

われわれは二時間後に、先行した連隊に追及すべく、カローを出発した。高原を南に進路をとり歩きだす。一ヵ月の糧秣は、肩にくいこむほどの重量でつらく、下痢のためにふらつく身体をささえての強行軍となった。

ゆるやかな高原の山道を半日歩き、松林の中で休憩をとって昼食を終えると、しだいにもとの体にもどってきた。松林にいると、内地の山にいるような錯覚を起こしそうだ。

「松の匂いだ。内地へ帰ったようだなあ」

「ここへ寝たまま死んでもいいなあ」

「内地で彼女が待ってんじゃねえのか」

シャン高原の山脈が南はるかにつらなり、雲にかすんでいる。西の平野部の町々は敵の手中にあり、ふたたびビルマの人々とあうこともないだろう。これからのわれわれは山中の行軍がつづくことは想像できたが、目的地と任務などは、なにも聞いていなかった。

これよりさき、三月の下旬、稲葉小隊は、百数十両の車両部隊を援護せよとの命令をうけ、中隊とは別行動になった。しかし、任務の途中、敵の追撃包囲にあい、脱出不可能となって、四月十三日、部隊は全車両を放棄して、敵中を突破した。その後、山越えをして撤退し、一大隊に合流した。

このときの戦闘において、同年兵の興野正雄上等兵が、シンガイン東南方三キロのところで、壮烈な戦死をとげたことを知らされた。

いまは亡き戦友よ、ほんとうに魂があるのなら、おれの背中に乗って、一緒に戦いのないところまで行こう。ひとりでに出る涙を、汗を拭くふりをして手でこすった。遠い南の山々が雲か霞か涙のためか、おぼろになって見えなくなった。

機影めぐるも

連隊はラインデ、パヤンガス付近において、師団後衛の任務をはたし、カロー到着後も休むことなく、ロイコー、ケマピューをへてトングーを目ざした。わが「弓」師団は、マンダレーおよびメイクテーラより南下する英印軍を迎撃する任務にあった。

連隊はふたたびその後衛となり、カローを進発した。すでに雨期となり、そぼ降る雨のなかの行軍となったが、敵中を突破して追撃の手からのがれた将兵たちは、生きる希望をいだき、元気をとりもどした。わが中隊も、一路ロイコーをめざして大隊とともに南下した。

昼夜のべつない強行軍は、一昼夜で六十キロを踏破したこともあった。このあたりは、山中までもゲリラが出没するようになり、牛車で退がった兵隊が車ごとバラバラに吹き飛ばされて、路上に散乱していた。

「地雷だな、これは。気をつけろ」

「小人数でのんびり歩いていたんだろう」

「油断するな。先頭者の歩いたところを行軍しろ」

山中の砂礫まじりの道は、平野部とことなり、雨期とはいえ泥濘もすくなく、助かった。

ロイコーがまぢかと思われたころ、高地の前方がひらけ、平地があらわれた。

戦闘中は夜ばかりの行軍だったが、高原地帯では太陽の下を歩いた。明るい世界を発見したような気持がする。くわえて気温も低く、重い背嚢を負ったわりには、体力を維持することができた。

高原のはずれの山すそをまわり、小さな村で大休止となり昼食をすませた。山中から出た不安と敵機の襲撃を予想し、手ばやく装具をつけると、まわりの者をせき立てた。

「早くしろよ。爆撃されたら間にあわないからな」

私が帯革をしめ終わったとき、パンパンと山中から銃声が聞こえてきた。他中隊の休憩する方向だ。

「それ、早くしろっ」

山田小隊長が軍刀を持って叱咤し、屋外に飛びだした。私も背嚢を負うより早く、小銃をつかみ直後を走った。村を見おろすようにそびえる高地が、目の前にあった。あの高地を敵に占領されたら、部隊は苦戦になるだろうと思った。

「高地を占領しろ！」

山田小隊長が怒鳴った。

「おーい、早くしろ！」

私も大声を出しながら、後ろをちらっと見た。二人、三人と山すそを登りはじめた。帯剣を持つもの、飯盒を片手に銃を持つ者、巻脚絆を巻きおわらない者などが、後からつぎつぎと登ってくる。敵より先に駆け上がろうと急いでみるが、山は急で、芝草に軍靴がすべる。心臓が張りさけるほど高鳴る。

やっとのことで、高さ三メートルほどのパゴダの建つ頂上につくと、銃声の方を見下ろせるように、すぐさま伏せた。敵影をもとめて銃をかまえたとき、つぎからつぎと五、六名の隊員が到着した。すでに友軍の重機も下方で、ダダダダダッと応戦している。

小癪なやつめ、弓部隊の力を見せてやろうと思ったとき、前方の山かげから、爆音と同時に低空で大型機がこちらに向かってきた。

「しまった、壕はない」

敵機は上空で旋回をはじめた。高地全部がはげ山で、なにひとつ、遮蔽物がない。頂上にパゴダがチョコンとあるだけだ。進退きわまったとは、こんなときか。へたに逃げだしたら、銃爆撃をうけることは確実だ。しかし、高地を放棄することは、絶対にできない。伏せたまま地上を見下ろし、敵の出方を監視した。

敵機は軽い爆音で、上空を二度ほど旋回すると西方へ飛び去ったが、どうやら飛行艇のようだった。不思議と銃爆撃もしなかった。下方でいちだんと激しく友軍の銃声がすると、山麓もピタリと静かになった。

われわれを攻撃してきたのは、英印軍ではなく、ビルマ反乱軍かゲリラではないだろうか。とにかく無線を持った敵にちがいない。少人数で歴戦の部隊に刃向かうとは、勇ましいものだ。

飛来した敵機のため、登れずに残っていた隊員が、

「出発準備だぞお！」と高地の下で怒鳴っている。

山を駆けおりてまもなく、行軍の隊形になった。

「いまの飛行機はなんだい。めずらしいな、なにもしないで行っちゃった」

「へんな敵機だな、やられたら大変だったな」

「はげ山で壕もなく、まいった、まいった」

歩きながら、全員でぶじを喜び語りあう。

高原の平地を数時間歩いたのち川を越え、四月下旬、ロイコー付近に到着した。

このころ第十五軍命令が、つぎのように下達された。

一、第三十一・第三十三師団長ハ現在ノ編組内ニ在ル部隊ヲ指揮シ、補給コレヲ許ス限リ多クノ兵力ヲ「ケマピュー」経由南下セシメ、爾余ノ部隊ヲ以テ「トングー」東北地区ニ至リ、弾薬糧秣ヲ補充携行ノ上、最モ速カニ、「パブン」ヲ経テ「ビリン」及ビ「タトン」付近ニ向ヒ急進シ、方面軍ノ指揮下ニ入ルヘシ。

二、三十一師団長ハ前項両師団ノ転進ヲ考慮シ、現ニ「モーチ」付近ニ在ル歩兵一大隊ヲ以テ付近ノ討伐ヲ実施セシムヘシ。ソノ部隊ノ転進時期ハ別命ス。

われわれはこの命令により、トングー進出を中止して、ケマピュー、パブン、ビリンをへて、モールメンにいたる苛酷な行軍を敢行することになった。

わが足に託して

ロイコーから強行軍がはじまった。兵隊たちは、ひたすら前者の後を機械のごとく、足を交互に動かしていった。暑さで吹き出す汗で、顔や胸は塩田のように白い塩をつくった。やがて、モーチに到着すると、各部隊が集結してごった返していた。

「車両を全部ここで放棄する」

「敵が至近距離にせまってきた」

「山砲の山越えができるだろうか」

どの話も悲観的な情報ばかりである。

遠雷のような敵の砲声は、ここまでも追ってきて、ついには追い越していった。西にも南にも、ドロドロと聞こえている。

ここからは本格的な山越えで、奥に入るという。糧秣をふたたび多量に持ったわれわれは、さらにその上に師団の重要書類を全員が持つという。これまでの戦闘と数百キロの強行軍で疲れた体に、糧秣の追加で重くなった背嚢と兵器・弾薬を持ち、さらに四キロもある書類を出されて、見ただけでうんざりした。

緑の蚊帳を切ってつつまれた書類は、背嚢の天幕と小円匙の上にのせられた。銃を担うにも思うようにならず、ぶら下げて持つことにした。両足にぐっと重みがつたわり、兵隊たちは口々に、

「師団のやつら、戦さもしないくせに、なんでこんなもの背負わせやがったんだ」

「第一線で苦労させて、こんどは駄馬になれか」

「師団本部め、いままで自動車に乗って逃げまわっていたんだろう。それが自分たちは手ぶらで山越えか」

さんざん文句をならべるが、命令だからやむをえない。モーチからの入口は道ではなく、いきなり両手で灌木につかまるほどの、急斜面の登り坂になった。

四キロ以上の余分な重量の紙が、極度に兵隊を苦しめた。これらの書類は最後までは運ばれず、途中のどこかで下ろした。その後は処分したか焼いたのか、それともサルウィン河を舟で運んだのか、われわれは知らない。

けわしい山肌を木につかまりながら行軍中、ふと谷をはさんだ向かいの山腹を見ると、山砲を分解して搬送していた。車輪をかつぎ、砲身の前後にロープをしばり、何人かの山砲兵が大きな砲にとりついているが、かなり難渋している様子だった。

「体ひとつだけでも大変なのになあ」

「無理だよ。砲ばかりでなく、弾まで運べるものか。早く退げておけばいいのに」

われわれにはアラカン越えの経験があり、ある程度は自信を持っていた。しかし、他の部隊はそのような経験がなかったから、かなり苦労したことと思う。山奥に入っても道はなく、前者の歩行跡が道となった。

登っては下り、下りては登る。動けなくなった兵隊も出てきた。これがインパール撤退のくり返しにならなければよいがと心配する。

雨は降りそそぎ、道は泥濘になった。歩かなければ万事休すだ。だいぶ疲れが出てきたようだ。疲れなおしの気休めからか、

「どーせ下まで降りるんなら、登らなければよかったのに」

「また登りか、さっき降りなければよかったんだ」

「なるほどな。何いってやがる、それじゃ日本へ帰れねえじゃねえか」

下りには弾みがつくので足だけでは止まれず、「どっこいしょっ」と曲がり角の木に体当たりして止まって、またつんのめりながら谷底をめざした。つぎつぎと右に左に、目まぐるしく兵隊の姿が山腹に見えた。

山岳内を二昼夜で五十キロ以上歩いた日もあり、われわれは連日の行軍の歩度をゆるめなかった。山中にふりつづく雨は全身をぬらし、部隊の通過でできた道に水溜まりが光る。昼なお暗い樹林の下を急ぐわが部隊は、自分たちでも驚くほどに速かった。

山道を三々五々と歩く他部隊に追いつき追い越し、流れや泥濘をとび越える。道ゆく兵隊

に泥水がつぎつぎに飛んだ。一列に等間隔で飛ぶように急ぐわれわれを、追い越される連中が驚きの目でながめ、棒立ちになった。

急坂がいつの間にかなくなり、稜線なのだろうか、歩行がしだいに楽になったが、泥んこ道は変わりなくつづいた。両側はどこまでも深いジャングルで、木々の間には根が複雑に地上に露出している。ふと前方を見ると、みょうな格好の兵隊が歩いている。

「何だ、あの丸腰の兵隊は」

「あれでも兵隊か」

兵隊服に帽子だが、どうも体の線が弱々しく、杖をつく者もいる。

「女だっ」

だれかが叫んだ。そうだとすれば、軍隊と行動をともにしているのは、慰安婦以外には考えられない。

「師団のやつら、女たちまで連れて歩いていたのか」

「くそ面白くもない。女なんか歩かせたら、山の中でへたばって死んじまうぞ」

近づくにしたがって頭髪、襟足と腰の形、なよなよと歩く姿がはっきりと見える。

「死んではもったいないねえ……」と口には出たが、体の消耗がはなはだしいうえに、緊張した状況下のため、性欲どころではない。

追い越しながらまぢかで振り返ると、やっぱり女である。白い顔には化粧っ気はないが、弱々しい体に疲れがめだち、悲しそうな顔で歩いている。前方を元気に歩くわれわれをうらめしく思ったのか、うつむいた顔を上げた。

敗戦とはみじめだ。慰安婦も女の身で軍に協力しつつ、こんな苦労を味わうとは哀れな人生だなと思う。六名の彼女たちの運命に幸あらず、山を越えることができずに死んだと、戦後、人づてに聞いた。

とくに悲惨だったのは、患者部隊であった。シャン高原を横断して、タイのチェンマイに出ようとした兵隊は、食糧医薬品もないまま、自力で行軍を強いられ、山中に倒れていった。われわれの通過したあとの道すじには、病魔と戦いながらつぎつぎと体力を消耗し、倒れ伏した兵隊が、屍を山野にさらしていたと聞いた。

元気なわが中隊でさえ、食糧が不足して自給せざるをえなかった。連隊、大隊からの支給など山奥であるはずがなく、それぞれ山岳民族の家を歩きまわって、谷から山へとさがし求め、わずかな籾を手に入れて、細々と命をつないだ。山岳住民は種籾まで持ち去られ、たいへんな迷惑をこうむったことであろう。

すでにトングーもラングーンも占領されたらしい。早くしないと、出口をふさがれる。

「がんばれ、これくらいの山でへこたれるなっ」

「アラカンの勇士だ、笑われるんじゃねえぞ」

「そのとおりだ、日本へ帰りたければ歩き通すんだ」

おたがいを励まし、自分の魂をふるい立たせる言葉であった。落伍者が出たらともに倒れることになる。一人の装具、兵器を分けて持てば、その者がこんどは新たに落伍することになる。自分の足以外は頼ってはならないのだ。

「命のすべてはお前にあずけてある。しっかり頼む。おれの大切な足よ、靴よ、がんばってくれ」

私は心ひそかに祈った。

みんなの軍靴もかなり痛みだした。靴底が口を開けると泥砂が入るので、山で蔓を見つけて縛りつけた者もいる。苦難の行軍は連日つづき、山脈の縦断は雨期の雨とともに、いつ果てるともなく長かった。

びしょ濡れで暗くなるまで歩き、わずかな量の炊事を谷間の清水ですませ、くぼ地に座ったまま、冷えた体で肩を寄せ合い、たがいに暖をとりあって眠る毎日がうらめしい。天幕をかぶった中でしみじみと、

「最後はどこまで退がって終わりなんだろう」

「シンガポール、マレー半島で決戦かな」

「それで敗れたら、どうする……」

「タイから仏印、中国の友軍ががんばってくれれば、退路があるが」

「中国が通れなかったら終わりか」

「眠るか。明日、疲れるからな」

勝算のない将来を案じ、ひそひそと語りつづけるわれわれの頭上に、しとしとと雨が降りそそぎ、眠ろうとする体の下を容赦なく泥水が流れる。

日本の飛行機も、海軍艦艇もなくなったことを承知した兵隊は、最後の決戦地はいずこか、命の終わりはいつのことかと想像した。それでも、戦意と銃弾だけはしっかりと抱いていた。苦境のどん底にあっても、将来に希望を見出すようにつとめた。

こんな日々の中での幸せは、敵機という帽子をかぶっていないことと、砲弾が飛んでこないことである。

敵地上部隊の追撃もなく、一歩一歩、日本に近づき、短い時間だが安心して眠れる。われわれは攻撃命令もない第一線をはなれた歩兵の極楽の世界と思い、敗走の不安から精神をふるい立たせようと努力した。

シラミもダニも増え、身体じゅうがムズムズするが、家族がにぎやかになってきた、とみなで苦笑いしてがまんする。

やがて、はるか東方に川が見えてきた。これから下りならやがては平地に出るぞ、と元気になる。人里恋しくなるのは人情らしい。突然、前方に小さな畑があらわれ、なにか作っているらしい。

「砂糖黍だ！」

先の方で走り出した。負けずに、バラバラッと畑をめがけて走り込み、帯剣をぬくより早く切る。四、五本、葉をむいて背嚢に通し、一本は長い杖にして上からかじる。甘味品に飢えているわれわれは、砂糖黍にむしゃぶりついた。畑があればつくっている人がそばに住んでいるはずだ。村も近くにあるだろうと懐かしくなる。

四月中旬から開始した行軍は、五月もすぎて六月に入ったのではなかろうか。このころ、月日を正確に言えるものはだれもいなかった。

道路らしいところに出てからも、行軍は昼間でも行なわれた。しだいに高地からおりるにしたがって、温度は上がってきた。

ある夜、道路をはなれ、林の中へ入って大休止となった。夜半のこと、疲れたわれわれはしばらくぶりで平坦な地上に天幕をしいた。一枚は夜露をしのぐため上にかけ、二人ずつ横になって、思いっきり手足を伸ばした。

しばらくすると、ドタッと、なにか落ちた音がした。

「なんだ……」

また、ドタッと音がすると、数人がわらわらと駆けだし、音のした場所へ集まる気配がした。返事もしない、教えもしないところをみると、食べ物だ。小声で、

「木の上からだ、ドリアンだ。落ちたらひろえ」と待機してひろったが、持っているのもバカらしいと、木をゆするより早く、ボダッと頭へ落ちてきた。

「痛いっ」

高いところから子供の頭くらいの実が落ちるのだから、無理もない。まずいことに、大隊長が近くにいたようだ。

「木を揺るがすのはやめえ」と注意され、静かになった。

「臭いな、何だい、このにおいは」

「糞のにおいだ」

「食べればなんともない。うまいもんだな」

夜中にドリアンを食べるのに夢中になり、腹ごたえはあったが、おかげで睡眠不足となり、翌日の猛暑のなかでの行軍に、一度に疲れが出てしまった。

パブン付近から平地に出た部隊は、舗装道路の上を行軍していた。土の上とことなり、炎天下の舗装道路は熱くて、山中から出てきたこともあって、軍靴はたちまち水分がなくなってしまい、変形したまま乾いて足が痛みだした。

重機関銃隊員がここにきてまいってしまい、われわれ小隊でも応援してかついだ。軽機や小銃と比較にならない銃身の重みに、いまさらのように驚いた。正規の行軍では馬に積載するものを、何年ものあいだ数千キロもの距離を、兵隊がかつぎ通したのだった。

「いや、重いなあ。おれは重機でなくてよかったよ」

「重いかい。豆鉄砲とちがってな」

「よくいままでかつぎ通したなあ」

重機下士官が感慨ぶかげに、

「兵隊がまいるのもむりないよ」

「本当に、よくがんばったもんだ」

弾薬箱だって、重いはずだった。われわれより行軍は苦しかったろうと、自分でかついでみて、はじめて彼らに同情した。

ひさしぶりに見る村や町は、山岳と相違して耕地があり、バナナ、椰子、マンゴーの木樹が美しい。心に余裕をもって景色をながめる状態ではなかったが、人の住む世界はすばらしい。

平地舗装路の行軍は昼夜つづき、泣きながら壊れた靴で歩く兵隊も出てきた。

やがてサルウィン河の渡河点に到着し、渡河したあとは、モールメンから列車に乗ることができた。

ムドンからイエまでの短い距離を列車にゆられ、ふたたび徒歩の行軍により、ラマイン地区コドーの海岸の村に到着した。ここがわれわれの最終目的の任地であることを知った。

三月下旬にビリン地区から撤退して以来、カロー、ロイコー、モーチ、パプン、ビリン、モールメン、コドーと、乾期から雨期の最盛期にいたる六月中旬まで、千キロあまりの退却行にわれわれは耐え、わが足はがんばってくれた。

いっぽう、わが一中隊の稲葉小隊は、患者護送の任務を命じられ、阿部軍曹、稲田軍医らとともに、つぎつぎに倒れて自決していく連隊傷病兵に心を痛めながらも、百数十名を引率し、犠牲を最小限にとどめて、日時も遅れて部隊に追及した。

一中隊では、鈴木克夫軍曹がシャン高原の山中に、永遠に帰らぬ人となった。

傷病兵の最後の悲惨さと、それを護衛する小隊のつらさは、肉体的にも精神的にも並み大抵ではなかったろうと察せられた。私もインパール作戦で、患者と行動をともにしているので、身にしみて感じられた。

援軍なき孤島に

五月一日にラングーンが陥落した後、ペグー山中に立てこもった第二十八軍司令官桜井省三中将指揮下の将兵たちは孤立し、激戦中であると聞いた。第一線兵士の苦労を思うと、人ごととは言えない。脱出の成功をひたすら祈った。

後日、豪雨のシッタン平地の湿原と、濁流うず巻くシッタン河を渡るにさいし、敵の空陸からの火力をあび、凄惨な状況のもとで精根つきた彼ら各兵団は、膨大な犠牲を出すにいたった。終戦を目前にして兵士たちの多くが、無惨な姿でビルマの露と消えた。

わが第三十三師団はモールメン付近に司令部を置き、シャイン河以南、イエ以北のテナセリウム地区で、英印軍の上陸にそなえ、海岸線の防備についた。

そこで第一大隊本部はコドーに、第一中隊はカレゴ島に布陣することになった。カレゴ島はマルタバン湾上にあって、コドーから八キロの海上に浮かぶ島である。

英印軍がテナセリウムを攻略するさいには、まずカレゴ島に上陸し、これを基地として侵攻するであろうという。わが中隊の任務は、これを事前に察知して、防衛することにあった。

第一中隊三十名以下の兵員に、重機関銃一個分隊、五号無線一個班の配属で、二十トン舟艇に乗り込んで、出発しようとした。そのとき、他中隊の兵が気の毒そうに心配してくれた。わかれぎわの舟着場で、

「いよいよだな。一中隊は中隊長のせいで、島流しを食うんだよなあ」

と耳打ちした者がある。

やはり、あのパレル東北方高地の突撃不成功と、中隊長が小指の負傷で退がってしまった一件が、現在まで尾をひいていたのか。それにくわえ、モークで負傷して以来、八ヵ月をへて帰った中隊長にたいする連隊長および大隊長の態度が、この命令になったのだろうか。

われわれ一中隊は広瀬少尉と山田少尉を中心に、連隊右翼中隊としての名誉をたもちつつ戦って来たはずなのに、残念だった。

いかに心外であろうと、命令があった以上、問題にすべきではない。どの中隊かが行くことになるのに、よけいなことを言うやつがいるものだ。

「だれがそんなことというんだ。聞かせろっ」

「そう怒るなよ。生きては帰れねえぞ、日本の方を向けて卒塔婆を立てておけよ」

「ああ、心配いらねえ。二度、死ぬことねえからな」

「元気でな、がんばれよ」

「ありがとう」

コドーを離れる舟艇に手をふってくれた見送りの各隊員たちが、小さくなって見える。このような形で送り出されることは、斬り込み隊だってなかったことだ。それだけに、われわれ中隊員も悲愴な気持だ。

舟艇は沖合に出て、大陸からはさらに遠ざかる。このあたりの海には鮫が多く、現地民も被害をうけているという。島をあとにして、泳ぎ切って生きてもどるなど、不可能なことだ。砲の援護も、救援もこない島へ赴くのは、死の舟出というほかはない。

玉砕という言葉は、これまでに何十回となく目にし、耳にしてきたが、こんどは海上である。壊れた軍艦に砲のないのと同じで、小さな島で生き残ることは絶対に考えられない。

「一生懸命に歩いて来たのも、むだだったなあ」

「何で一中隊が、こんな離れ島へ出されたんだよ」

「運だよ、運が悪いんだ。あきらめろ」

私は張りつめた心の奥底で、こんどこそあの島で最後の死に花を咲かせてやろうと、じっと見つめた。紺碧の海はさざ波をたて、島の水際は細く白い線でふちどられている。美しく小さな入江があり、海辺に家々が建ちならんでいた。

着岸して島にあがったわれわれを、島民の男女が笑顔で迎えてくれた。好意的なようすに感激したが、なにも知らないこの人たちが、やがてわれわれとともに犠牲になるのかと思うと、哀れさに胸がいっぱいになった。

島民と折衝すると、心よく一室ごとに貸してくれることになったので、われわれは分散して民家におちついた。北部の戦闘地域では軍票は通用しなかったが、ここモールメン一帯はまだ使用できたので、平常の生活にもどれた。

島内の地形偵察に出て一巡したところ、島には三ヵ所の小さな村があった。北方の入江にも民家が数軒あったが、島には耕地はほとんどなく、島民は漁業のみの暮らしらしい。

島は南北に細長く四キロ、東西約二キロたらずの小島で、上陸した地点がいちばん幅がせまく、内海と外海に向かって山がきれ、平地が少しあった。

島の中央を馬の背のように山が南北に一線ずつ走り、高さは百数十メートルはあるだろう。上陸してから世話になった島中央部の村は、二十戸ほどあって、島内ではいちばん大きく、海の中まで柱を立てた水上の家屋はめずらしかった。

上陸した翌日から住民も動員して、南部の山頂に陣地構築を開始した。岩盤はかたく、手に豆をつくりながら懸命に掘りすすめた。各個壕が掘り上がるまでのもどかしさ。急がねば敵の艦砲射撃をうけたとき、抵抗もできずに犬死にするほかはない。

われわれが来る以前に、海軍がつくったという監視台に歩哨が立った。山頂に大木の独立樹があつらえたように一本伸び上がっていた。

そこの四十数段の梯子をのぼりつめると、木のまたになったところに、板で足場が設けられていた。

西方にマルタバン湾が果てしなくひろがり、遠からぬうちに現われてくるだろう敵の艦艇を発見すべく、瞬きもせず、水平線をにらむ。

夜間の暗闇の監視ほど神経を使うことはない。ドドドドウと岸辺にくだけ散る波の音がじゃまをする。

昼間見わたせた海上は、夜になると暗幕を張りめぐらしたように、なにも見えなくなった。わずかな音の変化と光を発見する以外は方法がなく、歩哨の任務だけが重くのしかかった。

下番となり、疲れた神経と目をやすませてくれるのは、村の宿舎に帰ってからの住民との和やかなひとときだった。食事のたびに、ビルマの副食を提供してくれた村長夫人は、三十歳前後の、細いしなやかな体つきの人であった。

海軍の駐留していたころに呼ばれていたらしく、自分のことを姐さんと呼んでくれという。われわれが何か用事があって、

「姐さん、頼む」というと、即座に協力してくれる女傑でもあった。中隊の戦友が私を呼ぶのを聞いていたのか、

「イスカ、イスカ」と私を呼んだ。イサカとは言いにくいらしい。

「チノ、ゴサンニュ、ピョーレ（私はゴ・サンニュという）」と、ビルマ名前を教えたのだが、それでは気に入らないようで、最後までイスカと呼びとおした。

しばらくの間、われわれは間借りしていたが、村の反対側の西海岸ちかくの平地に、宿舎を設営することになった。村人に手伝われ、兵舎から将校宿舎、炊事小屋と、徐々に建てていく。あいかわらずの竹づくりの小屋ができ上がった。

ある日、人事係の上野春吉曹長がきて、

「井坂、当番兵やってくれるか」という。

おやおや五年兵にもなってから、なにを言い出したかと面白くない。

「作戦でさんざん使っておいて、こんどは当番か。若い者にしてくれ」

「いや、中隊長当番で当番長をやってくれ。何もしないでいいから」

「何もしないでいいんだな」

「うん。いいよ。頼むからな」

うまく騙され、引き受けてしまった。

一中隊にはやがて稲葉少尉も帰隊し、鴨志田中隊長、山田少尉とにぎやかになった。体力も回復するにしたがい、空腹に悩まされるようになった。将校とて同じで、

「なにか炊事からもらって来い」と、いわれた当番兵は、炊事に赴いたが体よく断られて、空手ですごすごもどって来た。

「何だ、くれなかったのか。おれがもらって来てやるから、待ってろ」

若い当番兵は炊事で文句を言われたにちがいない。板ばさみになってつらかろうと、私はさっそく飛び出していった。

「おい、なにか作ってくれ」

「なんだい、将校さんにだけ特別につくるものは炊事にはないぞ」

なるほど、当番兵はこんなふうに言われて、しかたなく帰ってきたんだ。炊事兵がつくって食べてるのは何だ、とにらみつけ、

「ろくなものも食わせねえで、何だ。おれが食うんだ、つくってくれっ」

「あっ、そんなら作ってやるか」

重い腰を上げて、焼き飯をつくってくれた。

「そこのバナナもくれ」

「バナナもか」

「ああそうだ、炊事で食いすぎるといけないからな」と言って、両手に重いほど持ち帰った。

「ほら、持ってってやれ。半分はお前たちも食べろよ」

当番兵二名に手渡すと、いそいそと将校宿舎に運んでいった。

われわれは、しだいに暇をみては手作りの将棋を楽しんだり、戦闘の思い出話に興ずる日がつづいた。このころ見習士官が中隊に配属になり、将校宿舎に入った。
二、三日後の昼食直後、見習士官がとつぜん、
「井坂っ、お前はなんだ。なぜ、中隊長殿の世話をやらんのか！」と大喝された。

直接、口答えするのも悪いと思って、その場から立ち上がり、

「おいっ、当番兵、こっちへ来い。貴様ら、なんのための当番だ。中隊長殿のことでやらないことがあるのか！」と大声で怒鳴りつけた。すると横から見習士官が、

「なにっ、中隊長殿の当番はお前じゃないか！」と口を出した。黙って見習士官をにらみつけたとき、中隊長が私とさしかけの将棋を前にして、

「いいんだ、見習士官。井坂、こっちだ」

私はふたたび将棋のコマを握ったが、面白くないのは見習士官である。やおら軍刀の真新しいのを抜いて、打粉を叩きながら、

「この軍刀に敵の血を見せてやる」と凄んでみせた。

敵の砲爆撃、戦車、そして大部隊による包囲攻撃、それにたいするわれわれの突撃、死守、

斬り込み、自決、脱出などなにひとつ知りもしないで、何を言うかと、がまんができなくなった。

「見習士官殿、そう簡単にできるかどうかやってみますか。英印軍の弾でも命中すれば、死にますよ。あの海岸の砂原で自分は小銃に実弾五発持ちますから、三百メートルの距離から二人でやってみますか」

見習士官は返事をしないで、黙ったまま刀に丁子油をひいていた。将校の一人が、一言いった。

「そんなに敵は甘くないよ」

私も少しいいすぎ、薬が効きすぎたかと思ったが、戦友たちが簡単に死んだと、戦さも知らない者に思われるのが残念だったので、静かに話をつづけた。

「ここの中隊にも、見習士官は何名となく入ってきたが、全部戦死された。歩兵操典どおりでは役にたたず、ここにいる将校は、戦死した兵隊の小銃と手榴弾で戦ってきたんです。軍刀なんか、じゃまなくらいですよ」

古参将校の山田少尉をはじめ、将校連中はわが意をえたりという態度であった。翌日から見習士官は、私のことを井坂君と呼んでくれた。

島では野菜、果物が少なく、鮫肉ばかりが多かった。現地の人たちは海中に棒をたて、太い藤蔓で籠をつくって、長さ四、五メートルもあるのを縛りつけてとる。

ある日、いつものように先の村に鮫の買い出しにいき、目の前で腹から人間の片足が出て来たのを見てしまった。とてもその鮫は買い上げる気になれず、その日はやめにして帰ってきた。

また島には大トカゲがいるのか、住民二人が一メートル以上もあるのを、生きたまま棒に縛りつけてかついできた。うまいからマスターも食べてくれと言われたが、その姿態を見ただけで充分で、知らんぷりして早々に逃げ帰った。あとで通信班にうまかったと言われたが、これればかりは損をしたとも思えなかった。

陣地を強固にするための作業が休むことなくつづく中で、ある夜、敵舟艇あらわるの報告が伝わった。中隊は緊張した空気につつまれたが、まもなくこれは友軍の舟艇だったことが判明した。

山頂陣地の指揮に、稲葉、山田の両少尉が出て、中隊長や見習士官も交代した。

中隊全員で苦労しているのに、私ものんびり当番長などしておられない。いつでも陣地配備につけるように、装具や兵器をととのえ、監視勤務を志望した。

島に配備されて以来、約二ヵ月がすぎ、敵機や艦艇の進攻もない平穏ぶじな日々がつづいていた。

八月十三日、とつじょ、敵の飛行艇一機が飛来し、北方の村に小型爆弾二発を投下したあと、海岸ぞいに南下して、われわれの陣地に向かって迫ってきた。山頂の大木の監視哨にいた私は、下の分哨に叫んだ。

「大型飛行艇だあっ。沿岸を来たぞ！」

敵機は低空を飛来したので、山頂の私は見下ろすかっこうになった。川西伍長といっしょに、発見されないように木のまたにぴったり身をよせたが、その木の葉はポプラに似ているが、葉の量は数えられるほどに少ない。長い梯子は固定してあり、隠しようがない。もうこれまでと観念して、二人とも発見されたろうと思い、

「どうしようもねえな」と言ったきり、敵機の進路を凝視した。

下の分哨員は陣地の壕深く入って、上からは見えなくなった。運の悪い時間にのぼったものと思う。敵機は反転し、攻撃してくるものと予想したが、軽快な爆音ではるか南に消えていった。

八月十四日、巌部隊とカレゴ島の守備を交代せよとの命令があり、夜が待ちどおしい。交代要員を乗せた迎えの舟艇を待つ間、中隊員は小躍りせんばかりに喜んでいた。

夜、着岸した舟艇から降りたつ兵員を見て、気の毒とはまさに彼らのことだろうと思った。二ヵ月間暮らしをともにした村人は、なにも知らずに眠りの中で夢を結んでいる時間であろう。われわれは一言の礼もいわず、艇上にうつった。

来るときは舟足が速く感じられたが、一刻も速く島をはなれたいいま、速度がいやに遅く思われた。

第九章　さらばビルマよ

降伏の二文字

コドーの陸地に到着したわれわれは、島での緊張感から解放され、生きた心地をとりもどした。

そのとき出迎えてくれた部隊員から、八月十五日の夕方から大隊の演芸大会が催されると聞いて驚いた。敵機も飛来する切迫した状況下で、なんでそのようなことを行なうのか、と不審にさえ思った。ある者は仏印に部隊移動があるらしいという。はなれ小島に隔離されているあいだに、新しい動きが出ているのを感じた。

夜明け前に宿舎におちつき、午後になって退屈しのぎに、大隊本部の炊事班にわが隊の勤務者がいるから、二、三人で出かけていった。室内に入ると、サラダを作るために調理台には、パイナップル、バナナ、ドリアンなどの豪勢な果物が用意され、手ぎわよく料理の最中であった。

「だれが食べるのか知らないが、たいしたもんだ」

「今晩、将校会食があるので、つくってんだよ」

果物をまぜあわせ、卵の白味でマヨネーズをつくり、みごとに出来あがった。

「味を見せっか」

「うまそうだな」

少しずつ出されたのを三人で食べた。

「これはうまい、将校はこんなに贅沢なのか」

田舎育ちのわれわれには、味わったこともなかった料理である。部隊員の一人がフランス料理のコックだったからできるのだと感服した。

「大隊本部は物資が豊富だなあ。中隊では島でこんな給養なんか考えられねえ」

「ふーん、そうよなあ」

炊事の兵隊はどっちともつかずの返事をしたが、急に小声で、

「通信隊の兵隊に聞いたんだが……なんだか重大な無線が入ったらしい」

「えっ、なんだい」

「文面は分からないんだ。通信隊長がうけて、下士官兵にはなにも言わないそうだ」

通信隊でも、こんなことはいままでになかったことだという。

いったい何の命令なのか、ただごとではないと察した。仏印への大移動か、それとも敵の上陸をむかえ、最後の決戦の通信なのだろうか。だれもが知りたいのだが、それ以上たしかめることはできず、夕方の演芸会の時間も近いので、本部を後に帰隊した。

明るく八月十六日の朝、大隊はコドーから転進することになり、めずらしく各隊が集合して、二列縦隊で宿舎を発進した。村を一歩出ると、水田は雨期の水で白く光り、稲は水面上に長く伸びていた。

「爆音っ、飛行機！」

部隊はかなり広い水田の中ほどに出てしまっている。隊員たちは水田を右に左にザブザブと分かれ、私は遮蔽物にはものたりない稲株の根元に片手を入れて、水中に膝をついた。すぐに敵の戦闘機一機が低空で頭上に接近した。

「銃爆撃の距離だな」と思ったが、敵機は、グワーンと左方の丘にそって翼を右に左に傾けながら、森の上空を飛び去っていった。

いまのうちにと水田の中を急いで進み、山麓の林道に入ってひと安心する。しかし、変だ。これほどの部隊を発見できない敵機ではあるまい。この後から編隊で襲撃してくるかも知れないと思ったが、二度とあらわれることはなかった。

雨のふるなかを隊伍をととのえ、整然と行軍していると、顔見知りの光機関の隊員とすれちがった。何時間か歩いたのち、道路端の兵舎小屋の中から、他部隊の兵二人が窓から身体を乗り出しながら、

「歩兵さん、いくら張りきったって、戦争は終わりだよ」と言い残すと、室内にゴロッと横になった。

「へんなことを言う兵隊だ。ビルマの日本軍が、降参するはずはないだろう」

昨日の通信隊のこと、さきほどの敵機が射撃せずに飛び去ったことといい、一つひとつが腑に落ちないことばかりだった。だが、兵隊のわれわれには考えてみてもしかたのないことである。

やがて雨の中をわれわれは村に入り、宿舎の民家に体を休めた。泰緬鉄道のあるアナクインか、タアダンだったであろう。なんとも熟睡できない夜だった。そうした中で、「日本は北海道をロシアに占領され、シベリアに日本軍が上陸した」などと、へんな噂も流れた。

八月十七日、朝食後に上衣着用、徒手帯剣で全員広場に集合の命令があった。背嚢の中から上衣を出し、これまであまりはずしたことのない前後弾入れをとり、手榴弾もはずした。重大発表があるというが、ただごとではないと直感した。

「講和条約が成立したのだろうか、そうでなければ……」

不吉な予感が身体じゅうを駆けめぐる。

部隊全員、はるかな祖国に向かって皇居遙拝を終えると、連隊長が、

「ただいまより、謹みて、天皇陛下の御言葉をお伝え申し上げる」

奉読されたのは、終戦の詔勅であった。日本は降伏したのだ、奉唱なかばにして熱い涙が止めどなく流れ落ち、胸もとまでも濡らした。

「何のために、苦しい戦いをがまんして頑張ってきたのだ。戦友の隊員たちは、何のために死んだのだ。それなのに降伏とは、われわれはもう生きる必要はないのか」

今後における将兵の心得を訓示する連隊長の言葉は、とうてい耳には入らなかった。

夢であってほしいと思っても、事実は完全な日本の敗戦であり、軍旗もすでに奉焼を終わったと知らされた。軍隊も解体し、日本もいつか見た夕日のごとく沈んでなくなるのか。全員、茫然自失の状態で宿舎に帰る。

そのまま横になると体じゅうがだるく、力が一度に抜け出たようだ。三年兵、四年兵が炊事をしたのか、

「昼食の用意ができました」と呼びにきた。

「食べたくないから……」

だれも口もきかず、起き上がろうともしない。かわいそうに、若い兵隊だって下士官や将校と同じように涙を流しているのに、食事の用意をした。手伝いもしないで、すまないことをしたと思う。

「食事をしたら、みんな横になって寝ろよ。なにもやることない、休め」

「夕食も自分で食べる分だけでいいから」

若い兵隊たちは、顔を見合わせ、小さい声で元気なく、「はい」と応えた。

体をおく場がないほどだるい。横になりながら、数年間のさまざまな戦いを思い出しては涙する。だれにも見られないように天幕をかぶり、その中で声を殺して、思いっきり泣いた。

一晩じゅう眠れなかったが、夜が明けてから眠ったらしい。

やがて、大声に目をさました。

「初年兵、飯持ってこい！」

軍曹の声だ。すでに昼に近いようだった。自分は寝ていて部下に飯を持ってこいとは、あまりにも暴言だ。私は虫の居所が悪くなった。

「腹がへったら、自分で炊事をやるんだな」

おもわず、口走ってしまった。なにか文句の一つも反応があるものと待ったが、軍曹は黙っていた。昼がすぎ、やがて夕食時になっても食欲がないまま、何人かで横たわっているところへ分隊員が来た。

「井坂兵長殿、食事して下さい」

顔をちかづけて、様子をみるようにして言われて、ハッとした。そうだった、いまこそ若い分隊員を力づけなければと気づいた。

「心配をかけてすまなかった。いっしょに食べよう」

わずかに箸をつけるぐらい口にして、後かたづけを手伝った。すると村の中から太鼓の音が流れてきた。

「今晩はにぎやかだな。みんなで見に行くか。ビルマ人たちが何かやっているようだから」

「はい、行きます」

各隊の兵隊がとりまく円陣の中で、ランプを灯し、ビルマ人の娘が指先しなやかに、太鼓など楽器の囃《はやし》で踊っている。彼女たちはジャンジャンママ（民族舞踊）の旅芸人だった。私にはすべての音楽が、踊りの素振りが、うら悲しく思われてならない。

「ゆっくり見てこいよ」

一人さきに帰ろうと歩きだす。むせび泣くような音楽が、椰子の黒い葉影をこえ、私の後を追うように流れてくる。

八月二十三日、泰緬鉄道のアナクイン駅より乗車した。薪を燃料として走る列車で、われわれはタイに向かって出発したのである。泰緬鉄道は山岳地帯をきりひらき、橋をかけ、熱帯病にくわえて赤痢などの悪性疫病が蔓延するなかで、困難な工事がおこなわれ、多くの犠牲のもとに貫通したのである。

敗戦直後のわれわれは、精神的に打撃をうけて不安定だった。今後の見とおしがどうであるかは、日本軍のだれ一人としてわからない。

「捕虜にだけはなりたくねえな」

「そうはいうが、ロンドンの復興のために苦力《クーリー》にされるかも知れないな」
三、四名の同年兵と車座になって話をはじめた。
「いっそのこと、山の中へ同年兵だけで入っちまうか」

「兵器弾薬をできるだけ多く準備してな」

「ビルマ人だって独立したいのだから、応援してやろう。ゲリラ戦ならけっこうやれるよ」

「日本へは外国軍が入ってくるだろうし、こうなったらやるか」

列車は山岳地帯に入ってきた。そろそろ不寝番任務がまわってくるはずだが、なんとも連絡がないので、これまでの睡眠不足が解消された。

翌日、上竹軍曹が、

「井坂、中隊長が心配しているぞ」

「なにを心配しているんだ」

「お前らで山に入る相談したのか」

「ああ、そのことか」と笑うと、

「軽挙妄動しないよう。入るときは中隊、大隊全員で行くんだからと言ってるんだから、一部の者で行くなよ」

「心配しなくてだいじょうぶだ」

「ほんとにか」

「うん。それで不寝番に立てなかったのか。変だと思っていたよ」

「中隊長には、おれから心配ないと話しておくから」

上竹軍曹は中隊長のいる車両へもどった。同年兵四人が不寝番申し送りで監視されていたのだった。

このあと、さっそく順番がまわってきて、われわれ一同苦笑した。

列車に乗って二、三日目のこと、右の後方から列車に向かって、四十五度の角度でせまる大型英軍機一機を見つけた。

「それっ、飛行機だ」

すぐさま列車は停止した。車中から蜘蛛の子を散らすように日本兵が草原を走る。地に伏してあおぎ見る敵機の胴体下から、パアーッと煙のようなものが出た。

「何だ、変なことをするぞ」

見るまに煙の魂がきらきら光り出し、小さな四角い破片になった。爆弾でないことを知り安心するが、草原にひろがり落ちてきたのは、連合軍がつくった伝単だった。

それに記されていた無条件降伏の文字が、大きく目にとびこんだ。

「英印連合軍捕虜待遇に関する条項。日本軍は連合軍の命令にしたがって行動せよ」

などの内容である。文中のいたるところに、戦勝をほこる威圧的な文句が書かれていた。

敗戦でうちひしがれたわれわれは、追いうちをかけるように伝単をまかれ、これから先の不安をいっそう駆り立てられる。

私は、弾を込められず撃つことも不可能となった兵器を、あらためてじっと見なおした。

サビひとつなく、いつもと同じ黒光りする小銃ではあったが、敗戦を知るや知らずや、そっと手をそえてみた。

列車は山間の谷間に木で造られた鉄道橋を渡り、ひたすら走る。われわれは山岳の光景をぼんやりと見送っていた。国境を越えタイに入ってまもなく、駅に列車が停まった。三、四年兵はなにごとにおいても気を配り、二人が水筒を十七、八本も持って、湯を入れにひろい構内を走っていった。やがて発車時間がせまってきたので、私も素足のままで駆けだしていって手伝った。

「もういい、残りは置いていけ。俺が入れる。はやく乗れ」

二人を列車に急がした。最後の水筒に入れ終えたとき、ポポーッと汽笛を鳴らして走り出した。かろうじて二人は車両の中に上がった。

私も一目散に駆けだしたが、有蓋車の入口は高く、地上からではとび乗れない。それならと、そばにある薪をつみかさねた台上へ登り、列車の屋根へとび降りてやろうと身がまえた。しだいに速度をあげる列車から、何か大声が聞こえた。

「よしっ、これか、こんどか」

体を乗り出してみるのだが、車両の切れ目ばかりがすぐに来てしまう。

「戦争も終わったというのに、むりして決死のとび乗りをすることもないだろう」

私はあきらめて鉄道隊にひき返し、事情を話した。弓部隊ということで、ここでも丁重にあつかわれ、宿舎に案内されて紅茶や食事、履き物まで準備してくれた。

数時間後、車両や砲を積載した無蓋の列車が到着した。これで私は部隊のあとを追うことにした。車上で、カレゴ島でともに生活した海軍の四、五名と再会し、泰緬鉄道終点のノンブラドック駅で中隊に追いついた。

捕らわれ者の悲哀

列車を乗りついで平野部を走り、ナコンパトン駅の付近から、ふたたび行軍を開始した。一列になった部隊将兵は、黙々として多くを語らなかった。汗を拭きつつ、うつむきながら歩いていると、ときおり、タイの人々が道端に立って、われわれを眺めているのだった。かれらもすでに連合軍の一員だという。

田園地帯がひろがる左方の低地に、みすぼらしい集落が見えてきた。

「泥棒、泥棒だ」と前方で大声がした。

三名の兵が集落の方へ駆け下りていくのが見えた。なにを盗られたのかと近づくと、他中隊の兵が小銃を付近の住民に肩から引き抜かれたのだった。追跡した友軍はやがてもどってきたが、

「足の早いやつだ。どこへ行ってしまったのか分からない」

とぼやいた。

敗戦とは情けない。こんなにも甘く見られ、バカにされるものなのか。先が思いやられる。これまでだったら、村を包囲しても探しもとめたろうに、すでに一般民衆からも軍隊とは思われていないようだ。

八月二十八日ごろ、ナコンナヨークにある周囲数キロにおよぶ広い敷地に入った。ここはもとは日本軍が使用していた跡だと聞いた。

緑の木々や草が生い茂り、ところどころに椰子も空高く伸びていて、雨に打たれていた。なにを入れていた小屋なのか分からないが、痛みがひどく、全員で修理をして床を上げ、二日ほどで中隊ごとの仮住まいの長屋ができた。

戦闘で生き残ったわれわれ四十名は、窓のない列車のような小屋で生活をはじめた。ここ

でそれぞれ被服と靴などの修理をおこない、戦塵に汚れた体を洗いきよめた。気の早い者は草履を編み、靴は大切に格納していた。

戦いからはなれた一同は、一日一時の生死の境遇から、日ごとに郷愁の思いをつのらせていった。それと同時に、戦勝国のわれわれ日本軍にたいする処置がどうなるのかと、不安を大きくしていた。

一ヵ月が過ぎたころ、英軍のオリバー少佐の命令により、全兵器の引き渡しの準備に入った。数年間生死をともにし、敵を倒し、わが身を守ってくれた兵器との永遠のわかれのときがきた。

われわれは、まず菊の御紋章を削りとり、念を入れて磨きあげ、剣も弾もまばゆいほどに輝かせた。弓部隊の軍紀厳正なところを最後に思い知らせてやろうと、だれもが意地をみせて行なった。

集積された兵器を調べた連合軍は、

「この貧弱な日本軍の兵器で、いままでのような戦闘ができるはずがない」と疑念を持ったという。

わが師団将校が、

「勝敗はべつとして、タイにある連合軍を相手にこの兵器で一戦できる」と答えたので、英軍は驚嘆したという。

この話がわれわれにも伝わり、一同溜飲をさげた思いがした。しかし、武装解除をうけた後の腰まわりはさびしく、丸腰の人間の弱さをつくづくと嚙みしめざるをえなかった。

「いよいよ丸腰だなあ。なにか忘れ物でもしたようだ」

「兵器手入れもなし、毎日のんびりできらあ」

「ところで、敵の分捕り拳銃はどうした。引き渡したら大変だぞ」

「あれは隠して持っている」

「気をつけろ。ばれたら、事だから」

「うん、大丈夫だよ」

飛田伍長が真面目な顔で返事する。飛田の拳銃のことは、中隊員にも内緒にしていた。同年兵同士だけが知っていることだった。金も物も少ない兵隊は、腹をすかして外周の壕と竹の柵、有刺鉄線の間から、菓子や果物を売りに来たタイ人と、わずかな品物で交換していた。慎重にタイ人と話をつけた飛田は、六百円くらいのタイ紙幣で拳銃を処分した。五十円でも大金だった当時のことなので、してやったりと喜んだ。

われわれがまったく金がなくなったとき、みんなで使うようにと、山田少尉から三十円ほど頂戴したので、だれにも気づかれないように五十円を差し出したが、少尉はそれも金のない兵隊に分けあたえていた。

連合軍は日本軍にたいして、生かさず殺さずの少ない食糧で、炎天下の苛酷な労働にかりだした。公園造成土木工事、バンガローやダンスホールの建設、ベッド作り作業、排水溝の泥すくい、糞尿かつぎなどである。あるいは宿舎の掃除、洗濯、墓掃除など、各種の雑務もつぎつぎに出して、一日としてわれわれは休養する日がなかった。

朝は星の残るうちに起床し、六時になると四列縦隊で出発した。オランダ軍の兵営およびナコンパトンのパゴダ周囲の公園整理のため、わざわざ出向いていくのである。各労務べつに分散して作業にあたり、夜七時、星影のもとに疲れた足を引きずるようにして帰途についた。

軍服と靴は、いつの日か帰国するときのためにふだんは着用せず、われわれは麻袋で半ズボンと袖なし上衣をつくり、椰子の茎の皮の草履をはいた。

毎日おなじ舗装道路を、水筒と少しばかり入った昼食の飯盒をぶら下げて行軍するありさまは、われながら哀れであった。町の中を行軍する日本兵の列のなかに、華僑が白い靴やタバコを投げ入れる。すると、隊列は一瞬にくずれさり、われ先にひろう日本軍人の姿を露呈した。

もはや歴戦の勇士の面影はなく、あさましい態度に目頭がジーンと熱くなった。弓部隊以外の兵もまじっていたので、体面を考えない者たちの動作が恥ずかしかった。

タイの華僑は、さまざまな物資を日本軍に納入し、かなりの利益をえていたとか、蔣介石総統の指令によって、日本兵を憎まない態度に出たとも言われたが、真実はどうであったろうか。

労働使役のなかでも、便所や炊事場の汚物清掃、排水溝の汲み取り作業は重労働だった。平地で排水が悪いため、かなり離れた場所に、六メートルの高さのピラミッド状の捨て場をつくり、頂上に口があって運び上げた。

ドラム缶に汚物をくみとり、九尺（約三メートル）の長さの太い竹棒で、二人一組になって担ぎあげる。

おかげで肩は一日で腫れあがり、すぐに血がにじんだ。監視役のオランダ兵が、

「おれも捕虜のときは日本軍にやられたから、お前らにもやってやる」と鞭をふり上げ、

「スピード、ジャパン、スピード」とわめいた。

「貴様らとちがって、捕虜になったんじゃやねえ。戦争が終わったから、やめたんだ」と、がまんできなくなり、

「ノー、アイ、インパール」と言い返してやると、じろっと見た目と目が激しくぶつかりあった。それ以来、そのオランダ兵は鞭を持たなくなり、態度も軟化した。

この労働は、人によってはつとまらない。体力的に連続はむりなうえに、食事も欠乏し、空腹をがまんして水を飲みながら、終業まで持ちこたえた。屈辱的な重労働にたえ、ぶじ故国へ帰還するために忍ぶ日がつづいた。

ナコンパトンはタイの古都で、高さ百メートルあまりのパゴダがあった。周辺の公園造成の労務がおこなわれていたある日、作業中のわれわれをはさんで、タイ保安隊と華僑の撃ち合いが突発し、思わぬ銃撃戦に隊員たちはあわてた。

「そらあ、逃げろ」

「なんだこれは。流れ弾でやられても、名誉の戦死にはなれねえぞ」

「君子危うきにちか寄らずだ。両方ともかなり仲が悪いようだな」

「見物となると面白いもんだ」

われわれはパゴダのかげで眺めていた。タイでは公務員はタイ人でしめているが、国の経済力は華僑が握っている。その辺から、種々の問題が起こってくるのではと思った。

公園造成のために、一部の人員がここのバラックに宿泊していた。そのなかのN君は他中隊の兵だったが、これがなかなかのやり手だった。

彼は戦争末期、前線の原隊に追及することなく、将校行李を盗んで、将校服を着用し、列車から軍需物資をかすめとって、タイ人に売却したという。

戦中、彼はここで生活をおくるうちに、華僑の娘とねんごろになってしまい、とうとう子供まで生まれてしまった。泊まっている彼のところへ、娘が人目をしのんで訪れ、衣服や帽子、履物をそろえて持参し、いっしょに逃げ出してくれと迎えに来たという。

この話を彼から聞いたとき、将校服を身につけていたとはいえ、よく憲兵の眼をくらましたものとあきれ返った。われわれ前線の将兵が、生死の境で戦闘しているとき、初年兵でよくもそんなことができたものと、内心、不愉快になったものだ。敗戦になったからことなきをえたが、発覚すれば敵前逃亡にひとしいふる舞いだった。

ある晩、彼から内地へ帰った方がよいか、タイに残った方がよいか、と相談をうけた。彼は私の忠告にしたがって、やがて帰国の途についた。その後、彼は体ひとつから商売をはじめ、ある町で成功している。いま思えばあの母と子にたいし、不憫なわかれをさせてしまったわけだ。

ここでは、われわれは日がわりで労務作業をおこなっていた。

ある日、私は洗濯係になって棒石鹸をわたされた。小川の縁に洗い場があり、そこに軍服やシャツ、パンツ、ハンカチなど、連合軍兵士の汚れ物が山ほど出されていた。二人がかりで台の上で洗いはじめたが、ハンカチをひろげると、汚物がびっしり付着している。

「人をバカにしてやがる。負けても日本男子だ」

棒石鹸でこすりながら手に力を入れて洗ったら、ビリッと破れてしまった。

「面倒くさい、ぜんぶ破いてやれ」

パンツも七枚ぐらい破いて干した。夕方、きれいにたたんで、なにくわぬ顔で係のオランダ軍曹に差しだした。そのまま受けとって、室内に入っていくのかと思ったら、軍曹は一枚一枚、員数を調べはじめた。

「しまった。これはまずいことになるぞ」と思ったが、後の祭だ。破れた洗濯物がすぐに見つかってしまった。

「ジャパン、ノーグッド」

軍曹は、破れパンツとハンカチを手に持ち、ふりまわす。殴りかかってきそうな剣幕に、こちらからもやり返した。

「ノーグッド、パンツ、ハンカチ。日本軍人だ!」

大声が出てしまった。軍曹をにらみつけ、動かずに立っていると、他の二、三人のオラン

ダ兵が窓から顔を出して、チラッとこちらを見たが、すぐに引っこんだ。軍曹の白い顔が赤くなり、

「オーケー……」

低い声で言い残すと、洗濯物をかかえて兵舎内に入ってしまった。少々やりすぎたかと後悔した。帰隊する前に全員集合となったとき、MPに呼び出しをうけるのでは、と心配したが、ぶじになにごともなく帰れた。

明くる日、洗濯労務から帰った兵に、

「どうした、パンツとハンカチが出たら、破いてやったか」

と言ったら、

「両方とも持って来なかったよ」と答えた。

かなり効果があったのか、それとも日本人とちがって、連合軍は敗者の理屈も受け入れるのだろうかと感心した。

今日の労務は英印軍キャンプの清掃との連絡があり、戦闘の相手というので、とくに興味ぶかく作業場に赴いた。そこには一個大隊程度の兵力がいるという。

やがて広い敷地が見えてきた。そこには各小隊ごとか、およそ五十名ぐらいは入れる幕舎が立ち並んでいる。中にいるのはインド兵ばかりで、奥のほうに祭壇がすえつけられ、礼拝している最中だった。白人の将校や下士官たちは、周囲に建つ家屋内で生活していた。

その日は、昭和二十一年の元旦であった。

敗戦、降伏となったわれわれには正月もなく、いつもと同じに労務作業に従事しているのだ。日本の正月はどうだろうかと案じながら、広い敷地の草とりに、五名で汗水たらして働いた。

やがて昼どきとなり、われわれは営庭の南の隅で、かんたんな食事をすませた。ふと見ると、近くにいたインド兵たちが野天で地面に穴を掘り、フライパン風の鍋で小麦粉を練ったものを焼いている。作戦中にも見かけた英印軍の竈跡と同じで、なるほどこうして炊事をしたのかと眺めていた。

やがて平らな焼パンが出来あがったのか、それを三人のインド兵はわれわれに食べろとさし出した。

「ジャパン、オーケー」

手を横にふった。だが、いらないと言ったのに持ってきたので、一枚受けとって味を見たが、バターで味つけして焼いただけのもので、お世辞にもうまいものではなかった。

やがてわれわれ五名だけになると、二、三人の華僑がちかづいて、話しかけてきた。言葉は中国語なので、会話がかなわず、地面に漢字で記すことにした。

華僑の一人が、「何日帰日本」と書くと、こちらは「我何日知不」と返し、つづけて、「支日兄弟」「日本必再興」と書くと、たがいに顔を見合わせ大きくうなずきあった。

午後の作業を時間どおりはじめ、三時になると、十五分間の休みをとる。監督の兵はいないが、出発前に規律正しくやるようにとの指示があった。

昼さがりはあまりにも暑いので、五人は倉庫の日陰に腰をおろした。元日の給与をうけたグルカ兵三名が、重たそう袋を肩にちかづいた。

「ジャパンマスター、オーケー」と袋のなかから、缶ビール（缶入りのビールはこのときはじめて見た）やコンビーフなど、五個の缶詰をとり出して、

「イングリ、ノーグッド」

手まねで、はやく隠してしまえと言う。

「サンキュー、チャンドラ・ボース。ジャンタハイ（ありがとう、チャンドラ・ボース。わかる）」

「ジャンタハイ、チャンドラ」

遠くの白人下士官の姿を気にして、キョロキョロするインド兵に、思いきって、

「アラカン、ドース（アラカンの友だち）」と言って、肩をたたいた。

「マスター、アラカン、ドース、エース（あなたはアラカンの友だちです）」とニコニコした。

インパール作戦からの兵隊らしい。まもなく英人下士官がやってくると、なにくわぬ顔をして立ち去った。

やがてパンジャブ、マドラス、グルカ兵など、出身べつに幕舎内の祭壇の前で、ふたたび礼拝をはじめた。

英国の隷下にあって第一線に出され、わが軍と戦闘をまじえて、多くの犠牲をだしたインド兵もまた哀れである。彼らは、われわれにまでマスターという。長年にわたり虐げられた

民族の宿命の言葉かと聞いた。

労務はかわり、こんどはオランダ軍キャンプの炊事場行きとなる。だれもが喜んで行くところだったが、なかなか順番がまわってこない。

ここではインドネシア人が監督を兼任し、炊事を行なう。彼らはいちおう軍服を着ていたが、階級章はなかった。大釜の油で卵や魚を揚げ、焼き飯などをつくった。食事の分配方法は、われわれ日本人には珍しいものだった。オランダ兵たちが各自、食器を台に乗せて一列にならび、インドネシア人とわれわれから分配をうけるのである。

なかには「もっと余分にいれろ」と請求する者もいるが、

「ノー、グッド」

インドネシア人が注意して、絶対わたさない。食事の分配が終わった直後、まだあまっているではないかと、文句を言いながら、食缶な中を指でしめしたが、

「ゴー、ヘッド」と、インドネシア人に言われて、しぶしぶ出ていった。

日本兵が後かたづけをしていると、インドネシア人の監督が食缶から残り物の魚、目玉焼き、焼き飯をわれわれの飯盒へ詰めてくれた。さらに水筒の水を捨てて、コーヒーをいっぱい入れ、あまりはここで飲めとすすめられた。

オランダ兵たちの前では無口な彼らが、片言の日本語で、

「インドネシア、日本トモダチ、コンド、ニッポン、カツ」としゃべりまくった。インドネシアでは、日本の敗戦後、宗主国のオランダから独立するため、内乱状態にあった。

ありとあらゆる労務がつづく中で、オランダ軍の使役は比較的らくであった。オランダ将校のバンガロー建設も手伝った。全員のベッドもつくらされた。

墓地の清掃では、毎日、五人の人員で掃除や草取りをするので、短時間で終わる。残った時間を利用して、墓地係のオランダ兵は日本兵にタバコ巻きをさせ、それを売って利益をあげていた。日本兵にも一人十本ぐらいはあたえたようだ。労務は早く終わるし、昼寝もできるので、みんな喜んでいた。墓地係のオランダ兵は、出征前は船乗りだったらしい。

「ヨコハマ、ゲイシャ、ベリグッド。テニス、サトー」

分かるかと聞かれたが、テニスなど無縁のもので、分かろうはずはない。そのうち彼は真面目な顔になって、手を合わせる格好をして、

「私の顔を忘れないで、日本を大切にしてる。こんど日本勝ったとき、殺さないでくれ」と、首を切るまねをした。

おかしなことを言うやつだと思ったが、悪い気はしないので、

「オーケー、オーケー」と返事した。

ある日のこと、どんな理由があったのか知らないが、オリバー少佐が、木造のダンスホールを三日間で完成させろ、と厳命してきた。あまりにも急なことなので、こちらは狼狽してしまったが、勝者と敗者の相違をいまさらのように思い知らされ、心中では憎悪した。

工兵隊が主役となり、昼夜の突貫工事、不眠不休でわれわれ歩兵も協力して完成させたが、労務も重複し、つらい時期であった。勝てば官軍はいつの時代も同じというが、こちらは一

泡吹かせてやることもできない。悔しさだけがたまる一方だった。

夜間会報が伝達され、労務間の注意事項を言い渡された。

「オランダ民間人の宿舎内で、裸身の女性に、室内に引き入れられた日本兵がある。問題を起こすことは、内地帰還に支障をきたすおそれあり。右様の件に遭遇の場合は丁重にことわり、引率指揮官に報告すること」

という内容であった。

「そんなに日本人がいいのかな。おれをそこの労務に出してくれればいいのに」

「その兵隊、うまくやったのかなあ。俺も行ってみてえな」

「その女は、ジャワの収容所で日本軍将校と仲よくなったことがあるそうだ」

「その身がわりにされたわけか」

隊内は、しばらくこの話題に花が咲いた。

大隊副官の大内少尉は准尉からの古参であり、作戦中もいろいろと発明工夫をしたというが、収容所内でもその能力を発揮した。人間生活の要は水であると考え、炊事場付近に井戸を掘り、くずれないよう竹籠を入れて、さらに木製の井戸ポンプまで完成させた。

おかげで炊事用に、またドラム缶風呂、飲料水にと活用できたのである。入浴は労務から疲れて帰るわれわれの汗と涙とほこりを洗い流してくれた。

一村ほどの日本兵員のため、敷地内の野草は食べつくされたので、畑をつくって野菜の種をまき、また育ちの早い家鴨を飼ってタンパク源としたが、これらもまた大内副官の発想であったと聞き、一同感心した。

収容所内にもとの兵站病院が入り、看護婦も数名が勤務していた。そのうちの一名が毎週のように、オリバー少佐のジープに乗せられ、宿舎につれていかれた。もっぱらの噂に、兵隊はますます推理をたくましくし、話が電光のごとく早くつたわった。

「裸にしてオリバーが絵を画いているんだと、通訳の話だそうだ」

「裸にしただけではすむまい」

「やっぱりオリバーめ、やったんだ」

「かわいそうに、敗戦の生贄だな。帰国までに解放されればよいが」

事実はどうであれ、兵隊たちは敗戦の悲劇とうけとめた。

長い収容所生活と、強圧されつづけているわれわれを精神的にささえてくれたのは、野外の演芸会である。東劇場と称した舞台では、さまざまな催しものが開かれた。

各隊から選考された者があつまって、無一物から準備をおこない。舞台を組んで、企画、台本、軽音楽の曲目、大道具の背景から小道具までもそろえた。そして乏しい資材のなかから、ドラム、バイオリン、チェロ、マンドリン、尺八、笛などにいたるまでの楽器を作りだしたのだ。

衣裳の布も数はすくないので、重ね着は襟元、袖口で何枚にも見えるように、一枚一枚の着物に絵柄を張りかえた。袴は前半分だけで演ずるという涙ぐましい努力であった。

月の明るい夜空に流れる軽音楽、なつかしのメロディー、寸劇に歌舞伎と、熱気をおびた出演者と、それを見るわれわれの真剣なまなざしは、夜のふけるのも忘れさせた。

だが、空をあおぎ、椰子の葉かげにかがやく南十字星を見ると、遠くはなれた祖国への郷愁にかられ、やるせなかった。緞帳《どんちょう》に描いたオタマジャクシは、いつ蛙（帰る）になるものかとの願いである。

その日まで、どんな苦しみにも耐えしのばねばと、全員で最後に合唱するサーカスの歌が、静かな夜の帳《とばり》に流れ出す。

旅のつばくろ日暮にゃ帰る
せめて俺らも故郷へ

悲哀をこめたこの歌を、舞台と客席で一同そろって涙とともに熱唱した。

規律なき日々

東劇場の緞帳にかかれたオタマジャクシが、急に四本の足を出し、長く苦しい焦燥の暮らしからぬけだすときが来た。

昭和二十一年四月二十五日、いよいよ乗船のため、自動車輸送でバンコクへ向かった。途中、トラックから眺める市街のにぎわいには、目を見はった。戦災をうけない建物、そして広い大通りをうずめるおびただしい人の群れ、平和な街のようすは、まぶしいほどであった。

山田長政の史実をふと思い出して眺めると、心なしか屋根が日本と同じような家が、点々とあらわれる。われわれは町を通りぬけて、埠頭ちかくの大きなバラックに入った。

一同は、今日か明日かと迎えの船を待った。だが、五日がすぎ、七日たっても音信はなく、しだいに食糧は乏しくなってきた。

われわれは、ふたたび兵站司令部内の雑役にまで狩り出される日がつづいた。それにくらべて、後方にいすわった兵站司令部の将兵たちの傲慢な態度には、こちらもがまんの限度を越えて、ときどき爆発した。

部隊通報では、作業行動の真面目な部隊から帰還することになるだろうというだけで、納得できる説明がなかった。山積みされた米が倉庫内にあるのに、われわれはあい変わらず少ない食事で、作業に従事しなければならなかった。

腹がへって耐えられず、暗闇にまぎれて倉庫内へ侵入し、米や調味料を失敬すると、翌日からは、小銃をもった衛兵を出してきた。

だが、実戦部隊にたいしては物の数ではなかったようだ。すきを見て小銃を奪い、付近のクリークへ投げすて、糧秣倉庫から米などを大量に運び出した大隊があらわれた。この事件については厳重に注意されたが、痛快事として兵隊は拍手を送った。

「兵站司令部の使役に出てくれないか」

「いいよ、三名か。それじゃ行ってみるか」

栗原、坪井の両軍曹と私は、鉄筋コンクリート三階建ての司令部で申告すると、週番上等

兵が紙くず入れをさし、

「これを捨ててくれ」

「ほいきた」

一人二個ずつ持って、近くの川へ投げすて、なにくわぬ顔で帰ってきた。

「捨ててきた。あとは何をやるのか」

こんどは、うす暗い入浴場へ案内され、

「浴場を洗って水をくんでおくよう」と、命令口調におよんでは、第一線兵士のわれわれは、もうがまんならない。

「おい、貴様、もう一回言ってみろっ」

「第一線部隊に、貴様らの垢洗いをやれというのか」

「いいか、お前一人で充分できる作業だ。自分でやっとけえっ」

「週番下士官はどこだ。案内しろ」

「はい……」

小さくなった週番上等兵が、二階の事務室へ案内した。室内は広く、机が何列にもならんだ中に、週番下士官の伍長が座っていた。

伍長を三人でぐるりと囲んで立ち、

「風呂の水くみを第一線部隊にさせなければ、入浴できないのか」

室内で机を前にしている連中を、意識して問いつめた。

「はっ、では分からない。返答しろ！」

「はっ……」

「ほかに用事がなければ帰るぞ」

「はい、ありません」

隊にもどり、真面目な態度で使役を終わって帰ってきたと報告する。

「なんだ、早いなあ」

「いや、じつはあんまりバカにした使役なので、自分でやれと言って帰って来ちゃった」

「そうか、まったくふざけた話だ。癪になる、それくらいあたり前だ」

隊員たちも、よくぞ言ったりと笑い出した。

英軍のオリバー少佐に抑えつけられていた八ヵ月間、いままた乗船を前に半月も待たされ、兵隊の不満と怒りはたびたび噴火した。

そして、月夜に物かげから物かげへ身をひるがえして、糧秣倉庫に侵入し、百キロ入りの米袋をナイフで切って、用意した袋へ入れる。棍棒を持った巡回歩哨がちかづくと、切り口をふさぎ、去るとササーッと抜く。われわれも、とうとう泥棒隊にさまがわりした。

そうしたある日、大隊から四十名が荷降ろし作業の使役に出た。どこから搬入されてくるのか、トラックで百キロ入りの米袋が、後からあとから休みなく運びこまれ、倉庫内に山と積みかさねられた。食事の量が足りないので、だれもがヘトヘトに疲れ、休憩時間がくると体を投げ出して横になる。

ふと、倉庫の南の方を見ると、一人の伍長が腰をおろしているのが目にとまった。

「おい、お前。どっちの作業隊なんだ」

「むこうの作業隊です」

「ああ、そうか」

作業も夕方ちかくなったが、さきほどの伍長は同じ場所に寝ており、別作業隊は仕事の最中である。こちらの隊員に聞いたが、何中隊の兵か知らないという。他師団から少数だったが入った兵かもしれない。伍長は、まる半日、労務をさぼって過ごした。

「おい、この野郎っ、だましたな」

「ちがいます」

「何がちがう。貴様のほうは作業中だ、はやく行って作業しろ」

夕方の五時に作業終了となったが、兵站司令部の責任将校の姿はどこにも見えず、帰隊できずにいた。

そのまま待つこと三十分あまりになる。われわれの指揮将校は部隊に入って間もない少尉であり、その上におとなしすぎて、おろおろするばかりで役にたたない。しだいに四十名の隊員たちは、がまんの限界に達した。

ふと気がつくと集合した列に、一日じゅう作業をさぼった例の伍長がいた。さっそく槍玉にあがった。

「こらっ、貴様。こっちでもない、あっちの作業隊でもないとは何だ！」

司令部下の角力の土俵上にひっぱり上げ、大声で怒鳴りつけた。

「司令部、いまから弓部隊の制裁を見せてやるから、よく見てろ」
二、三発鉄拳をとばすと、土俵上の伍長は下まで吹きとんだ。
「上がってこい、伍長。かかって来い」

上がってきた伍長を、肩にかついで土俵に叩きつけ、さらに足で蹴りあげる。

「どうした、弓部隊の気合いが分かったか」

「司令部の指揮官、出てこい」

「どうした、作業は終わったのか」

「出てこなければ帰らないぞ」

われわれが帰らないということは、倉庫内は四十人で荒らしてやるという意味である。司令部の二階や三階の窓から見おろす顔が、鈴なりにならんでいた。やがて一人の下士官が出てきて、

「作業終わりです。帰ってよいそうです」

「何をっ、お前がいつ指揮官になったんだ」

「貴様らには用はない。指揮官にくるよう話せ、バカ野郎！」

下士官はひきさがり、朝、作業命令を下した将校が入浴をおえて、さっぱりした浴衣姿で出てきて言った。

「ご苦労さま。作業終了して帰隊してよろしい」

長い間、見ることもかなわなかった浴衣姿に、ますます激怒したわれわれは、将校の間近につめよった。

「何を言ってる。作業中にその責任者が入浴するとはなにごとだ！」

「弓部隊をなめるのか！」

将校は、われわれの引率少尉に向かって、

「部隊指揮者の方」と呼びつつ、こちらと離れて話しあい、すぐに少尉がもどってきた。

「申しわけなかった。百キロ入りの白米三袋を食べてくれるようにとの話があった。了解してくれ」

「まあ、いいとするか」

「それ、かつぎ出せえ」

棒の上に乗せて二人でかつぎ、三袋三百キロを大隊へ持ち帰ると、部隊員は大喜びだった。朝まで待てず、夜食分として炊いて、各中隊とも腹いっぱいに食べた。

後方兵站部隊の贅沢な生活と規律の弛緩を、眼前にいやというほど見せつけられた。第一線では作戦のたびに、食糧や弾薬の欠乏に苦しみ、酒、タバコ、甘味品などは皆無であった。塩以外は調味料とてなく、慰問袋など一度もいただいたことはなかった。

敗戦は、後方部隊の濫費と不正が原因したといっても、われわれは大げさとは思わないだろう。

バンコクでの十九日間の復員船待ちは長すぎた。兵隊の気持のすさむのもむりはない。

復員艦「雪風」

五月十四日、乗船を前にして、英軍の下士官が日本兵の所持品と身体検査を実施した。背嚢や雑嚢から、全部の物品を出して台の上にならべさせられる。

メモのたぐいはいっさい焼き捨てたので、心配はなかったが、一品ごとに確認し、軍衣袴の物入れまで念入りに調べられた。台上の小円匙を手にとり、これで壕を掘ったのかと問いかけられた。

ほかに金目の物とて持たないわれわれの万年筆や、二十人に一人ぐらいがしていた腕時計を、黙って彼らは没収し、自分のポケットへ、そっと入れた。英兵が持たないわけではない。金に換えるためだと、だれもが分かっていた。

一日千秋の思いのこの日のために、どれほど屈辱的な収容所の労働にもたえ、隠忍自重してきたことか。いままた、ここで英兵の略奪にもがまんしなければならない。

「いまにみてろ、英軍め。師団参謀長の講話のように、国の復興は三十年と歴史が語る。日本に帰ったら、きっと見返してやるから」と歯を食いしばった。

その後、一人ずつ英軍将校の片言の日本語による尋問をぶじに通過し、やっと桟橋を渡った。

仰ぎ見ると砲塔のない駆逐艦「雪風」が、日本からはるばると迎えにきて、投錨している姿があった。軍艦旗は消え去ったが、艦上にはためく日の丸を見て、まだ祖国は健在なりと涙がでた。甲板上からこちらに手を振っているのは、どれも白い顔ばかりだ。

「あれーッ、女ばかりの乗組員だ」

「内地には男がいないのだろうか」

乗船してよく見ると、全員が男だった。長い戦場暮らしのせいか、われわれの顔や肌の色は異民族のように黒く、眼ばかりが鋭く光っていた。やっと乗船したのだから、こんどこそ引きのばされることはあるまいと思う。

バンコクから西北方遠く、はるかなインドから、アラスカ山系中に、チンドウィン河流域に、モール、カラダン、モニワ、イラワジ、ビリン、シャン高原の山中に、置き去りにした亡き戦友にたいし、われわれだけが生きて日本に帰還することを申しわけなく思う。

生をうけたところは別々でも、生きてビルマからでることはない、死ぬときはいっしょだと誓いあった仲だった。骨を埋める地はビルマときめ、ここを第二の故郷と呼んだ。亡き戦友の故郷は日本とビルマ、どちらも仏の国だ。

「安らかに眠ってくれ。そうでなければ、おれたちだって帰れない。頼む……」

心の中で合掌し、見えぬビルマの方角をじっと甲板上から見つめた。戦友にかわって涙の雨をふらすのか、雨期の雲が低くたれこめてきた。

連合軍のLSTで輸送すると聞いていたが、戦艦「大和」とともに出撃し、その最後を見とどけた駆逐艦と知って、あらためて感激した。以前、われわれが乗った輸送船団の速力とは、比較にならない速さで驚いた。

「いやあ、速いですね。駆逐艦は」と言うと、近くの乗組員が、

「もとの乗員が少なく、日が浅い者が多いので、速力を出すと船酔いをするから、昼は十五ノットで、夜間だけ二十ノットなのです」

「全速力はいくら出るのですか」

「四十ノットくらいでしょう。『大和』の最期のときは、それ以上出ていたかも知れない。甲板は水面下で潜水艦が走るようでした」

「おたがい大変でしたね」

海は荒れていないのに、かなりのスピードが出ているせいか、艦内にいて気分が悪くなった。甲板に出て、煙突近くのシートの中に、食事もとらずにもぐりこみ、横になった。

じっと目をとじていると、さまざまな思い出が一度に湧きだしてくる。あのとき倒れ伏した戦友の顔が浮かび、また消えてゆく。

最後に浮かんだ人の顔は、終生わすれることができないであろう。われわれ兵隊を一人でも多く、祖国日本へ帰還させたいと、一将校が責任を一身にひきうけ、死刑になるために残ったのだ。

作戦中、スパイ事件にからむビルマの一集落を包囲攻撃した罪を問われたのである。戦争犯罪人となった将校は、勝者に裁かれ、部隊と分かれて一人さびしく異国の地に死んでいった。戦争とは悲劇の塊である。

私は甲板で風に吹かれ、一斗樽に入った梅干しを食べながら、過ぎし作戦とビルマの風俗、人々のことを幻のごとく思い返していた。

昭和二十一年五月二十一日、バンコクを出航してから七日目のことだった。兵隊のどよめきと歓喜の声があがり、私は甲板に駆け上がった。

日本の陸地があらわれた。夢に見ることすら思うにまかせなかった祖国が、いまそこにある。国滅びて山河あり。使い古された言葉であるが、なんとこの情景にあう言葉だろう。晴れた空の下に、くっきりと故国の山々がわれわれを迎えてくれた。

午後一時、広島の大竹桟橋に「雪風」は接岸した。係員が待つ大地を踏みしめ、

「日本の土だ！」

足が震えるほどに感動する。涙で足もとがおぼつかなくなる。

「ご苦労様でした」

係員に声をかけられ、涙声とともにわれわれもまた、

「ご苦労さまでした」と挨拶し、指示されるがままに広場に整列した。

やがて、ニュージーランド兵が出てきて、われわれは帽子をぬがされ、頭からＤＤＴを散布された。やがて、税関事務室で物品検査を終えると宿舎に入り、そこで故国の夜を迎えた。

その夜、戦災をうけた日本の各都市のようす、原子爆弾による被害状況が判明し、戦場では知ることのできなかった内地の悲惨さを教えられた。

故国がこうならないようにと頑張ったわれわれの努力も、苦しみも、なんの役にもたたず、すべてが空しかったことを悟った。

明くる二十二日、九時から復員式が行なわれた。各自に米と五百円、そして弁当の握り飯を支給され、大竹駅から臨時列車で一路、東京へ向かった。焼け野原と化した駅ごとの町々をながめ、復興の困難さを思った。

東京と上野間の電車は、すさまじい混雑ぶりであった。ホームでふり返ると、背嚢を負ったまま立ちどまった飛田伍長が、

「あっ、やられた！」

背嚢の横から紐もとかれ、米をそっくり盗まれていた。内地は極度の食糧不足で、米はわずかでも貴重である。北千住でおりる飛田に、私は自分のを全部わたした。

「おれのをやるから持っていけよ。都会ではこまるだろうからな」

東京はガレキの上に、一面の焼けトタン小屋がひろがっていた。常磐線に乗りかえると、乗客から、水戸も日立も焼けたことを知らされた。

車窓から眺める沿線の山や川だけは、昔と変わらずなつかしい。一人の男が、

「兵隊さん、靴を売りませんか」

「これか、いくらなんだ」

「五百円でどうだろう」

「五百円。なるほどなあ、金の値打ちもなくなったか」

復員式で支給された五百円は大金だと思っていたが、靴一足分だったとはおどろいた。駅頭で羊かんを一本三十円で買いもとめたが、とても食べられる味ではなかった。

停車するたびに戦友がへってゆく。

「元気でな、また会おう」

「便り、よこせよ」

お互いに顔をみつめ、かたく手を握りあってわかれる。列車の窓から見えなくなるまで、ホームに立つ戦友に手をふった。長い団体生活もこれで終わり、これからは自分一人の力で、なにごともやらなければならないのだ。

石岡駅におりると、午後六時を過ぎていた。そこで水戸方面に向かう戦友たちを見送った。バスはすでに終わり、堅倉・上野合の出身者は駅前の旅館に一泊して、明朝、帰ることになった。

「おれは石岡に叔父がいるから、帰国のあいさつをする。つごうで歩いて帰るから」

「無理するなよ」

「なあに大丈夫、三里や四里、なんでもないから」

私は、故郷のなつかしい道を一人で歩きだした。

あとがき

第二次大戦の終結から、四十二年の歳月をへて、私も還暦をすぎること数年の老兵となった。孫とともに暮らす平和な日々の中で、ときおり、「戦争の話をきかせてよ、おじいちゃん」とせがまれることがある。

私がまだ小学生時代（昭和十年前後）のころ、日露戦争のさまざまな出来事を、遠い昔のことと聞いたおぼえがあった。当時からさかのぼって三十年前の物語である。

私自身が体験した事実は、すでにそれからくらべても十年以上も昔話となってしまった。日本の戦争・敗戦という未曾有の体験も、四十年、五十年と時の流れとともに風化され、それにともない平和の尊ささえも、忘却の彼方へと押しやられるのではなかろうか。

私が、孫と同じ年ごろの少年期に満州事変が勃発した。

当時、国民の三大義務の一つである徴兵制度があり、日本男子である以上、兵役の義務をまぬがれることはできなかった。国家に忠誠をちかい、男は身を捨てる覚悟をだれもが持っていた。時代の趨勢は、市井のもろもろの好むと好まざるとにかかわらず、戦争拡大の一途をたどっていき、そしてついに、米・英・豪・仏・蘭をくわえた連合国軍を相手とする、太平洋戦争へと突入したのである。

この巨大な歴史の渦の中に巻き込まれ、酷暑のビルマ平原に、人跡未踏のジャングルに、大河の流れに、つぎつぎに死屍をさらした多くの人々——インド、ビルマ戦線の戦没将兵の数は、じつに十九万柱と言われ、インパール作戦だけでも、六万余柱の犠牲を出した。いずれも私と同じ二十歳代の青年が大半であった。現在の何ヵ町村にも相当する人々である。

あのころ、われわれは愛する家族のことを一途に思い、だれもが戦いに勝ちたかった。だが、英印軍と日本軍の武器の優劣ははなはだしく、大人と子供の喧嘩にもひとしいものだった。

日本軍の三八式小銃は五発ごとに装塡し、槓桿を引き、押して一発ずつ発射するのに、英軍の小銃は十発装塡で、引き鉄をひくだけで射撃が可能であった。敵の自動小銃は接近戦でさらに威力を発揮する。砲にいたってはあまりにも数に差があり、戦車は備砲、装甲、性能と、その差は歴然たるものであった。くわえて飛行機、弾薬、糧秣、車両、兵員にいたるまで、物量の圧倒的な差は、いかんともなしがたかった。

戦局われに利あらず、兵隊たちは、食糧、医薬品の皆無に泣き、生への望みはいたるところで絶たれた。そして傷病兵は最後の一瞬まで、苦しみぬいた。

戦友の遺骨を抱いてさがる傷病兵が、敵の空爆、地上攻撃でさらに血を流し、雨中の歩行に肉体を消耗し、路傍に倒れて白骨街道をつくっていった。両者とも、名も知れぬ仏となるほかはなかったのである。

　国家の命令のまま、死は鴻毛より軽しと、骨肉を飛散させ、病魔と飢餓に倒れふした戦友の死と涙を無にしないでほしい。若くして一生を国に捧げた兵士、そして嘆き悲しんだ妻や子、最愛の子を失った両親、血肉を分けた兄弟の憤怒を忘れてはならない。

　私は、生き残ったわれわれ証言者が世を去るまえに、あの悲しい戦場の事実を正しく伝えるため、いまのうちに書く以外にないと思いたった。それが生きて祖国の土を踏んだ者の使命とも考えるようになったからである。

　これから後の世も、わが愛する日本が、永遠に平和な緑の島であるとともに、笑いの絶えない心豊かな生活がつづくことを切に願い、ビルマ奥地を、いまなおさ迷う英霊にたいし、この書が、墓標と慰霊の一巻ともなれば、筆者の本懐とするところである。

　今回の出版にさいし、光人社の牛嶋義勝氏、元第二百十三連隊本部・和田修氏、元第一中隊・稲葉茂氏、二紀会同人の堀越謹氏各位の、御協力にたいし心から御礼申し上げます。

昭和六十二年十一月

井　坂　源　嗣

文庫版のあとがき

時は休むことなく流れ、いつのまにか戦後五十年も通り過ぎて行く。私が「弓兵団インパール戦記」を起稿してからも、十三年を数える。

「戦争の話を聞かして、おじいちゃん」と言っていた幼かった孫たちも、兵役の義務もなく成人式を終わり、平和な毎日をあたり前のように満喫し、いま青春真っ盛りの生活にある。われわれの青年期には考えられない、幸福な時代であると思う。

敗戦、重労働、そして復員。食糧、衣類、住居、すべてが無い無いづくしの只中に帰還した。昭和二十一年五月、日本へ一歩上陸して見れば、都市は廃墟と化し、なにもなく、飢餓にさまよう生活を見せつけられた。

敗戦に打ちひしがれた帰還兵ではあったけれど、「何くそっ、あのときの戦闘で死んだと思えば」と、食糧確保、増産のために、昼夜を分かたず働き抜いて五十年。今は米は余り、物があふれ、天下泰平の世である。その反面、心の豊かさだけが、あらゆる階層に不足をきたしている。世界的にも、国内、家庭内、学校内すべてであろう。

五十余年前、純真な、そして慈しみ深いビルマの人々に、敗走するわれわれ日本兵は助けられた。様々なことが思い出され、いつも頭から離れない。激しかった戦いの中で、敵に包囲され、傷つき病んだ動けぬ兵に対し、救いの手を差しのべてくれた、老若男女の住民のおかげで私たちがいる、

平成の現在もかなりのビルマ残留兵があるという。彼らも八十に近く、年々その姿が消えて行くであろう。新聞紙上にもとりあげられた北村、星氏のように、一時帰国できた方は珍しい（星氏の長男は、茨城県名下町で二年間働いて帰国した）。

私とともに帰国した戦友も、年毎に亡くなっていく。本書に登場している、飛田、坪井、上竹各軍曹、木村幸一郎、山田芳枝各少尉とも、語り合うこともできなくなってしまった。

坪井君が亡くなる二日前、生死の境にあるとき、「出発準備だっ、早くしろ早くっ。敵がくる。あの山を越えれば、あの山の向こうまで頑張れっ」と言ったという。昭和十九年七月末のインパール戦なのか、二十年三月末のシャン高原山麓付近の状況であったのか。平成四年、鬼籍に入るまで、彼の戦争は続いていたのである。

本書を刊行後、御遺族妻子、兄弟姉妹の方をはじめ、各戦線へ従軍した多くの方々の、来訪、電話や励ましの便りなどを頂戴しました。また未知の遠い方にまで、広く反響があり、驚いています。

現在、日本の周辺はあらたな様相を写している。戦争とは、あらゆる面に最大の犠牲を強いるものであることを多くのひとびとに銘記していただき、永久平和のために、弛みない努力と英知を以って対処されんことを祈りつつ擱筆といたします。

平成八年三月

井　坂　源　嗣

解説　ビルマ戦線の実相――戦略の誤算が招いた将兵の辛苦

藤井非三四

日本の敗色が濃くなりつつあった昭和十八年秋の頃からか、「ジャワ天国、ビルマ地獄、生きて帰れぬニューギニア」と語られていた。ビルマ戦線については、連合軍も同様で「最悪の戦場」ともっぱらだった。インド洋に面する熱帯モンスーン地帯で世界的な多雨地域、マラリアなどの風土病の蔓延、有害な昆虫類がはびこり、毎日をどうやって健康で過ごすかからして問題の土地においての戦闘だから困難を極め、その実態を本書はリアルに伝えている。

とにかく日本軍を苦しめたのは、補給の不如意だった。方面軍や軍の戦力を維持する補給幹線だが、タイとビルマ（現ミャンマー）の国境地帯は地形が険阻なため陸路には頼れない。そこでシンガポールからマラッカ海峡を通って、ラングーン（現ヤンゴン）への海路となる。この航路はアンダマン海に入ると、西側正面は開放されており、インド各地からの航空脅威に晒されている。その上、海路の端末となるラングーン港だが、イラワジ川（現エーヤワディー川）の河口港で水路で出入りするため航空攻撃に脆弱で、しばしば途絶しがちだった。

ラングーン港に陸揚げされた物資は、マンダレー経由でミートキーナに至るビルマ縦貫鉄道で運ばれるが道路網が貧弱だ。増水期と渇水期の水位が違い過ぎて、満足な道路橋が架けられない。自動車道の多くは建設しやすい河床道だが、これは増水期には使えない。一年の半分は満足な道路がないことになるのだから、補給に苦しむのも当然だ。このような事情は、戦前から分かっていたことだから、開戦に当たりビルマ進攻の可否について論議された。困難な戦場にしろ、対中援助ルートの最後の一本がビルマを通っているから、これを遮断することには大きな意味がある。

それ以上に魅惑的なのは、ビルマは広く知られた鉱産地域なことだ。南方資源地帯でも数少ないニッケルやタングステンの鉱山がビルマにはある。中部のボードウィンには、世界的な規模の亜鉛、鉛の鉱山が操業中だった。このような戦時経済という観念が戦略計画に組み込まれると、計画が軍事的に健全なものにならなくなる好例をビルマ戦に見ることができよう。

*

文字符が「弓」の兵団は、正式には第三三師団だ。昭和十四年二月に中国における占領地の警備、治安維持に当たるために臨時編成された三〇番代の師団六個のうちの一つだ。第三三師団は仙台の留守第二師団で編成され、補充担任は宇都宮の第一四師管区となった。北関東の第一四師団の子部隊ということから、郷土の英雄として知られる那須与一にちなんで文字符は「弓」となった。

第三三師団の編成は、歩兵は第二一三連隊（水戸）、第二一四連隊（宇都宮）、第二一五連隊（高崎）、特科はすべて宇都宮で、山砲兵第三三連隊、工兵第三三連隊、輜重兵第三三連隊を基幹とし、編制定員は一万四〇〇〇人だった。昭和十四年四月、第三三師団は新潟港から長江の漢口に向かい、第一一軍の戦闘序列に入った。主に華中の江南地域で警備、治安作戦に従事した。昭和十六年四月、第三三師団は華北に転用され、第一軍の戦闘序列に入り、主に山西省において同蒲線（大同～蒲州）、石太線（石家荘～太原）の警備に当たった。中国戦線において歩兵第二一三連隊は、二六〇人の戦没者を出している。昭和十六年十一月六日、対米英蘭開戦決心ということで、「大陸命」第五五五号が下令され、第三三師団は第五五師団（善通寺編成、補充担任善通寺）と共にサイゴンにあった第一五軍の戦闘序列に入った。そして昭和十七年一月初旬から第一五軍はタイ経由の陸路でビルマに入り、三月九日にはラングーンを占領した。そして五月中旬までにビルマ全土を制圧したばかりか、中国の雲南省の一部、怒江右岸一体にまで進出した。

＊

インパール作戦は、兵站無視の攻勢作戦、道なき道を進む鵯越え戦法、初めから敗退が決まっていたと評価は散々だ。コヒマを目指した第三一師団（タイ編成、補充担任甲府）、コヒマとインパールの中間に向かった第一五師団（名古屋編成、補充担任敦賀）は、準備なき山岳戦を強いられた。砲兵弾薬まで人力搬送、糧は敵に求めるというのだから、この両師団がインパール街道に頭を出したということだけでも大健闘としなければならない。

インパール盆地に向かう主攻を担当した第三三師団の作戦環境はまた違ったものだった。アッサム・ベンガル鉄道のディマプールから東南に七五キロでコヒマ、ここから南に一〇五キロでインパール、ここで街道は分岐して東南に一〇〇キロでタム、南に二二〇キロでカレワ、ここで共にチンドウィン川に達する。このインパール街道は二車線の砂利道だが、雨季でも車両の通行は可能だ。このような道路状況を見て、第一五軍は第三三師団に戦車第一四連隊、野戦重砲兵第三連隊、同第一八連隊、独立工兵第四連隊を配属した。

増強された第三三師団は、三本の突進軸を設定し、先陣を切って昭和十九年三月八日に攻勢を発起した。第一五師団と第三一師団は、三月十五日にチンドウィン川を渡河、山岳地帯に取り付いた。雨季が本格化する六月上旬までの勝負だ。第一五師団は三月二十八日にインパール街道に頭を出し、第三一師団は四月五日にコヒマに実入、ほぼ予定通りにインパール街道を遮断した。

ところが主攻の第三三師団正面では、戦局が思うように進展しなかった。もちろん自動車道はあっても歩兵が自動車化されているわけでもないし、敵の防御陣地にぶつかればぱその背後に回り込んだりして山に入るから時間がかかる。そうだとしても、インパール盆地の南の関門テグノパール攻撃は四月八日から、西の関門ビシェンプール攻撃は五月二十日にまでずれ込んだとは誤算というほかない。

どうしてこうまで遅れたかといえば、戦場に付き物の誤判が累積したからだが、師団長の柳田元三中将の遅疑逡巡も影響していたと語られている。柳田中将は陸士二六期のエース、陸大三四期の恩賜の軍刀組、対ソ情報のエキスパートとして知られた人だ。昭和十五年八月、ハルピン特務機関と関東軍の情報関連部局を整理、統合して関東軍情報部とした主務者が柳田だった。

多くの例外はあるにせよ、情報畑育ちのエリートは先が読めるからか、慎重過ぎるきらいがあり、野戦部隊の高級指揮官に向いていないと語られていたが、柳田中将はその典型になってしまった。戦略単位を操る師団長の方針が誤ると、いくら第一線が決死敢闘しても挽回できないということになる。

*

改めて語ったところで詮ないことながら、戦線の最西端を大陸と陸続き、しかも西側が開放されているビルマに設定した戦略そのものが誤っていた。ビルマに出るにしても、南部のラングーンやモールメン（現モーラミャイン）に限定すれば健全な戦略だろうが、ビルマで全土六八万平方キロを確保するとなると、国力が追いつかなくなる。

昭和十八年末の情勢だが、東の怒江（タンルウィン川上流部）正面には中国軍のビルマ遠征軍一五個師団、北正面のアッサム・ベンガル鉄道の終点レド付近に中国軍二個師団と米軍一個旅団があった。そして西正面の英軍だが、第一四軍の下にディマプールに一個師団、インパールに三個師団、アラカン（アキャブ）に二個師団、そしてコヒマ一帯に五個旅団があった。この頃、ビルマにあった日本軍は六個師団だった。

ビルマの日本軍は、早くから「内線の位置」にあった。ほぼ全周を包囲されているのだから、「外線の位置」にある連合軍が連携して求心的に攻勢に出れば、日本軍に勝ち目はない。ビルマ戦末期の状況だ。そこで日本軍は「内線の位置」にある側のセオリー通り、活発に機動して敵を各個に撃破して行くしかない。それだからこそ、日本軍はインパール作戦を強行したといえよう。

インパール作戦に限らず、ビルマ戦線の日本軍は善戦健闘したとしてよいだろう。しかし、そういった第一線における戦術的な成果も、戦略の誤算を挽回することはできない。誤った戦略、すなわち方向性を間違うと、すべてが空回りしてしまい、戦術的な成果は空しいものになってしまう。そしてその象徴が「靖国街道」「白骨街道」の惨状だ。第三三師団は補充を含めて二万五〇〇〇人だったが、内地に帰還できたのは五〇〇〇人だったという。本書で紹介された歩兵第二一三連隊は、ビルマで戦線で四五〇〇人が戦没した。

単行本　昭和六十二年十二月　光人社刊

NF文庫

弓兵団インパール戦記　新装解説版

二〇二四年三月十九日　第一刷発行
著　者　井坂源嗣
発行者　赤堀正卓
発行所　株式会社　潮書房光人新社
〒100-8077　東京都千代田区大手町一-七-二
電話／〇三-六二八一-九八九一(代)
印刷・製本　中央精版印刷株式会社
定価はカバーに表示してあります
乱丁・落丁のものはお取りかえ
致します。本文は中性紙を使用
ISBN978-4-7698-3351-2　C0195
http://www.kojinsha.co.jp

NF文庫

刊行のことば

第二次世界大戦の戦火が熄《や》んで五〇年——その間、小社は夥しい数の戦争の記録を渉猟し、発掘し、常に公正なる立場を貫いて書誌とし、大方の絶讃を博して今日に及ぶが、その源は、散華された世代への熱き思い入れであり、同時に、その記録を誌して平和の礎とし、後世に伝えんとするにある。

小社の出版物は、戦記、伝記、文学、エッセイ、写真集、その他、すでに一、〇〇〇点を越え、加えて戦後五〇年になんなんとするを契機として、「光人社ＮＦ（ノンフィクション）文庫」を創刊して、読者諸賢の熱烈要望におこたえする次第である。人生のバイブルとして、心弱きときの活性の糧《かて》として、散華の世代からの感動の肉声に、あなたもぜひ、耳を傾けて下さい。